J. B. MORRISON

Wie Frank Derrick mit 81 Jahren das Glück kennenlernte

J. B. MORRISON

WIE FRANK DERRICK MIT 81 JAHREN DAS GLÜCK KENNENLERNTE

Roman

Übersetzung aus dem britischen
Englisch von Karin Meddekis

LÜBBE

MIX
Papier aus verantwortungsvollen Quellen
FSC www.fsc.org
FSC® C083411

Papier: holzfrei Schleipen-Werkdruck,
der Cordier Spezialpapier GmbH

Dieser Titel ist auch als Hörbuch und E-Book erschienen

Titel der englischen Originalausgabe:
»The Extra Ordinary Life of Frank Derrick, Age 81«

Textredaktion: Anja Lademacher, Bonn
Umschlaggestaltung: Thomas Krämer nach einem Entwurf von
© Pan Macmillan
Satz: Greiner & Reichel, Köln
Gesetzt aus der Weiss Std
Druck und Einband: CPI books Ebner & Spiegel, Ulm

Printed in Germany
ISBN 978-3-7857-2538-2

5 4 3 2 1

Sie finden uns im Internet unter: www.luebbe.de
Bitte beachten Sie auch: www.lesejury.de

Für meine Mum –
selbst wenn dies die einzigen drei Wörter sein sollten,
die sie liest.

PROLOG

Ich bin einundachtzig.

Ich schätze, das werde ich jetzt häufiger sagen müssen.

Sie sehen fantastisch aus! Wie alt sind Sie denn?

Ich bin einundachtzig.

So ungefähr.

Manchmal vielleicht auch, ohne überhaupt die Frage abzuwarten.

Ich bin einundachtzig.

Die Information bei jeder Gelegenheit stolz kundtun wie ein fünfjähriges Kind.

Vielleicht sollte ich einen Button tragen. Eins dieser Dinger, die vorne auf Geburtstagskarten stecken. Auf einer Karte zum einundachtzigsten Geburtstag, falls es so was denn gibt. Werden solche Karten überhaupt hergestellt? Für den achtzigsten vielleicht, aber für den einundachtzigsten? Vielleicht könnte ich ein paar Luftballons, die mit einer 81 bedruckt sind, über meine Eingangstür hängen. Aber wahrscheinlich ist der Markt für Luftballons zum einundachtzigsten Geburtstag auch nicht größer. Also werde ich es einfach wieder und wieder sagen müssen.

Ich bin einundachtzig.

Kommen Sie doch herein! Nehmen Sie Platz. Sprechen Sie ruhig mit mir, als wäre ich ein Kleinkind. Machen Sie sich gerne ein Bild von meiner geistigen Fitness. Sprechen Sie in lauter Babysprache zu mir. Bringen Sie mich dazu, ein Formular auszufüllen. Oder füllen Sie es am besten gleich selbst für mich aus und lassen mich nur noch unterschreiben. Wahrscheinlich bin ich viel zu blind, um das Kleingedruckte noch lesen zu können. Drehen Sie mir Dinge an, die ich nicht brauche. Schauen Sie sich ruhig nach Antiquitäten um. Peilen Sie die Lage, damit Sie wissen, was Sie bei einem Einbruch mitgehen lassen sollten.

Ich bin einundachtzig.

Versuchen Sie es ruhig, wenn Sie sich trauen.

1

An seinem einundachtzigsten Geburtstag wurde Frank Derrick von einem Milchwagen überfahren. Ein Büchergutschein oder Manschettenknöpfe wären ihm lieber gewesen, aber man muss nehmen, was kommt.

Der Milchwagen hatte eine Geschwindigkeit von etwa acht Kilometern pro Stunde, als der Milchmann irgendwie die Kontrolle über seinen Wagen verlor. Er strandete auf dem schmalen Bürgersteig und landete mit den Rädern auf der niedrigen Steinmauer eines Vorgartens. Milchkästen, leere Flaschen, Kartons mit Schlagsahne und ein paar Dutzend Eier rutschten von der Ladefläche auf den Bürgersteig.

Abgesehen davon, dass der Milchmann den Garten des großen Favoriten beim bevorstehenden Wettbewerb »Blühende Dörfer« verwüstet hatte, hatte er auch Frank keinen Gefallen getan. Er lag unter dem Milchwagen. Der einzige für die Außenwelt sichtbare Teil seines Körpers war sein rechter Arm, der unter dem Laster hervorragte. In der Hand hielt Frank immer noch den halben Liter Milch, den er gerade bei *Fullwind Food & Wine* gekauft hatte. Nicht wirklich das, was dem Schauplatz fehlte – *noch* mehr Milch. Der hochkant stehende Milchwagen, unter dem der Arm eines Rentners hervorragte, und der beständige Strom an Molkereiprodukten, die den Rinnstein hinunterflossen, wären die perfekte Szenerie für eine alberne Fernsehshow, bei der man nur noch auf die Pointe wartete.

Frank lag drei Tage im Krankenhaus. Er hatte eine Gehirnerschütterung; außerdem waren ein Arm und ein Mittelfußknochen des linken Fußes gebrochen.

»Wie bei einem Fußballspieler«, bemerkte der Arzt. »Spielen Sie Fußball?«

»Jetzt nicht mehr. Nicht mit einem gebrochenen Mittelfußknochen.«

»Wie auch immer. Jedenfalls sollten ein paar recht einfache Maßnahmen für Linderung sorgen. Halten Sie sich einfach an die gute alte PECH-Regel.«

»Brech-Regel?«

»Nein, PECH.«

»Ja, ich hatte wirklich Pech.«

»Nein, nein, es handelt sich um ein Akronym. PECH steht für Pausieren, Eis, Compression und Hochlegen.«

»Ein Akronym?«

»Ja, genau.«

»Wie bei einem Schlaganfall?«

»Ja, ganz genau«, sagte der Arzt. »Ich gebe Ihnen eine Broschüre mit.«

Frank hatte auch einen gebrochenen Zeh. Er würde also wohl eine Weile zu Hause bleiben müssen. Zudem hatte er ein paar Schnitt- und Schürfwunden sowie Prellungen, und sein Gesicht hatte etwas von zerquetschtem Obst. Er sah aus wie auf einem dieser schrecklichen Zeitungsfotos von überfallenen Rentnern.

»Ein oder zwei dieser Schnitte in Ihrem Gesicht könnten Narben hinterlassen«, meinte der Arzt.

»In meinem Alter hinterlässt jeder Schnitt eine Narbe.«

Franks rechter Arm war vom Handgelenk an bis über den Ellbogen eingegipst. In einem 90-Grad-Winkel. Wie in einem Comic. Sein Arm würde also mindestens sechs Wochen lang rechtwinklig abstehen. Frank sah aus, als wolle er ständig jedem die Hand schütteln. Würde man seinen Arm an der Schulter absägen und wegschleudern – er käme umgehend zurück.

Bevor Frank das Krankenhaus verlassen durfte, musste er sich dem Mini-Mental-Status-Test unterziehen, um seinen geistigen Zustand zu überprüfen. Ein erschöpft aussehender junger Arzt in gestreiftem Hemd mit weißem Kragen und Schweißflecken unter der linken Achsel zog einen Plastikstuhl an Franks Krankenbett und schlug einen DIN-A4-Block auf.

»Okay, Frank«, begann er. »Das ist ein Standardtest. Einige Fragen erscheinen Ihnen sicherlich etwas zu leicht, andere hingegen vielleicht nicht. Sind Sie bereit?«

Der Arzt fragte Frank nach dem aktuellen Jahr, der Jahreszeit, dem Monat und dem Datum. Frank beantwortete alle Fragen richtig, obwohl der Arzt das nicht bestätigte. Er machte sich nur Notizen und fuhr mit den nächsten Fragen fort.

»In welchem Land leben wir?«

»In England.«

»In welcher Stadt?«

»Eigentlich ist es eine Kleinstadt.«

»Sie scheinen verärgert zu sein, Mr. Derrick.«

»Ich wurde von einem Milchwagen überfahren. Wie war Ihr Tag denn so?«

»Ja, verstehe«, sagte der Arzt.

»Ich möchte einfach nur nach Hause, bevor ich mir MMST einfange.«

»Das ist die Abkürzung für Mini-Mental-Status-Test, Mr. Derrick. Das ist das, was wir gerade machen. Ich glaube, Sie meinen MRSA.«

»Was bedeutet das?«

»Tief Luft holen«, sagte der Arzt und atmete tief ein. »Methicillin-resistenter Staphylococcus aureus.« Er lächelte so selbstzufrieden, als hätte er gerade erfolgreich den ellenlangen Namen dieses berühmten walisischen Bahnhofs ausgesprochen. »Sollen wir fortfahren?«

Der Arzt fragte, ob Frank wisse, wo er war, wie das Krankenhaus hieß und auf welcher Station er lag. Frank musste nur bei der Station passen. Den Pokal für das Superhirn hatte er so gut wie in der Tasche. Er würde sich gut auf dem Kaminsims neben den drei Porzellan-Pinguinen machen, die er nie richtig gemocht hatte. Er war sich sicher, dass der mittlere Pinguin irgendetwas ausheckte.

»So, Frank. Ich nenne jetzt drei Gegenstände, und ich möchte, dass Sie sie wiederholen und versuchen sich zu merken, okay?«

Als Frank nickte, schmerzte sein Kopf.

»Apfel, Kugelschreiber, Tisch«, sagte der Arzt.

»Apfel, Kugelschreiber, Tisch.«

Der Arzt bat Frank, das Wort WELT rückwärts zu buchstabieren, und Frank machte irgendeine Bemerkung darüber, wie rückwärtsgerichtet diese Welt in der Tat war. Der Arzt bat ihn, sieben von hundert abzuziehen und von dem Ergebnis ebenfalls sieben und immer weiter, bis er ihm sagte, dass er aufhören könne. Frank kam bis einundfünfzig und war ein bisschen enttäuscht, als der Arzt sagte, dass es reichte. Frank war nie gut in Mathe gewesen und hatte das Gefühl, dass der Schlag auf den Kopf ihm vielleicht gutgetan haben könnte.

»Wissen Sie, wie unser Premierminister heißt?«

Frank nannte dem Arzt den Namen des Premierministers und fügte hinzu, dass er seiner Meinung nach ein Idiot sei und *er* ihn nicht gewählt habe. Der Arzt sagte, das sei nicht wichtig.

»Oh doch, das ist sehr wichtig.«

»Sehr gut«, sagte der Arzt, obwohl er es ganz und gar nicht so meinte, und ließ ein paar Fragen aus, um schneller fertig zu werden. Er wollte ja auch, dass Frank nach Hause fahren konnte. Der Arzt wollte ebenfalls nach Hause. Alle im Krankenhaus wollten nach Hause. Wer wollte schon im Krankenhaus sein?

»Können Sie sich noch an die drei Dinge erinnern, die Sie vorhin aufgezählt haben?«, fragte der Arzt.

»Sie meinen den Apfel, den Kugelschreiber und den Tisch?«

Der Arzt zeigte auf seine Armbanduhr und fragte Frank, was das sei.

»Sieht aus wie eine billige Armbanduhr.«

Der Arzt hätte Frank gerne eine verpasst. Wenn das in seinem Job nicht so verpönt gewesen wäre, hätte er es vielleicht getan.

Er stellte ihm noch ein paar Fragen und führte ein paar weitere Tests durch. Unter anderem sollte Frank ein Blatt Papier falten, es wieder auseinanderfalten und dann einen Satz darauf schreiben. Frank schrieb: »Kann ich jetzt bitte gehen?«

Später an diesem Tag wurde er aus dem Krankenhaus entlassen. Als der Mitarbeiter des Transportdienstes ihn im Rollstuhl zu den Fahrstühlen schob, trug ihm die Krankenschwester extra den Gehstock hinterher, den Frank mit voller Absicht im Zimmer hatte liegen lassen. Die Krankenschwester gab ihm auch eine Tragetasche, in dem sich sein Tetrapak Milch befand. Die Milch hatte inzwischen drei Tage außerhalb des Kühlschranks verbracht und war warm. Sie hatte sich mit Sicherheit schon in Hüttenkäse oder Sauerrahm verwandelt. Frank bedankte sich bei der Krankenschwester und nahm sich vor, Milch und Tragetasche später im Krankenwagen zu vergessen.

Nach dem Unfall bot Franks Tochter an, alles stehen und liegen zu lassen und sofort aus den Staaten nach England zu fliegen, um sich um ihn zu kümmern. Frank sagte, das sei nicht nötig, sie habe wichtigere Dinge zu tun, sie habe ihr eigenes Leben und ihre eigene Familie, um die sie sich kümmern müsse, er komme schon zurecht, er habe nicht einmal große Schmerzen, es sei zu weit, sie solle nicht albern sein, das sei viel zu teuer – all diesen Quatsch. Was er wirklich wollte, war, dass sie auflegte und ein Taxi zum Flughafen nahm.

»Dann lass mich wenigstens nach jemandem suchen, der sich um dich kümmert«, sagte sie.

»Ich kann mich selbst um mich kümmern.«

»Lass mich ein bisschen im Internet recherchieren. Ein paar Telefonate führen. Rausfinden, welche Möglichkeiten es so gibt.«

»Wirklich, das ist nicht nötig. Das kostet alles ein Vermögen. Mir geht es gut. Ich hatte schon Kater, die schlimmer waren als das hier.«

»Dad.«

»Habt ihr in Amerika keine True-Crime-Shows? Die werden mich an einen Stuhl fesseln und mir meine Rente stehlen.«

»Dad.«

»Sie werden sich als Klempner ausgeben und meinen Trinkwassertank als Toilette benutzen.«

»Ich kann mich doch wenigstens mal erkundigen. Für meinen Seelenfrieden, Dad. Ich will mir keine Sorgen machen müssen, ob du genug zu essen hast oder mit dem Toaster das Haus in Brand gesetzt hast.«

»Weißt du, wie viel Arbeit es war, die ganzen Leute abzuwimmeln, die unbedingt in mein Haus wollten? Es würde sich herumsprechen. Wenn ich zulasse, dass so ein Robin Williams im Kleid meine Wohnung betritt, mich an einen Stuhl fesselt und meine Wertsachen stiehlt, dann werden im Nullkommanichts windige Versicherungsvertreter und Kredithaie bei mir Schlange stehen.«

»Dad.«

»Da könnte ich mir ja gleich eine Drehtür einbauen lassen. Ich bin sicher, dass in der Schlange auch jemand wäre, der mir nur zu gerne eine verkaufen würde. Und wenn erst mal alle Leute drin sind, die *in* meine Wohnung wollen, was ist mit denen, die mir aufs Dach steigen wollen? Diese Schlange wird kilometerlang sein. Du könntest dich hinten anstellen, ohne Kalifornien verlassen zu müssen.«

Das entsprach absolut den Tatsachen. Die Leute schienen versessen darauf, auf Franks Dach zu steigen. In seiner Wohnung gab es etwas, das es in Fullwind-on-Sea selten gab: eine

Treppe. Eine Treppe mit vierzehn Stufen. Allein das machte ihn zum geborenen Opfer von Treppenlift-Vertretern, Fensterputzern, Dachrinnenreinigern, Schornsteinfegern und Dachdeckern. Es verging kaum eine Woche, in der er nicht diese vierzehn Stufen hinuntersteigen musste, um einem Mann die Tür zu öffnen, der sorgenvoll schmatzte und den Kopf schüttelte.

»Wissen Sie eigentlich, dass Ihr Dach fast einstürzt?« Schmatzen.

»Ihr Schornstein neigt sich bereits leicht nach links.« Kopfschütteln.

»Haben Sie gesehen, dass Ihre Regenrinne total verstopft ist?« Schmatzen. Kopfschütteln.

Vielleicht war sein Dach kurz davor einzustürzen, aber wenn er es zuließ, dass jemand auf sein Dach stieg, konnte er nicht sehen, was der dort machte. Dazu müsste er die Straße fünfzig Meter hinuntergehen und ein leistungsstarkes Fernglas mitnehmen. Er wüsste also gar nicht, ob sie tatsächlich etwas reparierten. Sie könnten ebenso gut Zeitung lesen, ein Schläfchen halten oder einfach bis fünfzehntausend zählen und dann wieder herunterklettern, um noch mal sorgenvoll zu schmatzen, bevor sie ihm eine Rechnung über eine Million Pfund präsentierten.

Frank nannte Beth immer mehr Gründe, warum er keine Hilfe brauchte und er keine Fremden in seinem Haus haben wollte, und Beth unterbrach ihn nicht. Sie hörte sich die Klagen ihres Vaters an, da sie wusste, dass er sich so besser auf den unvermeidlichen Ausgang des Gesprächs vorbereitete – dass seine Tochter kriegen würde, was sie wollte. In diesem Fall wollte sie, dass es ihrem Vater gut ging und sie sich keine Sorgen um seine Sicherheit machen musste.

Er schimpfte noch eine Weile, bis er schließlich sagte: »Ich räume aber nicht extra auf. Oder zünde Kerzen an und koche frischen Kaffee.«

»Nein, natürlich nicht.«

Am nächsten Tag kam ein Mann vom Pflegedienst vorbei und schraubte einen Schlüsselkasten außen neben die Haustür. Sein Pfeifen ging Frank furchtbar auf die Nerven. Der Mann legte einen Schlüssel für die Eingangstür in den Safe und programmierte Franks Geburtsdatum ein. Und dann stand drei Tage später, an einem der heißesten Frühlingstage seit Menschengedenken, weniger als einen Monat nachdem Frank endlich die Lichterkette und das Lametta auf den Dachboden geräumt hatte, plötzlich Weihnachten vor der Tür.

2

Als Kelly Christmas ihren kleinen blauen Wagen zum ersten Mal gegenüber von Franks Haus parkte und dabei mit zwei Reifen auf den Grünstreifen fuhr, bis sie gegen einen der weißen Betonpoller stieß, die dort aufgestellt worden waren, damit niemand auf den Grünstreifen fuhr, tat sie dies vor den Augen der größten Ansammlung von Schaulustigen in Südengland.

An diesem Tag waren viele Anwohner der Sea Lane zu Hause. Viele neugierige Nachbarn und gelangweilte Rentner, ans Haus gefesselt, weil sie an Agoraphobie litten oder weil es draußen zu heiß war oder weil sie auf eine neue Hüfte warten mussten oder ihr Elektromobil noch nicht aufgeladen war oder der kostenlose Bus zum großen Sainsbury's montags manchmal nicht fuhr. Das Knirschen des Getriebes von Kellys Wagen bei ihrer Suche nach dem Rückwärtsgang war der willkommene Weckruf für sie alle, sich von ihren Rätselheften und den Auktionsshows im Fernsehen zu lösen und aus dem Fenster zu schauen.

Als der einzige Treppenbesitzer in der Straße hatte Frank die beste Aussicht. Alle anderen Häuser in der Sea Lane waren Bungalows. Die Menschen verdrehten sich die Hälse auf ihren billigen Plätzen – die zugegebenermaßen teurer waren als Franks Wohnung – und suchten etwas, worauf sie sich stellen konnten, um zu sehen, wer diesen Lärm verursachte. Hier interessierte es jeden, wer Reifenspuren auf dem Grasstreifen hinterließ und damit Fullwinds Chancen auf eine Medaille gefährdete, falls ein Preisrichter des Wettbewerbs »Blühende Dörfer« unangekündigt auftauchte.

Frank beobachtete, wie der kleine blaue Wagen auf dem Grünstreifen gegenüber vor- und zurückfuhr, bis er schließlich gegen den Betonpoller stieß. Dann verlor, wer auch immer am Steuer saß, den Spaß am Einparken, oder er fand, dass es nicht besser ging, oder er hatte kein Benzin mehr.

Das Gesicht des Fahrers konnte Frank noch nicht sehen. Er konnte gerade so ausmachen, dass er ein Gesicht hatte. Frank war zu neunundneunzig Prozent sicher, dass es eine Frau war. Vielleicht auch zu fünfundneunzig Prozent. Sie nickte mit dem Kopf und sang zur Musik aus dem Autoradio. Dann überprüfte sie ihre Frisur im Rückspiegel, bis sie offenbar zufrieden genug war und aufhörte, sie zu überprüfen.

Um Viertel nach elf wurde die Autotür geöffnet. Die Fahrerin stieg aus und trat auf den Grünstreifen, und all die Gardinengucker und Jalousienblinzler stolperten über ihre Möbel und verrenkten sich die neuen Hüften, um zu erkennen, wer es war. Frank, der im ersten Stock am Fenster stand, sah, wie die Frau ein Schild mit der Aufschrift »Pflegedienst im Einsatz« hinter die Windschutzscheibe legte, die Tür verschloss und die Straße überquerte.

Als sie das Gartentor erreichte, konnte Frank ihr Haar sehen, das sie im Rückspiegel betrachtet hatte. Ihr Pony war in einer perfekten Linie geschnitten. Diese Frisur betonte ihre Stirn und lenkte die Aufmerksamkeit auf ihr Gesicht. Sie sah nicht so sehr wie Robin Williams aus, wie Frank erwartet hatte. Und noch weniger wie Margaret Thatcher oder diese Frau aus dem James-Bond-Film mit den Messern in den Schuhen, denn auch diese trafen Franks Vorstellung von einer Haushaltshilfe ziemlich gut. Augenblicklich bereute er das Chaos, das er aus lauter Protest in den letzten fünf Tagen in seiner Wohnung angerichtet hatte.

Frank hatte letztendlich zugestimmt, dass Beth eine Haushaltshilfe bezahlte, die drei Monate lang einmal pro Woche kommen würde, um aufzuräumen, zu kontrollieren, dass er seine Schmerztabletten nahm, und ihm ein Thermometer in den Mund zu stecken (jedenfalls hoffte er, dass es der Mund sein würde). Allerdings hatte Frank nie gesagt, dass er alles dafür tun würde, dass die Haushaltshilfe sich bei ihm wohlfühlte und dachte, sie könne seine Brieftasche klauen oder Kacka in seinen Kessel machen.

In den letzten fünf Tagen hatte Frank in seiner Kleidung geschlafen und sich nicht rasiert. Sein langes weißes Haar wurde allmählich zu Dreadlocks. Frank ließ seine Zähne in einem Glas im Badezimmer liegen, und in der Spüle stapelte sich das dreckige Geschirr. Er ließ absichtlich Kuchen- und Kekskrümel auf den Teppich im Wohnzimmer fallen. Der ganze Boden war mit DVDs übersät, die er aus den Hüllen genommen hatte, und – darauf war er besonders stolz – er hatte seit zwei Tagen die Toilette nicht gespült.

Als Kelly Frank zum ersten Mal sah, war er bei dem Versuch, noch schnell ins Bad zu laufen und die Toilette zu spülen, gerade in der Diele zusammengebrochen wie Bambi. Es hatte etwas gedauert, bis sie die Eingangstür aufgeschoben hatte, hinter der sich ein Stapel Anzeigenblätter und Werbebriefe angesammelt hatte. Als Kelly oben an der Treppe in der Diele auftauchte, hatte Frank es gerade so geschafft, wieder aufzustehen. Er war außer Atem und schwitzte, trug zerknitterte Kleider, hatte zerzaustes Haar und ein zugewachsenes Gesicht. Er sah aus wie ein Mann auf einem dieser Schwarz-Weiß-Fotos in den Bettelbriefen wohltätiger Organisationen, die jede Woche durch seinen Briefkastenschlitz geworfen wurden.

»Mr. Derrick?«, sagte Kelly. »Ich bin Kelly.« Sie zog den dünnen blauen Anorak zur Seite und beugte sich vor, um ihm das Namensschild vorne auf ihrer blauen Dienstkleidung zu zeigen. Sie ließ ihm genügend Zeit, damit er ihren Namen lesen konnte. »Sie sehen etwas mitgenommen aus. Möchten Sie sich hinsetzen?« Kelly legte eine Hand auf seinen unverletzten Arm. Die Berührung war sanft und beruhigend, fest, aber behutsam, ruhig und kontrolliert zugleich. Wie eine Unterhändlerin bei einem Geiseldrama in einer Bank oder wie ein Cowboy, der ein wütendes Pferd beruhigte. Kelly, die Rentnerflüsterin. Sie führte Frank gelassen ins Wohnzimmer.

»In den Sessel oder aufs Sofa?«, fragte sie.

»In den Sessel, bitte. Bitte entschuldigen Sie die Unordnung.« Frank bezog sich ebenso auf sein äußeres Erscheinungsbild wie auf den Teppich im Wohnzimmer.

»Sie sollten mal meine Wohnung sehen. Sie würden sofort die Polizei rufen, um einen Einbruch zu melden.«

Frank setzte sich in den Sessel und atmete tief durch.

»Bleiben Sie erst einmal sitzen«, sagte Kelly. »Ich koche Ihnen Tee. Oder Kaffee? Was trinken Sie lieber?«

»Danke. Tee, bitte.« Frank bot an, ihr zu zeigen, wo alles stand, aber Kelly meinte, sie käme schon zurecht.

»Die Menschen bewahren ihre Sachen in der Küche immer an denselben Plätzen auf.«

Als Kelly in die Küche ging, lehnte Frank sich in seinem Sessel zurück und entschuldigte sich fortwährend für die Unordnung.

»Ich hatte einen Unfall!«, rief er. Ohne sein Gebiss hörte es sich an, als würde er lallen. Vermutlich glaubte sie, er sei so betrunken, wie er aussah.

»Ich weiß«, rief Kelly aus der Küche. »Haben Sie Milch und Zucker?«

Frank fragte sich, ob sie sich über seinen Unfall lustig machen wollte.

»Nur Milch. Danke.«

Während Kelly wartete, dass das Wasser im Kessel kochte, kam sie ins Wohnzimmer und räumte alle schmutzigen Teller und Tassen weg.

»Ich bin noch nicht dazu gekommen aufzuräumen«, sagte Frank.

»Das ist kein Problem.« Kelly brachte das schmutzige Geschirr in die Küche. Frank hätte gerne seine Zähne aus dem Badezimmer geholt und die Toilette gespült, doch ihm war noch immer ein wenig schwindelig, und er hatte Angst, wieder zu fallen. Kelly kam zurück, hob die DVD-Hüllen vom Boden auf und legte sie auf den Tisch.

»Das räumen Sie am besten selbst weg«, sagte sie. »Sie haben bestimmt ein System.«

Er hatte tatsächlich ein System.

Franks alphabetisch sortierte DVD-Sammlung war der einzig gut organisierte Teil in seinem Leben. Es hatte ziemlich lange gedauert, bis er damit fertig gewesen war. Hauptsächlich, weil er so viel Zeit damit verbracht hatte, die Filmschauspieler beim Sortieren nachzuahmen – angefangen von dem waschechten Londoner Arbeiterkind Michael Caine in *Alfie* bis zu dem piekfeinen Michael Caine in *Zulu*.

Kelly brachte Frank eine Tasse Tee und stellte sie neben seinem Sessel auf den Tisch. Dann setzte sie sich auf das Sofa und nahm einen kleinen Stapel DIN-A4-Blätter aus der Tasche.

»Ich schaue mal auf Ihren Pflegeplan.«

Während sie sich mit den Unterlagen beschäftigte, fragte sie Frank, wie es ihm seit seiner Rückkehr aus dem Krankenhaus ergangen war. Ob er das Gefühl habe, gut zurechtzukommen, und ob es etwas Besonderes gab, wobei er Hilfe brauchte und was noch nicht mit seiner Tochter abgesprochen war.

Frank erwiderte, ihm falle nichts ein.

»Ich räume ein bisschen auf und mache Ihr Bett, und Sie überlegen in der Zwischenzeit, ob Ihnen noch etwas einfällt.«

Nachdem Kelly das Wohnzimmer verlassen hatte, betrachtete Frank sein Spiegelbild im Bildschirm des Fernsehers. Er sah aus wie Howard Hughes. Howard Hughes hatte zehn Jahre und Millionen von Dollar gebraucht, bis er endlich so aussah, dachte Frank. Ihm war es in weniger als einer Woche gelungen, und es hatte ihn keinen Penny gekostet.

Er hörte, dass Kelly in seinem Schlafzimmer leise sang. Sie schloss die Tür des Kleiderschranks, zog die Vorhänge auf und schüttelte die Kissen auf. Obwohl es äußerst unwahrscheinlich war, da sie zwei Wände trennten, glaubte Frank, einen Luftzug zu spüren, als sie die Steppdecke aufs Bett legte. Sie nieste drei Mal, worauf eine Pause von zehn Sekunden folgte. Frank nahm an, dass sie das vierte Niesen zu unterdrücken versuchte, und schon nieste sie noch einmal. Auf dem Weg zurück ins Wohnzimmer ging sie ins Badezimmer und spülte die Toilette.

»Ich glaube, der Pollenflug ist heute sehr stark«, sagte Kelly, als sie ins Wohnzimmer zurückkehrte.

Nachdem sie sich überzeugt hatte, dass es Frank gut ging, sodass sie ihn allein lassen konnte, sammelte sie ihre Sachen zusammen und wandte sich zum Gehen.

»Wenn Sie etwas brauchen, kann ich das nächste Mal für Sie einkaufen gehen, bevor ich komme.« Frank unterschrieb ihren Stundenzettel, um zu bestätigen, dass Kelly bei ihm gewesen war. Die Unterschrift mit seinem gebrochenen Arm sah aus wie eine schlechte Fälschung. Die gezackten Linien waren wie die Aufzeichnung eines Lügendetektors bei einer dicken fetten Lüge. Kelly steckte das Formular in ihre Tasche.

»Dann bis nächste Woche zur selben Zeit, Mr. Derrick.«

»Ja, danke. Nächstes Mal kommen auch wieder Sie, oder?«

»Ich fürchte, ja«, erwiderte Kelly. »Jede Woche in den nächsten …« Sie nahm einen Terminplaner aus der Tasche und blätterte darin. »… zwölf Wochen.«

Sie bat Frank, den Pflegedienst anzurufen, wenn er Fragen hätte oder wenn es etwas Besonderes gäbe, was sie beim nächsten Besuch machen sollte. Kelly steckte den Terminplaner und die Unterlagen wieder in ihre Tasche, verabschiedete sich und ging hinaus.

Frank wunderte sich, wie traurig er war, sie gehen zu sehen. Das Haus schien leerer zu sein als vor ihrem Besuch. War es immer so still hier? Er schaltete den Fernseher ein, um die Stille zu vertreiben und sein Spiegelbild nicht mehr sehen zu müssen.

Eine Mutter und ihre Tochter in den gleichen Fleecepullovern verloren Geld, als sie ihre Familienerbstücke bei einer Auktion verkauften. Frank wünschte, er hätte seine Zähne getragen, sodass er sich besser mit Kelly hätte unterhalten können. Er hätte ihr gerne gesagt, dass er eigentlich viel lustiger war, und sich noch einmal für die Unordnung entschuldigt. Vor allem hätte er ihr gesagt, dass sie ihn, wenn sie jetzt jede Woche kommen würde, Frank nennen sollte, weil er es hasste, Mr. Derrick genannt zu werden. Er hatte dann immer das Gefühl, er sei dieser Derek aus dem Kinderfernsehen und müsste sich mit einer seltsamen Fuchs-Puppe namens Basil Brush unterhalten.

3

Als Frank am Dienstag aufwachte, war es stockdunkel. Er wusste nicht, wie lange er geschlafen hatte oder wie spät es war. Seine Uhr lag auf dem Nachttisch, und es kam ihm so vor, als befände der sich in einigen Kilometern Entfernung. Frank beschloss abzuwarten, bis er hörte, dass das erste Flugzeug in Gatwick abhob und über sein Haus hinwegflog. Dann war es etwa fünf Uhr morgens, eine akzeptable Uhrzeit, um aufzustehen. Auf keinen Fall wollte er den Tag unnötig um ein paar Stunden verlängern, die er dann wieder totschlagen musste. Es war auch so schon schwer genug.

Nach halb sieben abends gab es für Frank kaum noch Gründe wach zu bleiben, außer, um sein Abendessen zu verdauen. Meist ging er inzwischen so früh schlafen, dass es draußen noch hell war. Im Wohlfahrtsladen hatte er sich dickere Vorhänge gekauft, damit die Sonne ihn nicht am Einschlafen hinderte.

Frank lag im Bett, lauschte auf das Geräusch der Flugzeuge und dachte an den unglaublich langweiligen Traum, der ihn geweckt hatte. In dem Traum stand er an der Kasse eines Supermarktes in der Schlange. In dem Traum waren keine Außerirdischen oder Supermodels vorgekommen. Die Einkäufe in seinem Korb hatten nicht mit ihm gesprochen oder ihn die Straße hinuntergejagt. Eigentlich war es gar kein richtiger Traum gewesen.

Es gab nur einen einzigen Anhaltspunkt dafür, dass es sich

tatsächlich um einen Traum gehandelt hatte, und zwar den, dass er jung gewesen war. Sein Einkaufskorb war nicht so schwer, dass er ihn in der Warteschlange auf den Boden stellen und mit dem Fuß vorwärtsschieben musste. Frank trug keine Slipper. In dem Korb lagen vier Dosen Bier. Keine Konserven oder leicht verdauliche Fertiggerichte für eine Person. Und vielleicht war da noch ein anderer Hinweis darauf gewesen, dass es sich um einen Traum gehandelt hatte. Es hatte ihn das Gefühl beschlichen, dass zu Hause jemand auf ihn wartete, um ihm zu helfen, die Einkäufe wegzuräumen. Frank stellte den Korb auf die Ladentheke. Die Kassiererin betrachtete die Bierdosen, dann Frank und sagte: »Party?«

Und dann war Frank aus seinem Traum aufgewacht.

Doch er fühlte sich noch immer jung.

Es war niemand da, der ihm half, die Einkäufe wegzuräumen.

Doch er fühlte sich noch immer jung.

Frank hatte das Geheimnis des ewigen Lebens entdeckt.

Er musste nur im Bett liegen bleiben.

Solange er nicht aufstehen und ächzend, stöhnend, humpelnd, furzend, hustend, keuchend, sabbernd und wie auf Eiern zum Badezimmer gehen musste, könnte er jung bleiben. Solange er sein Gesicht nicht im Badezimmerspiegel betrachten und sein Gebiss in dem Glas neben dem Waschbecken sehen musste, könnte er jung bleiben.

Wenn er nicht aufstand, sich nicht zu schnell bewegte und nicht ins Badezimmer ging, nicht zu tief einatmete oder in ein hartes Karamellbonbon biss, keinen Radiosender einstellte, der nur moderne Musik spielte und samstagabends nicht nach neunzehn Uhr fernsah, dann könnte er ewig jung bleiben. Er musste lediglich im Bett liegen bleiben.

Frank zählte sechs Flugzeuge, die über sein Haus hinwegflogen, und fragte sich, wohin sie wohl unterwegs waren oder woher sie kamen. Er fragte sich, ob er in seinem Leben noch einmal fliegen würde. Und wenn ja, wohin würde er fliegen wollen? Ihm fiel ein, dass er keinen gültigen Reisepass mehr hatte. War die Verlängerung für Menschen seines Alters nicht sogar kostenlos? Er nahm sich vor, sich zu erkundigen. Schließlich musste er auch keine Fernsehgebühren mehr zahlen, und mit dem Bus fuhr er ebenfalls umsonst. Auch wenn im Fernsehen nichts Interessantes lief und es nichts gab, wo er mit dem Bus hätte hinfahren können. Je älter Frank wurde, desto öfter hatte er freien Eintritt zu Dingen, für die er zu alt war. Ein siebtes Flugzeug flog über das Haus hinweg. Frank schloss die Augen und versuchte, seinen Traum weiterzuträumen. Er war schon fast wieder eingeschlafen, als es an der Tür klingelte.

Um die Haustür zu öffnen, musste er die Treppe hinuntersteigen. Das war schwierig und dauerte lange. Und da er niemanden erwartete, ja, vielmehr nie jemanden erwartete, beschloss er, nicht auf das Klingeln zu reagieren. Er schloss die Augen. Es klingelte wieder. Frank seufzte und beschloss, dann eben doch aufzustehen. Er bewegte sich langsam und spürte ein Taubheitsgefühl in den Beinen. Als hätte eine Katze auf seinen Beinen geschlafen. War das der Anfang vom Ende? Fühlte es sich so an? Ein Taubheitsgefühl in den Beinen? Das sich im ganzen Körper ausbreitete? Eine Lähmung und dann der Tod? Dann fiel ihm ein, dass er tatsächlich eine Katze hatte und sie auf seinen Beinen schlief. Er schubste die Katze auf den Boden, stand auf und stützte sich einen Moment mit seinem gesunden Arm an der Wand ab, bis er das Gleichgewicht wiedererlangt hatte. Wann hatte das begonnen, dieses ständige Schwindelgefühl? Vor oder nach dem Unfall mit dem Milchwagen?

Frank folgte der Katze in die Küche. Ächzend, stöhnend, humpelnd, furzend, hustend, keuchend, sabbernd und wie auf Eiern ging er hinter ihr her.

Er nahm eine Dose Katzenfutter aus dem Schrank unter der Spüle und versuchte sie zu öffnen. Selbst mit elektrischem Dosenöffner war das nicht einfach, wenn der rechte Arm in einem Gips steckte. Frank schaute auf die Katze hinunter.

»Ich mache mich nicht gut als Rentner, nicht wahr, Bill? Ich sollte Golf spielen oder im Garten arbeiten.« Die Dose Katzenfutter rutschte aus dem elektrischen Dosenöffner und fiel auf den Boden. Frank bückte sich, um sie aufzuheben – stöhnend auf dem Weg nach unten und stöhnend auf dem Weg zurück nach oben. »Ich könnte eine Kreuzfahrt um die Welt machen oder mein eigenes Bier brauen. Ich hätte mich wenigstens auf die Warteliste eines Schrebergartenvereins setzen lassen sollen. Wobei ich nach allem, was man so hört, daran zweifele, dass ich rechtzeitig auf den ersten Platz rücken würde, um noch irgendetwas anzupflanzen. Was meinst du, Bill?«

Bill schaute zu Frank hinauf und machte das einzige Gesicht, das er zur Verfügung hatte. Bills Ausdruck war exakt derselbe, egal ob er auf sein Futter wartete oder neue Katzenstreu bekam. Wie eine Papiermaske, die mit zwei Gummibändern an seinen Ohren befestigt war. Auf dem Gesicht des Katers spiegelte sich immer dieselbe unergründliche Ausdruckslosigkeit, ob Frank ihn nun morgens in den Garten hinaus- oder ihn am Abend wieder ins Haus hereinließ. Bills Miene gab nichts von dem preis, was er den ganzen Tag über getrieben hatte. Es fanden sich dort keine Hinweise darauf, ob er Mäuse oder Vögel gejagt, welches Territorium er markiert oder ob er Rendezvous mit anderen Katzen gehabt hatte. Frank hatte sich mehrmals *Dr. Dolittle* und *Dr. Dolittle* 2 angesehen. Er kannte einige der Songs und konnte vermutlich sogar Rhinozerisch sprechen oder auf Schimpansisch mit einem Affen plaudern. Aber er hatte noch immer keine Ahnung, was Bill ihm sagen wollte. Wahrscheinlich war es etwas wie:

Ehrlich gesagt, Frank, interessiert es mich einen Scheiß, wie du mit deinem Rentnerdasein zurechtkommst. Mach mir endlich mein verdammtes Frühstück!

Frank öffnete die Dose mit dem Katzenfutter und füllte das widerlich riechende Fleisch in den Napf. Dann nahm er eine Tasse aus dem Schrank, gab einen Teebeutel und die Milch hinein, dann schaltete er den Wasserkocher ein und stieg langsam die Treppe hinunter, um die Zeitung zu holen. Die Stufen hatten schon immer geknarrt, aber inzwischen war er sich nicht mehr sicher, ob das meiste Knarzen von der Treppe oder von ihm selbst stammte.

Durch die Mattglasscheibe hindurch konnte er zwei Gestalten auf der anderen Seite der Tür ausmachen. Frank, der noch immer nicht ganz wach war, öffnete die Tür. Vor ihm standen zwei junge Männer in Anzügen und mit einem breiten Lächeln. Sie waren es gewesen, die vor zehn Minuten bei ihm geklingelt hatten. Entweder waren sie zurückgekommen oder gar nicht erst weggegangen.

»Guten Morgen«, sagte der junge Mann links. »Dürfen wir Ihnen schnell eine Frage stellen?«

Und ohne eine Antwort abzuwarten, sagte der junge Mann rechts: »Wie geht es Ihnen damit, von all den vielen Toten in der Welt zu hören?«

Frank war schlecht vorbereitet. Er hatte sich keine Notizen gemacht. Er war noch nicht angezogen. Er hatte noch nicht einmal gepinkelt. Wie spät war es? Mindestens sieben Flugzeuge.

Also blieb er einfach auf der Schwelle stehen, nickte ab und zu und antwortete abwechselnd mit »ja«, »natürlich« und »verstehe«, ohne zuzuhören. Währenddessen spähte er immer wieder unruhig über die Schulter zur Treppe, als hätte er Angst, sein Frühstück würde anbrennen oder als wäre er mit etwas Wichtigem beschäftigt, zu dem er zurückkehren musste. Frank wünschte, er hätte seine Armbanduhr getragen, damit er ab und zu darauf blicken könnte, da die beiden Männer vor der Tür seine Botschaft offensichtlich nicht verstanden.

Sie zeigten ihm ein kleines Magazin, auf dessen Cover ein gezeichneter Tiger in einem Garten oder einem Wald mit Bäumen und Blumen zu sehen war, die es in der wirklichen Welt nicht gab. Der Tiger spielte mit Kindern. Alle auf dem Bild sahen wahnsinnig glücklich aus. Die beiden jungen Männer sprachen immer weiter. Frank nickte und blickte noch einmal unruhig über die Schulter hinweg Richtung Treppe. Er musste unbedingt zu seiner wichtigen Besprechung zurückkehren.

Frank fragte sich, ob er noch genug Kraft hatte, um seine Hand zur Faust zu ballen und die beiden Männer so lange zu verprügeln, bis sie sich endlich verzogen. Müsste er dann auf ein Leben nach dem Tod im Paradies verzichten? Dürfte er nicht mit all den lächelnden Tigern und glücklichen Kindern in diesem Garten spielen? Er wusste nicht einmal, ob die beiden dort an ein Leben nach dem Tod glaubten. Würden sie ihm die andere Wange hinhalten, wenn er sie schlug? Gehörte das zu ihren Überzeugungen? Im Laufe der Jahre hatte er unzählige ihrer kleinen Zeitschriften erhalten, aber nicht eine davon gelesen. Frank nahm sich vor, sich über diese Leute im Internet zu informieren, wenn er das nächste Mal in der Bibliothek war. Ja, Frank kannte sich mit dem Internet aus. Er wusste auch, wie man E-Mails verschickte und wie man mit einem Handy umging. Er konnte sogar eine SMS mit einem Smiley am Ende der Nachricht verschicken, wenn er wollte. Nur dass da niemand war, dem er eine SMS mit einem Smiley hätte schicken können, und E-Mails schrieb er nur seiner Tochter. Und so war das Postfach auf dem Computer in der Bibliothek nur ein weiteres Einfallstor für die Hersteller von Treppen- und Badewannenliften.

Während die beiden jungen Männer weiterredeten, fragte Frank sich, ob er seine Hand jemals wieder dazu gebrauchen würde, jemanden niederzuschlagen, *wenn* er sie denn noch zur Faust ballen könnte. Dabei wollte er gar nicht unbedingt jemanden schlagen – selbst Anwesende eingeschlossen –, vielmehr beschäftigte ihn die Frage, ob das Zuschlagen mit der Faust auch eines der vielen Dinge war, die er niemals wieder tun würde. Wie rennen oder auf einer Hüpfburg toben oder Kaugummi kauen oder Maiskolben essen. Er nahm sich vor, alle Dinge aufzuschreiben, die er in seinem Leben noch machen wollte, so wie er es einmal in einem Film gesehen hatte.

Als die beiden Männer schließlich verstummten, nahm Frank ihr Fanclub-Magazin und schloss die Tür. Er stand schon mitten auf der Treppe, als er das Piepsen des zurücksetzenden Müllwagens hörte. Er hatte die Mülltonnen nicht rausgestellt. Da er die beiden Männer noch durch die Mattglasscheibe sehen konnte, wollte er die Tür nicht öffnen und ihnen so eine zweite Chance geben. Warum bewegten sich diese Typen bloß immer so langsam? Frank wartete, bis sie sich endlich umdrehten und den Weg hinunterschlenderten. Als sie endlich verschwunden waren, waren das auch die Müllmänner. Jetzt würde das Gerümpel weitere vier Wochen am Ende des Vorgartens liegen. Der Herausgeber des örtlichen Nachrichtenblattes würde ihm wieder einen Brief schreiben und sich auf den Brief beziehen, den er ihm im letzten Jahr geschickt hatte. Er würde darauf hinweisen, dass das Dorf beim Verschönerungswettbewerb besser hätte abschneiden können, wenn gewisse Personen – er wolle keine Namen nennen (Frank) – einen etwas grüneren Daumen und nicht so viele alte Kühlschränke in ihrem Vorgarten stehen hätten.

Dabei hatte dort immer nur ein Kühlschrank gestanden.

Und der war nicht mehr da.

4

Auf Kellys zweiten Besuch bereitete Frank sich vor, als erwartete er die Queen.

Er hatte die Grundfläche seiner Wohnung alleine dadurch beträchtlich vergrößert, dass er den Staub von den Porzellanfiguren und dem anderen Nippes entfernt hatte, der auf dem Kaminsims und dem Sideboard im Wohnzimmer stand. Er hatte alle DVDs wieder in die richtigen Hüllen gelegt und sie alphabetisch geordnet, ohne ein einziges Mal innezuhalten, auch nicht, um Michael Caine zu imitieren. Er reinigte Badewanne und Waschbecken und hängte die Handtücher ordentlich auf. Er räumte die Zeitungen und Zeitschriften, die neben der Toilette auf dem Boden lagen, in den Dielenschrank und hängte eines dieser blauen Dinger in die Toilettenschüssel. In der Küche wischte er den Kühlschrank von außen ab und polierte die Spüle, bis sie so glänzte, dass Kelly den Sitz ihres Ponys darin überprüfen konnte, wenn sie den Kessel mit Wasser füllte. Frank polierte auch den Kessel. Er saugte in allen Räumen, auch die Linoleumböden in Küche und Badezimmer. Und bevor er den Staubsauger wegräumte, saugte er noch den Staubsauger.

Nachdem Frank die Wohnung gereinigt hatte, widmete er sich seinem Äußeren. Zum ersten Mal seit dem Unfall rasierte er sich. Er begann mit dem alten Elektrorasierer, bis die Batterie leer war und die Haut an seiner Kinnspitze in der stumpfen Scherfolie steckte. Daraufhin griff er zu dem einzigen anderen Rasierer, den er hatte, einem rosafarbenen Damen-Einwegrasierer aus dem Viererpack, das er im Wohlfahrtsladen gekauft hatte, um die Flusen von seinen Pullovern zu entfernen.

Frank kämmte die Knoten aus seinem langen, seidigen weißen Haar, das es den Leuten oft schwer machte, sein Alter zu schätzen. Sie sagten dann, sein Haar sehe aus wie das von Kenny Rogers.

Richard-Harris-Haar.

Gandalf-Haar.

Emmylou-Harris-Haar.

Rapunzel, Rapunzel, lass dein Haar herunter.

Wäre es nicht weiß gewesen, man hätte Franks Haar auf dem Kopf eines viel jüngeren Mannes erwartet oder sogar auf dem eines Mädchens.

Manchmal band er es auch zu einem Pferdeschwanz.

Als Frank einmal im Wohlfahrtsladen war, hingen dort ein paar Schulkinder herum und kicherten. Frank sah zu ihnen hinüber, woraufhin die Kinder sich sofort abwandten. Als er sich den antiquarischen Büchern zuwandte, begannen sie wieder zu lachen. Frank konnte sie in einem alten Spiegel sehen. Sie zeigten auf ihn und dann auf ein Regal mit Spielzeug, in dem ein rosafarbenes Kunststoffpony aus der Serie *Mein kleines Pony* stand. Es hatte einen Regenbogen auf dem Hintern und eine lange silberweiße Mähne.

Wenigstens hatte er keine Glatze. Nach wissenschaftlichen Erkenntnissen hätte er eine haben müssen. Es hieß, dass die Wahrscheinlichkeit, unter starkem Haarausfall zu leiden, um das Zweieinhalbfache stieg, wenn der eigene Vater eine Glatze hatte. Und Franks Vater hatte eine Vollglatze.

Kojak-Glatze.

Yul-Brunner-Glatze.

Sinéad-O'Connor-Glatze.

Frank hatte seinem Freund Smelly John einmal ein Foto gezeigt, auf dem er neben seinem Vater stand. Smelly John hatte ihn gefragt: »Warst du mit deinem Vater verwandt?« Und dann folgten tausend abgedroschene Witze über den Milchmann, der wohl öfter bei ihnen zu Hause gewesen war, wenn Franks Vater gearbeitet hatte. Hatte der Milchmann einen starken Haarwuchs gehabt? Gab es auch ein Foto, auf dem Frank neben dem Milchmann stand? Frank freute sich nicht gerade darauf, Smelly John von seinem Unfall zu erzählen, wenn er wieder fit genug war, um ihn zu besuchen.

Also saß Frank am Montagmorgen am Fenster und wartete auf Kelly Christmas. Auch heute hatte er sich wieder gekämmt. Er hatte den Kamm in Brylcreem getunkt und sich auf der linken Seite des Kopfes einen Scheitel gezogen. Er sah aus, als wartete er darauf, für die Kirche abgeholt zu werden.

Um Viertel nach elf stieg Kelly aus ihrem Wagen. Frank humpelte durchs Wohnzimmer, setzte sich in den Sessel und bemühte sich um einen ungezwungenen Gesichtsausdruck. Als er tief einatmete, spürte er ein Stechen in den Rippen. Er umklammerte die Sessellehne und sog zischend die Luft zwischen den Zähnen ein wie ein Dachdecker, der gerade einen zu hohen Preis für seine Arbeit verlangt. Seine Zähne saßen zu locker, er musste unbedingt in die Drogerie, um neue Haftcreme zu besorgen. Er hätte Kelly bitten können, ihm welche mitzubringen, doch sein Stolz hinderte ihn daran. Vielleicht würde er sie heute darum bitten.

Schließlich hörte Frank, wie die Haustür geöffnet wurde.

»Hallo?«, rief Kelly, als sie unten an der Treppe stand. »Mr. Derrick?«

Sie stieg die Treppe hinauf und betrat das Wohnzimmer.

»Guten Morgen«, sagte sie. »Wie geht es uns heute?«

»Ich weiß nicht, wie es Ihnen geht, aber ich fühle mich, als hätte mich ein Milchwagen überfahren.« Frank hatte diesen Satz nicht einstudiert, sich jedoch vorgenommen, etwas Witziges zu sagen. Er freute sich, dass Kelly ihm das richtige Stichwort für den Gag geliefert hatte.

»Heute sehen Sie schon viel besser aus.« Kelly zog ihren Anorak aus und hängte ihn über die Rückenlehne des Stuhls am Fenster. Die neugierigen Nachbarn auf der gegenüberliegenden Straßenseite sprachen mit Sicherheit schon darüber, dass sie »gerade schon wieder diese junge Frau in Frank Derricks Wohnzimmer gesehen« hätten. »Sie hat ihre Jacke ausgezogen.« »Es ist nicht seine Tochter.« »Ich glaube, sie hat einen eigenen Schlüssel.« Hilary, die Leiterin der Nachbarschaftswache, die genau gegenüber wohnte, machte garantiert soeben eine Notiz in ihrer Kladde für »besondere Vorfälle«.

Kelly legte eine kleine Papiertüte auf den Tisch neben Franks Sessel.

»Ihre Schmerztabletten. Was macht Ihr Fuß?«

»Er tut noch ziemlich weh.«

»Hm.«

Kelly nahm ein Kissen von der Couch, legte es vor Franks Sessel auf den Teppich und forderte Frank auf, seinen Fuß darauf zu legen.

»Was machen die Kopfschmerzen?«, fragte sie. »Hören Sie noch das schrille Klingeln?«

»Jetzt ist es eher ein Piepsen. Es hört sich an wie das Piepsen eines Lkw, der in meinem Kopf zurücksetzt. Ich habe immerzu das Gefühl, ich müsste die Mülltonnen rausstellen.« Diese Sätze *hatte* Frank einstudiert und sie heute Morgen mehrmals vor Bill geübt. Seine Stimme sollte der von Groucho Marx oder Woody Allen ähneln, doch sie klang eher nach Kermit, dem Frosch. Die Reaktion, die Frank von Kellys Gesicht ablas, war allerdings zufriedenstellender als Bills ausdrucksloser, starrer Blick.

»Ich hole etwas für den Zeh«, sagte sie. »Haben Sie einen Eisbeutel? Soll ich den Kessel aufsetzen?«

Kelly wartete nicht auf eine Antwort. Sie ging durch die Diele in die Küche und füllte den Kessel.

»Bei ein paar Sachen in Ihrem Kühlschrank ist das Haltbarkeitsdatum schon länger abgelaufen!«, rief sie aus der Küche, wobei sie vermutlich den Kopf in den Kühlschrank steckte.

»Das sind doch nur Richtwerte!«, rief Frank zurück.

Das Wasser im Kessel kochte. Kelly schrie nun noch lauter. »Diese Würstchen hier sind so alt, dass sie ihr Datum in ein paar Monaten wieder erreichen! Kann ich sie wegwerfen?«

»Ich glaube schon. Sie haben sowieso nur in der Originalverpackung einen Sammlerwert.«

Kelly kam mit einem Beutel gefrorener Erbsen, die sie in ein Geschirrtuch gewickelt hatte, ins Wohnzimmer zurück. Sie kniete sich vor Frank auf den Boden und legte die Erbsen auf seinen Zeh.

»Wie ist das? Nicht zu kalt?«

»Nein, gut. Danke.«

Kelly ging zurück in die Küche. »Haben Sie Frühjahrsputz gemacht?«, fragte sie. Der Kessel machte jetzt ziemlichen Lärm, sodass sie wieder lauter sprechen musste.

Frank schaute sich im Wohnzimmer um. Seine Staub- und Spinnwebensammlung war ruiniert. Er brauchte definitiv ein neues Hobby.

»Kann man eigentlich nicht sagen«, erwiderte Frank.

»Es ist alles sehr sauber!«, rief Kelly. »Da habe ich ja kaum etwas zu tun!« Inzwischen schrie sie, um den Lärm des Kessels zu übertönen. »In der Spüle kann ich mich spiegeln!« Es hörte sich an, als spräche sie aus einem Windkanal. »Und der Kessel. Sind Sie scharf auf meinen Job?«

Natürlich war er das nicht. Frank war schon lange Rentner, er hatte einen Gipsarm, und in ihrer schicken blauen Arbeitskleidung würde er lächerlich aussehen.

Kelly brachte Frank eine Tasse Tee und stellte sie neben ihn auf den Tisch. Sie nahm eine halbe Packung Plätzchen mit Vanillecreme aus ihrer Tasche und legte sie neben die Teetasse. Dann machte sie sich auf die Suche nach Hausarbeiten, die Frank noch nicht erledigt hatte. Sie wischte das Abtropfbrett in der Küche ab, machte sein Bett noch einmal und nieste mehrmals, als sie die Steppdecke aufs Bett legte. Anschließend spülte sie mit der Brause die blitzsaubere Badewanne aus und drehte die Seife in der Seifenschale um, sodass die Seite, auf der noch ein Teil des Aufdrucks zu erkennen war, oben lag. Kelly kehrte ins Wohnzimmer zurück, arrangierte die Kissen auf der Couch ordentlich, sammelte die Krümel der Plätzchen auf, die Frank gegessen hatte, und wusch seine leere Tasse ab.

Ehe sie ging, legte sie die gefrorenen Erbsen wieder ins Tiefkühlfach und hängte das Geschirrtuch an den Haken an der Küchentür. Während sie Frank schließlich eine weitere Tasse Tee kochte, unterhielten sie sich wieder sehr laut. Dann suchte sie ihre Sachen zusammen, und Frank unterschrieb den Stundenzettel. Kelly zog ihren Anorak direkt vorm Fenster an, als würde sie es darauf anlegen, dass die Nachbarn es sehen konnten. Frank reichte ihr das unterschriebene Formular. Seine Unterschrift hatte immer noch eine erschreckende Ähnlichkeit mit dem Ausdruck eines Lügendetektors. Allmählich schien er sich jedoch an den Gips zu gewöhnen, denn der Ausdruck sah inzwischen immerhin schon wie der eines Menschen aus, der nur ein wenig geflunkert hat. Kelly steckte den Stundenzettel in die Tasche, verabschiedete sich und ging zur Treppe.

Als die Haustür ins Schloss fiel, stellte Frank sich ans Fenster, mit ein wenig Abstand, sodass sie ihn nicht sehen konnte, sollte sie den Blick heben. Kelly stieg ins Auto, nahm das Schild »Pflegedienst im Einsatz« ab und startete den Motor. Frank hörte Popmusik und dann das Knirschen des Getriebes, kurz bevor sie wieder knapp an einem der Poller vorbeischrammte.

Sofort wurde sich Frank wieder der Stille in der leeren Wohnung bewusst. Aber irgendwie war sie dieses Mal nicht mehr ganz so leer wie zuvor, so als hätte Kelly heute etwas zurückgelassen. Nicht nur die Plätzchen mit Vanillecreme und die Papiertüte mit Franks Schmerztabletten. Nein, da war noch etwas anderes.

5

In den nächsten drei Tagen riefen fünfzehn Leute bei Frank an, die ihm etwas verkaufen wollten. Ein neuer Rekord, glaubte er. Frank testete unterschiedliche Strategien, um sie abzuwimmeln. Er sagte höflich »Nein danke«, legte wortlos wieder auf oder behauptete, »nix Englisch« zu können. Beim fünfzehnten Anruf sagte er: »Da müssen Sie mit meiner Frau sprechen« und legte das Telefon neben die schlafende Katze, die fünf Minuten lang in den Hörer schnurrte, während er zur Toilette ging.

Am Freitag wagte Frank den Ausbruch aus Alcatraz.

Es dauerte ewig, bis er fertig war. Der Versuch, seinen Bumerang-Arm in den Ärmel der Jacke zu zwängen, glich einer rückwärtslaufenden Houdini-Vorführung, die ein größeres Publikum verdient hätte als bloß eine Katze mit ausdrucksloser Miene. Frank verrenkte sich den Hals, als er den Arm in den Ärmel steckte. Zu allem Überfluss blieben seine Finger auch noch in einem Loch im Futter hängen. Als er die Jacke endlich angezogen hatte, klemmte der Reißverschluss in der Mitte. Frank musste sich einen Augenblick ins Wohnzimmer setzen, bis er wieder zu Atem kam. Jemand hätte das alles in Schwarz-Weiß filmen sollen – begleitet von Klaviermusik. Nächste Woche würde er dann wie Buster Keaton an der kaputten Uhr eines hohen Gebäudes hin- und herschwingen oder seelenruhig zusehen, wie die Fassade eines Holzhauses auf ihn stürzte, während ein Klavierspieler die Szene live begleitete.

Frank wurde bewusst, dass er die Jacke und den Gips darunter jetzt wahrscheinlich für den Rest seines Lebens tragen musste. Eine hässliche blaue Jacke mit kaputtem Reißverschluss, zerrissenem Futter und einer abnehmbaren Kapuze, die nicht mehr auffindbar war. Er hatte die Jacke immer gehasst. Wenigstens passte der blaue Stoff zu seinen marineblauen Segelschuhen. Man konnte ja nie wissen, wann das *Tatler*-Magazin ein Foto von einem schießen würde.

Seit dem Unfall hatte Frank immer nur seine roten Pantoffeln getragen. Er begann also damit, den rechten Schuh anzuziehen, was sich aufgrund seines kaputten Arms bereits recht mühsam gestaltete. Doch schließlich saß er. Den linken Schuh anzuziehen war noch weitaus schwieriger. Frank kam es fast so vor, als hätte er eine andere Größe. Er lockerte den Schnürsenkel und zog den Schuh so weit wie möglich auseinander. Dennoch war es ziemlich schmerzhaft, den Fuß hineinzuquetschen. Er hatte den Schnürsenkel so weit herausgezogen, dass er zu kurz war, um ihn zuzubinden. Frank stand auf.

»Darf ich bitten?«, fragte er Bill, der die ganze Zeit keine Tatze gerührt hatte, um ihm zu helfen. Frank hängte den Beutel mit der Aufschrift »Bag for Life« über seinen Bumerang-Arm. *Bag for Life.* Ein ziemlich gewagter Aufdruck für die Taschen eines Wohlfahrtsladens, wenn man das Durchschnittsalter seiner Kundschaft in Betracht zog. Frank warf einen Blick in den Dielenspiegel, um festzustellen, dass er in der Tat furchtbar aussah. Dann nahm er den Gehstock, den er im Krankenhaus bekommen und dann doch nicht im Krankenwagen vergessen hatte, bestach die Gefängniswärter, ließ Bill in den Garten und humpelte den Weg hinunter. Er ging um den Poller auf dem Grünstreifen vor seinem Haus herum, den jemand umgekippt hatte, und nahm sich vor, den schweren Betonklotz wieder aufzurichten, sobald der Gips entfernt worden war.

Es war das erste Mal, dass Frank mit dem Gehstock das Haus verließ, und er wusste noch nicht recht, wie er damit umgehen musste. Sollte er sich auf den Gehstock stützen? Oder ihn wie ein Blinder vor sich hin und her bewegen? Frank war in der Diele auf und ab gelaufen und hatte verschiedene Arten des Humpelns am Gehstock ausprobiert. Im Wohnzimmer hatte er den Stock wie Charlie Chaplin geschwungen. Eine zerbrochene Tischlampe und ein geköpfter Porzellanschwan konnten das bezeugen. Ihn so zu benutzen, wie es vorgesehen war, war jedoch etwas ganz anderes. Vielleicht könnte er die Sea Lane hinuntertänzeln, den Stock dabei in die Luft werfen und ihn wie Fred Astaire nach einer Pirouette wieder auffangen. Frank hoffte, ein paar Jugendliche würden an ihm vorbeilaufen, ihm die Zunge herausstrecken und ihn einen Wichser nennen, dann könnte er wild mit dem Stock in der Luft herumfuchteln und rufen: »Euch müsste man …«

Der Gehstock war nicht einmal besonders schön. Frank hätte lieber einen Stock mit einem Hundekopf oder einer Kristallkugel als Griff gehabt. Vielleicht auch einen mit Juwelen besetzten Stock oder einen mit Bernsteingriff, in dem eine Mücke eingeschlossen war wie bei dem von Richard Attenborough in *Jurassic Park*. Er hätte gerne einen Stock gehabt, in dem ein Schwert versteckt war, oder zumindest einen, den man auch als Sitz benutzen konnte, falls man auf dem Weg zu den Geschäften müde wurde. Franks Gehstock war ein einfacher, zweckmäßiger Aluminiumstock mit einer Gummikappe unten und einem rechtwinkligen Kunststoffgriff mit einem Aufkleber, auf dem stand: EIGENTUM DER GESUNDHEITSFÜRSORGE WEST SUSSEX.

Als Frank die Straße hinunterging, schallte Musik der Radiosender 3 und 4 durch die geöffneten Fenster der hübschen Bungalows. Es roch nach Seetang, der in den Gärten als Dünger benutzt wurde. Alle bereiteten sich auf den bevorstehenden Wettbewerb »Blühende Dörfer« vor. Ein einmotoriges Propeller-Flugzeug flog über ihn hinweg. Die Vögel zwitscherten, und die Ringeltauben kackten wie eh und je.

All das erinnerte Frank an den Song *Pleasant Valley Sunday* von den Monkees. Er bemerkte, dass er ihn zu summen begann. Ja, Frank hatte von den Monkees gehört. Er kannte nicht nur Vera Lynn und Max Bygraves. Frank hatte auch von den Arctic Monkeys gehört, obwohl er sich an keinen ihrer Songs erinnern konnte.

Am Ende der Sea Lane waren ein paar kleine ›FOR SALE‹-Schilder herausgerissen worden und lagen auf der Erde. Frank sah einen weiteren umgeworfenen weißen Poller. Und als er schließlich den Wohlfahrtsladen betrat, sprachen bereits alle über den Vandalismus, dem der Ort in der Nacht zuvor zum Opfer gefallen war. Drei der kleinen ›FOR SALE‹-Schilder und fast ein Dutzend Betonpoller waren umgestoßen worden. Das hatte unter den Asseln im Dorf für Chaos gesorgt. Irgendjemand hatte das Straßenschild an der Ecke Renis Crescent verdreht. Es herrschten schlimmere Zustände als in der Bronx.

Alle alten Damen im Wohlfahrtsladen benahmen sich wie Miss Marple und gaben ihre Vermutungen zum Besten.

»Das waren Jugendliche«, meinte eine alte Dame, während sie den Preis einiger Strickjacken heraufsetzte.

»Auf jeden Fall waren es Jugendliche«, stimmte eine andere Miss Marple zu, die das Dan-Brown-Regal auffüllte.

»Jugendliche«, sagte eine Kundin an der Theke, die ein Strickmuster bezahlte.

Alle waren sich einig. In der Post nebenan, wo Frank für Briefmarken angestanden hatte, war es dasselbe gewesen.

»Ganz sicher Jugendliche«, sagte ein Mann, der in der Schlange stand, um eine Briefmarke zu kaufen.

»Es waren Jugendliche«, meinte die Frau, die hinter der Scheibe aus Sicherheitsglas arbeitete.

Nur die einsame Stimme einer alten Dame, die hinter einem Vorhang in der Ecke des Wohlfahrtsladens ein Nachthemd anprobierte, war unvoreingenommen, bis sich die Sache schließlich ein wenig deutlicher darstellte. »Vermutlich waren es Jugendliche«, hörte man sie hinter dem Vorhang sagen.

Warum mussten es unbedingt immer Jugendliche gewesen sein?, dachte Frank. Warum hatte die Jugend das Monopol auf sinnlosen Vandalismus? Warum können nicht auch wir anderen ab und zu mal eine Telefonzelle zertrümmern oder eine Parkbank mit Graffiti beschmieren? Warum müssen es immer Jugendliche sein?

Die Frau, die das Strickmuster bezahlte, las seine Gedanken und kannte die Antwort.

»Sie langweilen sich«, sagte sie.

Langeweile. Also wirklich! Langeweile. Sie kannten nicht einmal die Bedeutung des Wortes. Frank könnte ihnen einiges über Langeweile erzählen. Aus welchem Grund sollten die jungen Leute sich denn langweilen? Sie hatten Rutschen und Schaukeln, Computerspiele, Fußball, und sie konnten Fangen spielen. Sie konnten rennen und springen, hüpfen, hopsen, Purzelbäume und Räder schlagen. Sie konnten ihre Fäuste ballen und sich gegenseitig vermöbeln. Sie konnten Kaugummi kauen. Sie hatten ihre eigenen Fernsehsender und quasi alle Radiosender. Sie hatten das Internet und Fahrräder, Handys und Skateboards. Wenn die Kids so gelangweilt waren, sollten sie mal versuchen, ein paar hundert Nachmittage hintereinander alleine vor dem Fernseher zu sitzen und sich eine Wiederholung nach der anderen von *Mord ist ihr Hobby* ansehen. Dann würden sie schon sehen, wie sehr sie sich wirklich langweilten. Es waren die älteren Menschen, die Sachen zertrümmern sollten!

Wenn Frank den Drehständer mit den Grußkarten im Wohlfahrtsladen umwerfen würde, könnte ihm niemand einen Vorwurf machen. Er könnte gegen den großen Glasschrank mitten im Laden treten und auf der angeblich wertvollen orientalischen Vase herumspringen, die immer eingeschlossen wurde, als handelte es sich um den Pink-Panther-Diamanten. Kein Richter des Landes würde ihm vorwerfen, dass er nicht provoziert worden war. Er würde ihnen zeigen, wozu Langeweile führen konnte.

Wenn Frank das nächste Mal Smelly John besuchte, würde er mit der Faust gegen alle Türen in dem Heim für betreutes Wohnen hämmern, in dem sein Freund wohnte, und dann weglaufen. Er würde in den Aufzug steigen und auf alle Knöpfe drücken – Erdgeschoss und erster Stock. Er würde in dem Aufzug auf und ab springen, bis er zwischen den Etagen stecken blieb und ein Techniker gerufen werden musste.

Sobald alle hier aufgehört hätten, über Vandalismus zu reden, sodass Frank seine Deko-Artikel und DVDs bezahlen könnte, würde er auch ein paar Poller umstoßen. Er würde warten, bis der Immobilienmakler die Schilder im Dorf wieder aufgestellt hatte, und sie dann alle wieder herausziehen.

Hilary würde eine dickere Kladde benötigen, um all diese *besonderen Vorkommnisse* festzuhalten.

Frank bezahlte seine neuen Deko-Artikel für den Kaminsims und die DVDs. Er hatte einen Eierbecher gekauft, einen Fisch und zwei kleine Porzellan-Giraffen. Jetzt hatte er zwölf Giraffen. Wenn er genug gleiche Tiere kaufte, dachte er, wäre es irgendwann eine Sammlung, die dann jemand in Amerika oder Japan kaufen würde. Frank hatte zwei DVDs gekauft – *Gesprengte Ketten* und *Gattaca* –, die er bereits besaß.

Er verließ den Wohlfahrtsladen und ging zu *Fullwind Food & Wine* gleich nebenan. Frank kaufte ein kleines geschnittenes Brot, drei Dosen Fertig-Nudelgerichte und einen halben Liter Milch.

»Damit können Sie aber in einer Koch-Show nicht viel reißen«, sagte der Mann an der Kasse zu ihm. Es war genau wie in Franks Traum. Ein kurzer Einkaufsbummel mit so einem sarkastischen Klugscheißer an der Kasse. Er würde sicher jede Sekunde aufwachen.

Doch anders als in seinem Traum fühlte er sich keineswegs jung. Wenn überhaupt, fühlte er sich sogar älter als sonst. Frank verließ das Geschäft und ging nach Hause, wo niemand auf ihn wartete, um ihm zu helfen, seine *Bag for Life*-Tasche auszupacken.

Als er zu Hause ankam, lief er um den umgefallenen Poller auf dem Grünstreifen herum.

»Jaja, die Jugendlichen«, murmelte er und ging durch das Tor in den Vorgarten, in dem ein Mann stand und zum Dach hinaufschaute. Er schmatzte sorgenvoll und schüttelte den Kopf.

Frank stellte sich vor, wie er das Schwert aus seinem Gehstock zog, *en garde!* rief und den Dachdecker durchbohrte. Dann bemerkte er, dass er den Stock im Laden vergessen hatte und Bills Katzenstreu ebenfalls.

6

Vor einem Jahr, zu seinem achtzigsten Geburtstag, hatte Frank von seiner Tochter eine Glückwunschkarte aus Amerika bekommen. In dem Umschlag hatte außer der Karte noch eine kleine Broschüre gesteckt, in der stand, was man vorbeugend gegen Demenz tun konnte. Auch damals wäre ihm ein Büchergutschein lieber gewesen, aber, nun ja.

Vorne auf der Broschüre war ein alter Mann zu sehen, der ein Kreuzworträtsel in einer Zeitung löste. Der alte Mann kaute auf dem Kugelschreiber herum und dachte angestrengt nach – vermutlich ging es um ein entscheidendes Wort in dem Rätsel. Über dem Bild stand: *Verwende oder verliere sie.* Amis, dachte Frank. Es ging um die Gehirnzellen des alten Mannes.

In der Broschüre wurde die Bedeutung einer guten Ernährung, regelmäßiger Bewegung und körperlicher und geistiger Aktivität betont. Man solle ein Instrument spielen, stand dort. Eine Fremdsprache lernen. Als Frank das nächste Mal in den Wohlfahrtsladen ging, kaufte er sich einen Spanisch-Sprachkurs auf Kassette. Als er nach Hause kam, stellte er fest, dass er gar keinen Kassettenrekorder besaß. War die Tatsache, dass er darüber gar nicht nachgedacht hatte, ein Zeichen dafür, dass er seine Gehirnzellen verlor? Davon stand in der Broschüre nichts. Frank beschloss, sich deswegen keine allzu großen Sorgen zu machen. Wenn im Laden ein Kassettenrekorder angeboten wurde, würde er ihn kaufen. Und wenn er dort ein Saxophon, ein Banjo oder ein Schlagzeug entdeckte, würde er auch das kaufen.

In der Broschüre fand sich ein weiteres Bild des amerikanischen Mannes, um dessen graue Zellen es ging. Nennen wir ihn Ron. Das klang doch amerikanisch, oder? Ron war zu Hause. Er saß in seiner Wohnung in einem Sessel. Auf der Armlehne seines Sessels lag ein Apfel (gesunde Ernährung), und an dem Tisch neben dem Sessel lehnte ein Tennisschläger (regelmäßige Bewegung). Er hielt sich geistig fit, indem er ein Buch las.

An Rons Wand hingen zwei Uhren und ein Kalender. Er trug eine große Armbanduhr. Wenn man immer das Datum und die Uhrzeit wusste, würde das die Demenz in Schach halten, stand in der Broschüre.

An Franks Küchenwand hing ein kostenloser Kalender von einer Firma, die Treppenlifte verkaufte, und im Wohnzimmer hing einer von einem Schutzverein für Straßenhunde. Frank besaß auch einen dieser Abreißkalender, der auf dem Schreibtisch im Wohnzimmer stand. Jeden Morgen riss er das Kalenderblatt des vergangenen Tages ab und sprach das neue Datum laut aus, bevor er die Treppe hinunterging und die Zeitung hochholte. Sie lag immer versteckt zwischen all den Bettelbriefen von gemeinnützigen Hilfsorganisationen und Angeboten für barrierefreie Badewannen und für Treppenlifte. Frank konnte die Treppe noch hinauf- und hinuntersteigen. Seit dem Unfall ging es zwar langsamer, aber er schaffte es. Jeden Morgen holte er die Zeitung, die unten an der Treppe lag, und schaute oben auf der ersten Seite neben den Lottozahlen und dem kleinen Bildchen einer strahlenden Sonne oder dicken Regenwolke nach und las dann das Datum laut vor. Mitunter las er es mit einem Glasgower, Liverpooler oder Londoner Akzent vor. Oder mit einem witzigen amerikanischen Akzent wie dem, den Ron mit den grauen Zellen haben könnte.

Doch ab und zu fragte Frank sich, ob er das gestrige Blatt schon einmal abgerissen hatte, sodass der Kalender jetzt das Datum von morgen zeigte. Oder was, wenn er dachte, das gestrige Kalenderblatt schon abgerissen zu haben, es aber gar nicht getan hatte, sodass der Kalender noch immer das Datum von gestern zeigte, und er jetzt glaubte, das wäre das Datum von heute? Was dann? Oder wenn der Zeitungsjunge heute nicht da gewesen war und Frank die Zeitung von gestern hereingeholt hatte und das Datum der gestrigen Zeitung las? Auf all diese Fragen lieferte die Broschüre keine Antworten. Frank beschloss, sich keine allzu großen Sorgen darum zu machen.

Der Hund des Monats im Kalender des Straßenhund-Vereins war ein arrogant aussehender Pudel. Er sah aus, als würde der Stock, dem er hinterherjagte, in Wahrheit in seinem Arsch stecken. Kein Wunder, dass der Besitzer ihn ausgesetzt hatte. Vermutlich hatte er den ganzen Tag gekläfft und die Nachbarn genervt. Frank war froh, wenn er das Kalenderblatt endlich umblättern konnte. Vielleicht war im nächsten Monat ein Irischer Wolfshund oder ein Zwergschnauzer zu sehen. Vorerst hatte er dem Pudel eine Brille und einen Hitlerbart verpasst.

Frank bekam eine Menge kostenloser Kalender zugeschickt. Sie kamen mit Bittbriefen und Überweisungsformularen, die er nur noch unterschreiben musste. Je älter er wurde, desto mehr Werbesendungen erhielt er. Kugelschreiber von gemeinnützigen Vereinen. Bilder von hungernden Kindern. Traurige Esel.

Unter dem Pudel mit dem Hitlerbart hatte Frank den heutigen Tag mit einem roten Kreuz markiert. Er sah auf die Uhr über dem Kamin. Es war halb elf. Auf der Küchenuhr war es vier Minuten später und auf Franks Armbanduhr zwei Minuten früher. Auf dem DVD-Player blinkte regelmäßig eine Reihe von Achten auf. Es dauerte nicht mehr lange, dann würde Kelly kommen.

Er sollte sein Gebiss einsetzen.

Kelly kam um Viertel nach elf. Sie parkte den Wagen und legte das Schild »Pflegedienst im Einsatz« hinter die Windschutzscheibe. Dann schloss sie die Tür ab und überquerte die Straße.

Frank humpelte quer durchs Wohnzimmer, setzte sich in seinen Sessel und schaltete den Fernseher ein. Dann nahm er die Zeitung und versuchte unbekümmert zu wirken, sodass er ganz überrascht darüber tun könnte, dass Kelly da war. So, als hätte er vollkommen vergessen, dass sie kommen würde, weil sie nicht der Höhepunkt seiner Woche war, der einzige rot markierte Tag auf dem Nazi-Pudel-Kalender.

Kelly gab auf der Tastatur des Schlüsselsafes sein Geburtsdatum ein und nahm den Schlüssel heraus. Frank hörte, wie sie die Tür aufschloss.

»Mr. Derrick?«

Sie betrat das Wohnzimmer. Aus ihrer Tasche schaute ein Blumenstrauß heraus.

»Haben Sie eine Vase?«, fragte sie.

Frank schickte sich an aufzustehen.

»Bleiben Sie sitzen. Ich finde schon eine.« Kelly ging in die Küche und fand eine Vase im Schrank. Sie füllte sie mit Wasser und stellte die Blumen hinein. Anschließend brachte sie die Vase ins Wohnzimmer und stellte sie auf das Sideboard. Sie arrangierte den Blumenstrauß in der Vase, trat zurück und betrachtete ihn.

»So«, sagte sie, und dann ordnete sie den Strauß noch einmal neu. »Ich habe Ihre Kleidung aus dem Waschsalon mitgebracht, Mr. Derrick. Sie liegt in der Diele. Ich räume sie in den Schrank.«

Sie ging ins Schlafzimmer. Frank hörte, dass sie Schubladen öffnete und wieder schloss. Er dachte angestrengt nach, was er in den Schubladen aufbewahrte. Er hoffte, dass nichts dort lag, was peinlicher war als Altmänner-Slips mit Eingriff und Socken. Nachdem Kelly aufgeräumt hatte, fragte sie, was sie sonst noch tun könne.

»Dieses Jucken«, sagte Frank. Er hielt seinen eingegipsten Arm hoch. »Es macht mich wahnsinnig.«

»Hm«, sagte Kelly und begann in ihrer Tasche zu wühlen.

»Wir sollen eigentlich nur auf den Gips klopfen oder mit einem Fön heiße Luft auf den Gips blasen.« Sie hob den Blick. »Sie haben keinen Fön, nicht wahr?« Kelly schaute auf Franks langes Haar.

»Nein«, sagte er.

»Okay.« Kelly setzte die Durchsuchung ihrer Tasche fort. Sie nahm einige Dinge heraus, nach denen sie nicht gesucht hatte, und legte sie neben sich auf die Couch. Die cremefarbene Stofftasche war ziemlich vollgestopft. Zu ihrer Tasche würde der Aufdruck »Bag for Life« wirklich passen. Sie nahm zwei Geldbörsen und ein dickes Tagebuch heraus, ein Sandwich und eine Schere.

»Wie die Tasche von Mary Poppins«, sagte Frank. »Ist da auch ein Hutständer drin? Oder eine Leiter? Sie könnten mein Dach reparieren.« Frank hatte das Gefühl, Kelly ausreichend vertrauen zu können, um sie auf sein Dach zu schicken. Sie würde bestimmt nicht erst mal die Zeitung lesen oder ein Nickerchen machen, sobald sie aus seinem Blickfeld verschwunden war. Kelly würde alle losen Dachziegel befestigen und ihm für die ausgeführten Arbeiten eine angemessene Rechnung stellen. Sie würde nicht sorgenvoll schmatzen und nichts von dem Blei stehlen, mit dem der Schornstein ringsherum abgedichtet war.

»Ah.« Kelly nahm ein Knäuel Wolle heraus, in dem zwei Stricknadeln steckten. Eine der Nadeln zog sie heraus. Sie war etwa dreißig Zentimeter lang mit einer gedruckten 3 an einem Ende. »Eigentlich dürfen wir das nicht«, sagte Kelly.

Vorsichtig steckte sie die Stricknadel in den Gips, der mittlerweile schon ein wenig unangenehm roch, und begann den Arm zu kratzen. Es war das großartigste Gefühl der Welt, und er hatte Angst davor, dass sie wieder damit aufhören würde.

»Und was ist in der vergangenen Woche so passiert?«, fragte Kelly.

Doch trotz all der Dinge, die sich ereignet hatten – der Vandalismus im Ort, sein erster Spaziergang durchs Dorf seit dem Unfall; der Gehstock, den er benutzt und verloren hatte; all die Werbeanrufe, die er so clever und witzig abgewimmelt hatte; ganz zu schweigen von den ganzen Fernsehsendungen und DVDs, die er sich angesehen hatte – trotz all dieser Dinge herrschte in Franks Kopf nur gähnende Leere.

1

Am Donnerstag oder Freitag, vielleicht war es auch Samstag – es machte keinen großen Unterschied für Frank –, saß er am Wohnzimmerfenster und tat so, als wäre er James Stewart in *Das Fenster zum Hof*. Nach einem Unfall ans Haus gefesselt, beobachtete er seine Nachbarn und hoffte, den Mann in dem Bungalow gegenüber dabei zu erwischen, wie er eine schwere Kiste mit der zerstückelten Leiche seiner Frau durch die Diele schleppte. Oder vielleicht sähe er Anne, die drei Häuser weiter wohnte, wie sie nur mit BH und Slip bekleidet durch ihr Schlafzimmer tanzte, auch wenn er das nicht hoffte. Anne war vierundneunzig und hatte einen dichteren Schnurrbart als der Hitler-Pudel. Der Briefträger fuhr auf dem Fahrrad vorbei. Er war ein riesiger Mann mit sehr lichtem Haar. Aha, dachte Frank, der Gastauftritt von Alfred Hitchcock.

Frank konnte James Stewarts Stimme imitieren.

In den Siebzigerjahren hätte ihm dieses Talent eine eigene Samstagabendshow beschert. Er hätte nur sein Gesicht abwenden, das Haar zerzausen und sich wieder zum Publikum umdrehen müssen. Ein: »Hi, ich bin Jameshh Shhstewart«, und das Publikum hätte ihn geliebt.

Heutzutage hätte nicht nur die Stimme, sondern auch die Optik stimmen müssen. Eine Perücke und das historisch korrekte Outfit hätten hergemusst. Fünfeinhalb Stunden Maske müsste er einplanen, einen Rollstuhl ausleihen und eine Schauspielerin engagieren, die die Rolle von Grace Kelly übernehmen könnte. Und er würde Leute brauchen, die sagten, dass er als James Stewart ein besserer James Stewart war als James Stewart.

Aber im Grunde war das alles auch nicht wirklich wichtig.

In Franks Wohnzimmer gab es kein großes Publikum. Nur ein paar Porzellantiere mit unbeteiligten Mienen auf dem Kaminsims, sein eigenes verzerrtes Spiegelbild in der Fensterscheibe und ein Nazi-Pudel.

So ist das Showbusiness.

Aber Franks Gips juckte genauso unerträglich wie James Stewarts Gips in *Das Fenster zum Hof*. Er nahm die Stricknadel, die Kelly dagelassen hatte, steckte sie vorsichtig in den Gips und kratzte sich den Arm. Es war nicht dasselbe.

»Es ist genauso, als würde man versuchen sich selbst zu kitzeln«, sagte er zu Bill, der noch desinteressierter zu sein schien als sonst. Er lag auf der Couch auf dem Rücken ausgestreckt wie Cleopatra, die darauf wartete, dass die Sklavinnen ihr Weintrauben reichten. Frank klopfte auf den Gips. Sein Arm juckte noch immer, wahrscheinlich sogar etwas stärker. Er kratzte wieder mit der Nadel, als es an der Tür klingelte. Frank warf Bill einen Blick zu und wartete darauf, dass er sich bewegte. »Ich mache auf, okay?«, sagte Frank.

Er öffnete die Haustür und erblickte einen lustig aussehenden, kleinen Mann in grünem Sweatshirt, auf dem ein Baum prangte.

»Hallo, mein Freund. Verzeihen Sie die Störung. Sehen Sie diesen Baum dort?« Der Mann zeigte auf einen hohen Baum in einer Ecke von Franks Garten. »Die Wurzeln eines solchen Baumes können so tief reichen, wie der Baum hoch ist.«

»Verzeihung«, sagte Frank. »Worum genau geht es?«

»Sie gehören nicht dorthin. Die Wurzeln dieses Baumes.« Der Mann drehte sich um und zeigte noch einmal auf den Baum, falls Frank vergessen haben sollte, was ein Baum war, seit der Mann vor weniger als zehn Sekunden auf den Baum gezeigt hatte. »Diese Wurzeln werden in Ihre Rohrleitungen eindringen und sie zerstören. Sie werden zu Rissen in Ihrem Fundament führen. Dieser Baum …«, der Mann drehte sich um und zeigte wieder auf den Baum, »… wird Ihr verdammtes Haus zum Einsturz bringen.«

»Wirklich?«, fragte Frank.

»Todsicher.«

»Todsicher?«

Der Mann nickte. »Soll ich den Baum für Sie fällen?«

»Nein danke. Es ist alles in Ordnung«, sagte Frank.

»Er wird Ihr Haus zum Einsturz bringen, mein Freund.«

»Das glaube ich nicht.«

»Das glauben Sie nicht?«

»Nun, ich bin nicht todsicher, aber bereit, das Risiko einzugehen.«

»Sind Sie Baumpfleger?«

»Ich? Nein.«

Plötzlich schienen den Mann Bäume zu langweilen. Er verstummte und schaute auf Franks Gips.

»Sie haben da was. Die Spitze von Ihrem … Da guckt was aus Ihrem Arm raus.«

Frank blickte auf Kellys Stricknadel, die oben aus dem Gips herausragte.

»Mein Gott, das juckt, nicht wahr?«, sagte der Mann. »Ich hatte mir im vergangenen Jahr das Bein gebrochen. Der Gips ging bis zum Oberschenkel. Es kann sich keiner vorstellen, wie das gejuckt hat. Ich habe einen Bügel genommen und ihn aufgebogen. Einen dieser Drahtbügel. Hängt das fest? Was ist das? Eine Stricknadel?«

»Nein«, sagte Frank. »Das hängt nicht fest. Ich war noch nicht fertig. Ich musste die Tür öffnen.«

»Ja, stimmt. Sie sollten das Ihre Gattin machen lassen. Mein Bein hat immer meine Gattin gekratzt. Es ist nicht dasselbe, wenn man es selbst macht.«

»Das habe ich gerade zu meinem Kater gesagt. Es ist fast so, als wenn man versucht ...«

»Ja, ich weiß, als würde man versuchen sich selbst zu erwürgen«, unterbrach ihn der Mann.

»Ich wollte sagen, sich selbst zu kitzeln, aber ja«, sagte Frank.

Ein paar Sekunden sagte keiner der beiden Männer ein Wort. Es war so, als hätten sie vergessen, was sie ursprünglich auf der Schwelle dieses Hauses zusammengeführt hatte und aus welchem Grunde es überhaupt zu diesem ersten Treffen der Gipskratzer gekommen war. »Es ist nicht mein Baum«, sagte Frank schließlich. »Ich habe nur die Wohnung im ersten Stock gemietet. Und ich muss jetzt gehen. Ich habe viel zu tun.«

»Ja, natürlich.« Der Mann sprach noch kurz über den Baum und zeigte darauf, dann gab er Frank eine Visitenkarte und ging davon. Frank schloss die Tür und stieg die Treppe hinauf. Dann suchte er einen Metallbügel und bog ihn auf.

8

Kelly war früher da als sonst. Die halbe Nachbarschaft beobachtete sie seit fast zehn Minuten, und sie musste erst in fünf Minuten bei Frank sein. Er überlegte, ob er die Treppe hinuntersteigen sollte, um sie ins Haus zu bitten. Doch er nahm an, dass sie keine Lust hatte, zusätzliche Zeit mit ihm zu verbringen, für die sie nicht bezahlt wurde – als wäre sie eine Pflegeprostituierte. Und wenn er hinausging und sie ins Haus bat, würde Kelly bemerken, dass er ziemlich aktiv und sehr wohl in der Lage war, die Treppe hinunterzugehen. Das widersprach seinen Angaben in dem Fragebogen, den er beim ersten Besuch ausgefüllt hatte. Auf die Frage: »Wie mobil sind Sie?«, hatte er mit D statt mit B geantwortet. Vielleicht würde sie dann nicht mehr kommen. Frank war noch nicht bereit, auf ihre Besuche zu verzichten.

Während er wartete, gab er einigen seiner Nachbarn Indianernamen. Am Ende der Straße sah er, dass *Der den Rasen mit einer Nagelschere schneidet* fleißig im Garten arbeitete, um sich auf den Blühende-Dörfer-Wettbewerb vorzubereiten. *Der sein Auto zu oft wäscht* spülte zum fünften Mal in dieser Woche mit einem Schlauch die Seife von seinem Auto. Vor dem Bungalow nebenan spießte *Die den Müll aufspießt* mit einer spitzen Stange ein Stück zerknittertes Fettpapier auf. Franks Sioux-Name wäre entweder *Der Fernsehen glotzt* oder *Der Schnickschnack im Wohlfahrtsladen kauft*.

Kelly war mit ihrem Auto auf den Bordstein gegenüber gerumpelt. Sie hatte den Motor abgewürgt, sodass der Wagen einen Satz nach vorn und einen nach hinten gemacht hatte. Sie war wirklich eine grottige Autofahrerin. Kelly hatte so schräg geparkt, dass ein großer Umzugswagen auf die andere Straßenseite würde ausweichen müssen, um an ihrem Auto vorbeizukommen. Jetzt stieg sie aus, schloss die Tür und überquerte die Straße. Frank setzte sich in seinen Sessel und wartete. Kurz darauf hörte er, wie die Haustür geöffnet wurde.

»Mr. Derrick?«

Kelly betrat mit zwei Eishörnchen in der Hand das Wohnzimmer. Das Eis schmolz bereits, und sie leckte es von ihrer Handkante. Dann gab sie Frank eins der Hörnchen.

»Wo haben Sie das denn her?«, fragte Frank. Er überlegte, ob sie das Eis die ganze Zeit im Auto in der Hand gehalten hatte. Das würde auch ihr grauenhaftes Parkmanöver erklären, aber dann dürfte inzwischen nicht mehr viel vom Eis übrig sein.

»Vom Eismann«, sagte Kelly. »Ich musste winken, damit er anhielt.«

Frank betrachtete das Eis in seiner Hand, als hätte er so etwas noch nie zuvor gesehen und wüsste nicht, was er damit machen sollte. Das Eis rann am Hörnchen herunter.

»Sie müssen es essen, sonst schmilzt es«, sagte Kelly.

Frank leckte an dem Eis.

»Ich habe den Eiswagen gar nicht gehört. Er spielt immer *Popeye, der Seemann*«, sagte Frank.

»*Greensleeves.*« Kelly beugte sich vor und wischte mit einem Tuch, das sie urplötzlich in der Hand hielt, Eis von Franks Wange.

»Danke«, sagte er. »Wir haben hier nicht viele Eismänner. Hier wohnen keine Kinder. Dieser Teil des Ortes ist fast so etwas wie das Vulgaria für Eismänner.«

»Das was?«, fragte Kelly.

»Das ist aus *Tschitti Tschitti Bäng Bäng*. In Vulgaria lebt der Kinderfänger.«

»Oh, vor dem hatte ich als Kind immer wahnsinnige Angst«, sagte Kelly. »Im Grunde habe ich das noch immer.«

»Ich auch«, gab Frank zu. »Sie machen das nicht richtig.«

»Was?«

»Wenn Sie das Eis oben in der Waffel aufgegessen haben, müssen Sie den Schokoladenstick in das Hörnchen drücken, das untere Ende abbeißen und den Rest vom Eis heraussaugen, wie mit einem Strohhalm.« Er machte es mit seinem Eis vor. Und Kelly tat es ihm nach.

»Eis ist nicht nur was für Kinder«, sagte sie.

»Eis in der Waffel mit Schoko-Stick vom Eiswagen, der *Popeye, der Seemann* spielt, schon.«

»*Greensleeves*«, korrigierte Kelly ihn erneut. »Für Eis gibt es keine Altersbegrenzung.«

»In meinem Alter sollte man Pfefferminzbonbons lutschen, Strickjacken tragen und viel Tee trinken. Essen Sie jetzt den Rest des Hörnchens mit der Schokolade darin.« Kelly machte es genau so, wie Frank es ihr erklärt hatte. »Wir sollten uns für einen Fernsehsender entschieden haben«, fuhr Frank fort. »Am besten für einen, auf dem immer alte Sendungen laufen, sodass wir nie mehr umzuschalten brauchen. Schließlich haben wir sowieso vergessen, wie die Fernbedienung funktioniert. Das Leben beginnt mit vierzig und endet mit rund sechzig oder fünfundsechzig.« Frank rieb sich die Stirn. »Ich glaube, jetzt habe ich mir Kopfschmerzen gemacht.«

»Ich glaube nicht, dass das stimmt«, meinte Kelly und stand auf. »Sie stehen doch noch mit beiden Beinen im Leben. Ich hole Ihnen ein Glas Wasser für Ihre Schmerztabletten. Sie müssen sie sowieso für ihren Fuß nehmen.« Sie ging in die Küche. »Ich sollte Ihnen auch eine Tasse Tee kochen«, rief sie. »Um auf der sicheren Seite zu sein. Ich hole Ihnen eine Strickjacke. Und Pfefferminzbonbons habe ich in meiner Tasche.«

Frank hörte, dass sie den Kessel mit Wasser füllte.

»Ich frage mich, ob der Eismann dieses andere Eis noch verkauft«, sagte er.

»Welches?«

»Muscheleis. Es wurde in zwei runden Waffeln verkauft, die geöffnet waren, wie ...«, Frank machte es sich selbst vor, indem er die Hände wölbte und sie übereinander hielt, »... wie eine Muschel wahrscheinlich. Wissen Sie, ich glaube, mir ist dieser Zusammenhang gerade zum ersten Mal bewusst geworden.«

Kelly kehrte ins Wohnzimmer zurück.

»Musste man das Eis auch auf eine bestimmte Weise essen?«, fragte sie.

»Mit Sicherheit.«

»Ich habe nachgedacht«, sagte Kelly. »Wir sollten einige Ihrer Küchenschränke ausmisten.«

»Meine was?« Frank dachte, sie beziehe sich vielleicht auf eine pflegerische Maßnahme, und er fragte sich, ob dabei eine Stricknadel zum Einsatz kommen würde.

»Und Ihren Kühlschrank, bevor irgendetwas, was dort steht, Sie noch umbringt. Nächsten Dienstag vielleicht.«

»Dienstag?«

»Montag ist ein Feiertag.«

Kelly ging wieder in die Küche. Das Wasser im Kessel begann zu kochen.

»Ein Feiertag? Was denn für einer?«, rief Frank.

»Ich bin nicht sicher. *Early May Bank Holiday*?«

»Feiertage haben für mich keine Bedeutung.«

»Wie bitte?«, rief Kelly. Da das Geräusch des kochenden Wassers lauter wurde, hob Kelly wieder die Stimme. »Sogar das Haltbarkeitsdatum der Erbsen ist überschritten!«

»Für mich macht das keinen Unterschied. Es sind Tage wie alle anderen auch.«

»Wie bitte?«

»Feiertage.«

»Ja, natürlich.«

»Alle Geschäfte sind geöffnet.«

»Aha.« Der Kessel machte einen solchen Lärm, dass Kelly nicht verstehen konnte, was er sagte.

»Sogar die Banken. Läuft das Haltbarkeitsdatum bei Tiefkühlkost denn auch ab?«

»Wie bitte?«

»Ich dachte, wenn Lebensmittel eingefroren sind, ist das Haltbarkeitsdatum auch eingefroren.«

»Wie bitte?«

Das Geräusch des kochenden Wassers in dem Kessel wurde noch lauter. Kelly schrie nun noch lauter, damit Frank sie verstehen konnte, was gar keinen Unterschied machte, da sie diejenige war, die neben dem lauten Kessel stand, und nicht er. Frank konnte sie wunderbar verstehen. Sie war einfach eine schreiende Frau neben einem kochenden Kessel. Als hätte sie vergessen, dass sie Kopfhörer trug. Sie war es, die nicht verstand, was Frank sagte. Und das musste er ausnutzen.

»Ich freue mich immer, wenn Sie kommen«, sagte er.

»Wie bitte?«

»Es wäre schön, wenn Sie länger bleiben könnten.«

»Wenn ich mich nicht irre, wird dieses Frühstücksmüsli gar nicht mehr hergestellt!«, rief Kelly. Sie brachte Frank eine Tasse Tee und stellte sie auf den Tisch neben dem Sessel. Neben die Tasse legte sie den Beutel gefrorene Erbsen und ein Geschirrtuch. Dann stapelte sie auf dem Boden vor dem Sessel ein paar Kissen auf.

»Ich glaube nicht, dass Ihr Zeh noch stark geschwollen ist. Legen Sie Ihren Fuß auf die Kissen.«

Kelly nahm einen Marker aus ihrer Tasche, zog die Kappe mit den Zähnen ab und schrieb »nur zur äußeren Anwendung« auf den Beutel Erbsen. Ehe sie ihn auf Franks Fuß legte, wickelte sie ihn in das Geschirrtuch.

9

Am ersten Mai sagte Frank dem Hitler-Pudel »auf Wiederrr-sähen« und »Hallo« zu der Bulldogge, die aussah wie Winston Churchill.

»Sport ist Mord.« An seiner Churchill-Imitation musste Frank noch ein wenig feilen.

Frank würde Kelly wegen des Frühlingsbeginns oder wegen der Tagundnachtgleiche oder wegen des Geburtstags der Queen oder aus irgendeinem anderen Grund bis zum nächsten Dienstag nicht sehen. Er musste einen Tag länger bis zu seiner nächsten glücklichen Stunde warten. In diesem Monat stand noch etwas anderes auf dem Kalender. Aus Anlass des Tages der Befreiung fand im Greyflick House – dem Haus für betreutes Wohnen, in dem Smelly John wohnte – ein Fest statt. John hatte Frank dazu eingeladen. Was bedeutete, dass er mit dem Bus fahren musste.

Der Gedanke an den kostenlosen Bus, der zum großen Sainsbury's fuhr, versetzte Frank in Angst und Schrecken. Wie immer würden nur er und der Busfahrer, den eine dicke Sicherheitsscheibe schützte, dafür sorgen, dass nicht ausschließlich alte Frauen in dem Bus saßen. Sobald die Türen sich öffneten, begann ein Kichern und schrilles Gegacker. Immer wenn Frank durch den Bus zu den einigermaßen geschützten hinteren Sitzen ging, bekam er einen Eindruck davon, wie man sich als Stripper bei einem Kaffeekränzchen für über Siebzigjährige fühlen musste. Während er an Einkaufstrolleys und Stützstrümpfen vorbeiging, kam er sich vor wie Daniel Day-Lewis in einer Szene im *Letzten Mohikaner*, bei der es sich nicht um die Wasserfallszene handelte.

Sobald er saß, würde der Bus losfahren und das Getuschel beginnen, das ihn stärker einschüchterte als das schrille Kreischen und Lachen. Frank verstand nie, was die Frauen flüsterten, aber es ging offensichtlich um ihn. Das Lachen und Schreien würde schließlich wieder einsetzen, sobald er zu seinem zweiten Spießrutenlauf nach vorne aufbrechen würde, um auszusteigen. Genau das war wahrscheinlich der Grund, warum Tom Jones immer in einer Limousine zu seinen Konzerten fuhr. Frank wusste, dass er – was auch immer geschehen würde – auf gar keinen Fall auffallen durfte, denn dann würde er nie wieder entkommen. Sie hatten garantiert irgendwo eine Höhle, in die sie ihn verschleppen würden.

In West Sussex' erstem Sessel-Museum – dem Aufenthaltsraum des Greyflick House – herrschte das Jahr 1945. Von der Decke hingen kleine englische Fähnchen und an den Wänden Poster mit der Aufschrift *Keep Calm and Carry on.* Zum Lunch gab es frittiertes Frühstücksfleisch und Schinkensandwichs. Ein Mann namens Ryan in einer khakifarbenen Armeeuniform sang Lieder aus den Vierzigern zu Keyboard und Drumcomputer. Alle trugen Hüte aus Zeitungspapier und schwenkten kleine englische Fähnchen zu Ryans Rhythmus.

Smelly John wirkte dort wie die legendäre Armbanduhr am Handgelenk des Wagenlenkers in *Ben Hur*. Mit seinen vierundsechzig Jahren war er mindestens dreizehn Jahre jünger als alle anderen Bewohner von Greyflick. Er trug einen knallroten Filzhut, ein gelbes Hemd mit Kläppchenkragen, einen cremefarbenen Anzug, dazu ein Jackett mit breitem Revers und eine Schlaghose. Er saß in seinem Rollstuhl in derselben Ecke des Aufenthaltsraums wie immer und bereitete alles für eine Partie *Buckaroo!* mit Frank vor und stellte den Esel auf das Spielfeld.

Smelly John stank nicht etwa so, wie Kevin Costner mit dem Wolf tanzte und *Der sein Auto zu oft wäscht* sein Auto zu oft wusch. So war er nicht an seinen Namen gekommen. Wenn er überhaupt roch, dann auf gar keinen Fall unangenehm. Er roch weder nach Pipi noch nach Mottenkugeln oder nach Nervengift. Meistens hätte man ihn aufkochen und Seife oder Adventskerzen aus ihm machen können. Nein, so war er nicht zu seinem Namen gekommen.

Smelly John war sein Punk-Rock-Name. Er trug ihn seit 1976, als er auf dem allerersten Konzert der Sex Pistols gewesen war. Er trieb sich oft in der King's Road herum. Touristen machten für ein Pfund ein Foto von ihm. Es gibt Postkarten, auf denen er abgebildet ist. Sein bester Freund wurde Steve Piss genannt, und er hatte eine Freundin namens Blobb. Sie wohnten alle in einem besetzten Haus in Chelsea zusammen mit Johns zahmen Ratten Snot, Bogie und Prinz Albert. Ein Prinz-Albert-Piercing war auch das einzige Schmuckstück, das John trug, zumindest behauptete er das. Doch Frank lehnte seine häufigen Angebote, es ihm zu beweisen, stets ab.

»Ich dachte schon, du bist tot!«, rief John, als Frank den Aufenthaltsraum betrat. Ryan geriet aus dem Takt und konnte dem Drumcomputer nicht mehr folgen. »Wo bist du gewesen, Francis?«

Frank setzte sich zu John und erzählte ihm von seinem Unfall. Smelly John zeigte ihm sein Mitgefühl und seine Besorgnis auf die einzige Art, die er kannte. Er lachte hysterisch und machte – ganz wie Frank es erwartet hatte – Witze darüber.

»Du bist ganz sicher, dass nicht dein Vater den Milchwagen gefahren hat?«

»Ja, ich bin sicher, dass es nicht mein Vater war.«

»Dein biologischer Vater?«

»Ja. Es war definitiv nicht mein Vater.«

»Hm«, murmelte John und tat so, als wäre das alles gewesen, doch dann fügte er hinzu: »Ich glaube, es bringt nichts, über verschüttete Milch zu weinen.« Sofort begann er zu lachen wie ein Baby, das gekitzelt wurde, schlug mit den Händen auf die Lehnen seines Rollstuhls und ließ hemmungslos einen fahren, während ihm der Rotz aus der Nase rann.

Schließlich fielen ihm keine Witze mehr ein. Und so begannen die beiden Männer Dinge auf den Rücken des Plastikesels zu legen, ohne dass dieser sie wieder abwarf, während die Feier anlässlich des Sieges über den Faschismus und das Dritte Reich noch in vollem Gange war.

»Buckaroo!«, rief John, als der Esel mit dem Hinterbein ausschlug, worauf Ryan erneut aus dem Takt geriet.

Die meisten von Smelly Johns Lieblingsspielen endeten damit, dass man den Namen des Spiels laut rufen musste. Buckaroo! Jenga! Mouse Trap! KerPlunk! Frank fragte sich mitunter, ob es John in Wahrheit mehr Vergnügen bereitete, am Ende des Spiels loszubrüllen, als das Spiel zu spielen. Nach dem Motto: Das Ziel ist wichtiger als der Weg. Außerdem brauchte man für Johns Lieblingsspiele eine ruhige Hand. Da John jedoch wegen seiner Multiplen Sklerose unter Krämpfen litt und Frank nur mit der linken Hand spielen konnte, bekleckerten sich beide Männer nicht gerade mit Ruhm.

John sammelte alle *Buckaroo!*-Teile wieder ein und stellte den Esel wieder auf den Tisch. Ryan hatte ein neues Lied begonnen, das davon handelte, wie großartig der Krieg gewesen war.

»Gefällt dir die Musik, Francis?«, fragte John.

»Nicht so richtig.« Frank schaute zu den anderen Bewohnern hinüber, denen sie auch nicht besonders gut zu gefallen schien. Einige sangen mit, einige murmelten den Text oder klopften mit den Fingern auf den Tisch. Sie schwenkten die Fähnchen, als ob sie jemand mit vorgehaltener Waffe dazu zwang, um dem Ego eines schrecklichen Diktators zu schmeicheln. Die meisten schienen sich allerdings furchtbar zu langweilen.

Den Bewohnern von Greyflick House ging es genauso wie

den Kids, die die ›FOR SALE‹-Schilder herausgerissen und die Poller in Fullwind umgestoßen hatten. Dienstagnachmittags wurde den Bewohnern Bewegungstherapie angeboten, jeden dritten Freitag Salsa und donnerstags Sherry und ein Quiz. Es gab Gruppen, die Whist, Bridge oder Bingo spielten, und Tanztee. Eine Meile entfernt konnten sie zum halben Preis schwimmen, und wochentags bekamen die Senioren fünfundzwanzig Prozent Rabatt auf die Nachmittagsvorstellungen im Kino. Sie konnten kostenlos mit dem Bus fahren, und die Bahntickets kosteten nur die Hälfte. Allerdings langweilten sich alle viel zu sehr, um diese Angebote zu nutzen. Es war nur eine Frage der Zeit, bis im Greyflick House der Aufstand ausbrechen würde. Jugendliche würden sich über Vandalismus und Zerstörungen ereifern.

»Das waren Rentner!«, würde der Junge mit dem Nintendo sagen.

»Ganz sicher Rentner«, würde sein Freund ihm beipflichten, während er den Schwänen ein paar Pommes zuwarf.

»Sie haben Langeweile«, würde ein Mädchen ergänzen und per SMS für einen Talentwettbewerb im Fernsehen voten.

»Ich wette«, sagte John, »die meisten hier in diesem Raum können mehr mit der Musik von den Beatles und von Elvis Presley oder sogar den Sex Pistols anfangen als mit diesen alten Kriegsliedern. Das ist die Musik ihrer Eltern.«

Der Hausmeister, der meistens in seinem kleinen Büro an der Rezeption von Greyflick House saß, betrat den Aufenthaltsraum. Er nahm die Anrufe der Bewohner entgegen, wenn sie in Panik gerieten, und trug ihre Einkäufe die Treppe hinauf, wenn der Aufzug nicht funktionierte, was oft der Fall war. Der Mann humpelte leicht. Er rutschte auf einer Scheibe Schinken aus und ließ das Tablett mit den Teetassen fallen. Smelly John jubelte.

Der Hausmeister schaute zu ihm hinüber und rückte den Stahlhelm auf seinem Kopf zurecht. Vorne auf den Helm war ein W gemalt worden wie bei dem Mann, der die Männer in *Dad's Army* anschrie. Er hob das zerbrochene Geschirr auf.

»Hast du gesehen, wie der mich angesehen hat?«, fragte John. Er legte den Plastiksattel auf den Rücken des Esels.

»Wer?«

»Graham«, sagte John. »Der Hausmeister. Er ist ein Rassist. Du bist dran.«

»Ich war gerade dran. Du bist dran. Er ist kein Rassist.«

John nahm die Plastikgitarre in die Hand. »Woher willst du das wissen?« Er hängte die Gitarre an den Sattel. Ryan stimmte den ersten Song eines Medleys an. Es begann mit demselben Trommelwirbel wie das Lied davor. Frank und John hörten zu. Sie spielten beide ihr eigenes Spiel und versuchten, die Titel zu erraten.

»Was hast du im Krieg gemacht, Francis?«, fragte John.

»Im Krieg?«, fragte Frank.

»Hast du gekämpft? Welcher gefiel dir besser? Der Erste oder der Zweite Weltkrieg?«

»Welcher mir besser gefiel? Was glaubst du, wie alt ich bin?«

»Ich weiß nicht«, sagte John. »Ihr seht für mich alle gleich aus.«

Frank nahm die Plastiklampe und hängte sie an den Esel. »Ich spreche nicht gerne darüber.«

»Weil du mich hättest umbringen müssen?«

»Weil ich mich dann alt fühle. Aber ich kann dich gerne umbringen, wenn du möchtest.«

»Nein, ist okay, danke, Francis.«

John nahm die Pfanne in die Hand. Sein Arm zuckte leicht. Er wartete, bis der Krampf vorbei war, bevor er die Pfanne vorsichtig auf den Esel legte.

»Du *bist* alt«, sagte John.

»Du brauchst mich nicht ständig daran zu erinnern.«

Frank legte das Seil auf den Esel. Dieses Mal dauerte das Spiel verhältnismäßig lange. Smelly John griff nach dem

Cowboyhut aus Plastik. Er nahm seinen roten Filzhut ab, legte ihn auf den Tisch und setzte sich den winzigen Spielzeug-Cowboyhut auf den Kopf.

»Steht mir der Hut?«, fragte er.

»Er lässt dich großkopferter erscheinen als sonst.«

»Haha.« Smelly John nahm den Plastikhut ab, und als er ihn auf den Esel legte, warf dieser alles ab.

»Buckaroo!«, rief John, und Ryan geriet ein weiteres Mal aus dem Takt.

»So, jetzt singen wir alle zusammen«, sagte Ryan, der Mühe hatte, die Fassung zu bewahren. »Jetzt zeigen wir dem *Fritz* mal, was wir draufhaben.«

»Wer ist Fritz?«, rief Smelly John.

»Kommt schon, Jungs«, sagte Ryan. Er hatte wohl nicht damit gerechnet, dass jemand seinen Auftritt durch Zwischenrufe stören würde. Ein Trommelwirbel beendete den Song.

»*Jungs?*«, rief John durch den Raum, in dem nun Stille herrschte. »Er ist dreiundachtzig«, sagte er und zeigte auf Frank.

»Einundachtzig«, korrigierte Frank ihn.

John schaute ihn an. »Er hat dich alt genannt, Francis. Pass bloß auf, mein Freund«, schrie er Ryan durch den ganzen Raum zu. »Francis ist ein ausgebildeter Mörder. Er hat in zwei Kriegen gekämpft!«

»Möchte jemand einen Vorschlag machen?«, fragte Ryan, der sich bemühte, die Zwischenrufe zu ignorieren, die Ruhe zu bewahren und sein Programm durchzuziehen.

»Spielen Sie etwas, was wir kennen«, forderte John ihn auf.

»Was würden Sie alle gerne hören?«, fragte Ryan alle Anwesenden außer John.

»Können Sie was von Bob Marley spielen?«, fragte John.

»Kommt, Jungs«, sagte Ryan. »Benehmt euch.«

»Wieder Jungs? Ich habe Ihnen doch gesagt, er ist zweiundachtzig.«

»Dreiundachtzig. Nein, einundachtzig!«

Ryan beschloss, den Zwischenruf erneut zu ignorieren, und begann *We'll meet again* ohne Begleitung zu singen.

»Dann was von den Sex Pistols«, sagte John.

Es war nicht das erste Mal, dass Smelly John eine Veranstaltung im Greyflick House störte. Bei der Gartenparty anlässlich des sechzigjährigen Bestehens im Jahr zuvor hatte er beinahe eine Essensschlacht begonnen. Weihnachten hatte er Micks *Wunderbare Zaubershow* ruiniert, weil er darauf bestand, dass das Herz-Ass, das er aus Micks Kartenstapel gezogen hatte, eine Kreuz-Sieben war. Und er verdarb auch immer wieder den anderen den Spaß an einer ruhigen Dominopartie, indem er die Steine wütend auf den Tisch warf. Und wer würde jemals vergessen, wie er während der Schweigeminute am Volkstrauertag *Hungrige Nilpferde* spielte und ziemlich viel Lärm dabei machte?

Smelly John legte die Teile des *Buckaroo!*-Spiels in den Karton.

»Der Krieg ist vorbei, Francis«, sagte er. »Komm, wir gehen nach Hause. Schieb mich.«

»Ich werde es versuchen«, sagte Frank und zeigte John seinen Gips. Er stand auf, legte die Hände auf die Griffe von Johns Rollstuhl und stützte sich darauf, als wären es die Griffe eines Rollators. Dann schob er Smelly Johns Rollstuhl zum Ausgang des Aufenthaltsraumes.

»Ich glaube, Sie amüsiert sich köstlich«, sagte John, als sie an einer Frau vorbeikamen, die offenbar eingeschlafen war. Ihr geöffnetes Schminktäschchen lag vor ihr auf dem Tisch. Jemand hatte ihr Gesicht bemalt. Gelangweilte Rentner.

»Was hat das zu bedeuten?«, fragte Frank.

Smelly John legte den Zeigefinger seiner linken Hand zwischen Nase und Oberlippe und deutete mit der rechten Hand einen Hitlergruß an. Es war nicht die beste Hitler-Imitation, die Frank je gesehen hätte. Irgendwo zwischen der von Freddie Starr, seinem Nazi-Pudel und Charlie Chaplin. Für eine eigene Samstagabend-Show reichte sie definitiv nicht.

»Was hast du gesagt?«, fragte Frank.

»Sie ist Deutsche«, flüsterte John so laut, dass sogar die schwerhörigen Bewohner von Greyflick es hören konnten. Frank schob den Rollstuhl schneller, um den Aufenthaltsraum zu verlassen, bevor John noch mehr Ärger machen konnte. Bevor die Tür hinter ihnen zufiel, schrie John »Hatschi!«, doch es klang eher wie »Nazi!«. Immerhin ließ er sich am Ende doch noch auf den Geist der Veranstaltung ein.

Frank schob John über den klebrigen Teppichboden des schwach beleuchteten Erdgeschosses des Greyflick House. Er bemühte sich, den Rollstuhl nicht gegen die Wand zu fahren, wozu ihn sein Bumerang-Arm ständig verleiten wollte. Die Wand auf der einen Seite des Korridors bestand aus nackten Backsteinen und sah fast aus wie eine Außenmauer. Mit seinem klebrigen Teppichboden und der schwachen Beleuchtung erinnerte der Korridor eher an den eines verwahrlosten, billigen Hotels am Bahnhof als an einen »luxuriösen Apartmentkomplex für Senioren«, wie das Greyflick House in den Broschüren an der Rezeption beworben wurde.

Vor dem Aufzug am Ende des Korridors blieben sie stehen. John drückte auf den Knopf, woraufhin sich die Türen knarrend und quietschend fast komplett öffneten, und Frank schob John hinein. Nach einer langen, wackeligen Fahrt kam der Aufzug im ersten Stock ruckelnd zum Stehen. Hier öffneten sich die Türen gerade so weit, dass sie sich beide eben so hindurchquetschen konnten.

Als Frank John über einen weiteren schwach beleuchteten Korridor mit einem klebrigen Teppichboden und einer Backsteinwand schob, dachte er, dass bald viel mehr Bewohner von Seniorenheimen Fans der Sex Pistols sein würden. Bald würde niemand mehr leben, der sich an den Krieg erinnerte. Immer weniger Leute würden Lieder singen oder Texte murmeln, die sie niemals gehört hatten oder mit denen sie nichts anfangen konnten. Siebzig- bis achtzigjährige Mods und Rocker würden sich auf ihren aufgemotzten Elektromobilen mit grellen Scheinwerfern und riesigen Seitenspiegeln auf den Gängen Rennen liefern.

Vor Johns Apartment blieben sie stehen. Bei dem Wort *Apartment* stellte Frank sich immer vor, Audrey Hepburn würde dort sitzen, eine lange Zigarette rauchen und Martini trinken. John stieß die unverschlossene Tür auf, und Frank schob ihn hinein.

Sogar ein besonders redegewandter Immobilienmakler hätte die größten Probleme gehabt, die richtigen Worte zu finden, um Smelly Johns »Apartment« zu beschreiben. Ein schmales, rechteckiges Wohnzimmer mit einer angrenzenden Küche, einem Badezimmer und einem winzigen Schlafzimmer, in dem man sich kaum umdrehen konnte. Außer der Eingangs- und der Badezimmertür gab es keine weiteren Türen. In die einzelnen Räume gelangte man durch nachlässig gemauerte bogenförmige Durchgänge. Es war mehr ein »betreutes Hausen« als ein betreutes Wohnen. Handläufe und Haltegriffe im Badezimmer sowie ein Badewannenlift sollten Smelly John helfen, möglichst gut alleine zurechtzukommen. Johns Apartment glich einem Showroom für Hilfsmittel für Senioren. Es waren genau die Hilfen, die Frank in den zahlreichen Katalogen, die er jeden Monat zugeschickt bekam, angeboten wurden.

Durch ein kleines Fenster sah Frank in eine Baumkrone. An einem der Äste hing eine Plastiktüte voller Hundescheiße. Sie hing dort, seit Frank John besuchte, und vermutlich hatte sie auch schon lange vor dem Bau des Greyflick House dort gehangen. Audrey Hepburn musste damals unten im Aufenthaltsraum gesessen haben.

Als Frank John hineinschob, hob dieser einen wattierten Umschlag auf.

»Meine Medikamente sind gekommen«, sagte John und öffnete den Umschlag, woraufhin sich ein ekelhaft süßlicher Geruch ausbreitete. »Verdammt!«, rief er dann und strich über seinen Kopf. »Ich habe meinen Hut unten vergessen.«

Frank bot an, ihn zu holen.

»Nicht nötig«, erwiderte John. Er rollte weiter in den Raum hinein und drückte auf einen roten Alarmknopf an der Wand. »Die können ruhig was tun für ihr Geld.«

Auf der Rückfahrt nach Fullwind saß wieder die Oma-Gang im großen Sainsbury's-Bus. Die alten Damen kicherten noch immer. Frank fragte sich, ob sie an dem Supermarkt überhaupt ausgestiegen waren. War überhaupt etwas in ihren Einkaufstrolleys? Vielleicht fuhren sie den ganzen Tag mit dem Bus zum Supermarkt und wieder zurück und lachten jedes Mal, wenn ein Mann einstieg, lachten und kreischten wie in einer nur mit Frauen besetzten Version von *Cocoon*.

Frank stieg aus, ging in die Drogerie und kaufte Haftcreme für seine Zahnprothese. Anschließend ging er nebenan in den Wohlfahrtsladen, um seinen Gehstock abzuholen.

»Da klebt ein Preis drauf«, sagte die Frau hinter der Theke.

»Ja, aber ich habe ihn neulich hier vergessen.«

Die Frau drehte den Stock um und überprüfte noch einmal das Preisschild. »Ein Pfund fünfzig«, sagte sie.

»Ja, aber …«

»Das scheint mir fast ein wenig zu billig zu sein«, sagte sie und rief: »June? Dieser Gehstock. Eins fünfzig. Ist das richtig?«

Frank wartete, während die Frau hinter der Verkaufstheke mit einer anderen Frau, die er nicht sehen konnte – vermutlich June –, über den Preis für seinen Gehstock sprach. Hinter ihm standen bereits einige Leute.

»Ein Pfund fünfzig also«, sagte die Frau hinter der Theke. »Ein echtes Schnäppchen.«

»Das ist mein Stock.«

Die Frau schaute auf den Stock.

»Dort steht EIGENTUM DER GESUNDHEITSFÜRSORGE WEST SUSSEX.«

»Ich weiß, aber …«

»Ist alles in Ordnung?«, rief June, die sich hinter einem Vorhang aufhielt.

»Ja, June, alles in Ordnung. Möchten Sie den Stock jetzt haben?«, fragte die Frau hinter der Theke. »Das ist doch wirklich nicht teuer. Und Sie wissen ja, dass wir einen Teil der Einnahmen für gemeinnützige Zwecke spenden.«

Jemand in der Schlange sah auf die Uhr und begann zu meckern.

Frank reichte der Frau das Geld und kaufte seinen eigenen Gehstock.

»Wie viel kostet das?«, fragte er und zeigte auf das Regal hinter der Verkaufstheke. Die Frau nahm ein Hemd mit einem schrillen Blumenmuster aus dem Regal. Es war noch original verpackt. Das Hemd war ein paar Nummern zu groß, doch mit dem eingegipsten Arm dürfte es zumindest auf einer Seite seines Körpers richtig sitzen. Frank kaufte das Hemd. Außerdem kaufte er noch eine Flasche Aftershave, das wie Tapetenkleister roch.

10

Frank stand auf, noch bevor die ersten Flugzeuge über sein Haus hinwegflogen, und zog alle Nadeln, Papp- und Plastikstreifen aus dem neuen Hemd. Er hatte schon eine ganze Weile kein neues Hemd mehr ausgepackt und ganz vergessen, wie aufregend das war.

Das neue Hemd anzuziehen war allerdings kein ganz so großes Vergnügen. Es kam ihm vor, als hätte er es gerade erst geschafft, sich aus seiner blauen Segeltuchjacke zu befreien, da musste er seinen Arm schon in einen weiteren schwierigen Ärmel zwängen. Nachdem es ihm gelungen war, den Ärmel mühsam über seinen Gipsarm zu ziehen, steckte er den gesunden Arm in den anderen Ärmel und stellte fest, dass er eine Nadel übersehen hatte. Sie stach in seinen Arm, und mitten auf einer der vielen Blumen des Hemdes breitete sich ein Blutfleck aus.

Frank schloss die Knöpfe und schaute in den Badezimmerspiegel. Ein Ärmel saß locker, während der andere hauteng anlag. Es sah aus, als wäre das Hemd aus zwei verschiedenen Hemden zusammengenäht worden. Aus zwei mach eins. Er legte etwas von dem Tapetenkleister-Aftershave auf und nahm seinen Platz am Fenster ein.

»Ist das Hemd neu?«, fragte Kelly, als sie mit schwarzen Mülltüten und zwei Paar Gummihandschuhen bepackt bei Frank eintraf.

»Das hier?« Frank zuckte mit den Schultern. »Das habe ich schon seit Jahren.«

»Sehr floral. Sollen wir anfangen?«

Zehn Minuten später saß Kelly in der Küche auf dem Linoleumboden. Sie hatte die Schuhe ausgezogen und sich auf die Fersen gesetzt. Ihr Kopf steckte im Kühlschrank.

»Ich glaube, das könnte Schinken sein«, sagte sie. »Erinnern Sie sich daran, Schinken gekauft zu haben?«

»In letzter Zeit nicht.«

»Wie bitte?«

»In letzter Zeit nicht.«

Kelly zog ihren Kopf aus dem Kühlschrank. Sie reichte Frank eine geöffnete Packung, in der sich vermutlich Schinken befand. »Tut mir leid. Was haben Sie gesagt?«

Bei dem heutigen *Stille-Post-Spiel* steckte der Kopf eines Mitspielers im Kühlschrank. Der andere Mitspieler saß auf einem dieser Hocker, unter dem sich eine ausklappbare Leiter versteckte, die so kurz war, dass man kaum etwas damit anfangen konnte. Er trug ein Hemd mit einem schrillen Blumenmuster, dessen linker Ärmel locker saß und dessen rechter Ärmel hauteng anlag. Wie ein Mann, der beschlossen hatte, erst einen Arm und dann den anderen im Sportstudio zu trainieren, und dann hatte das Sportstudio nach dem ersten Arm pleite gemacht.

»Ich glaube, es ist Schinken«, sagte Kelly. »Was meinen Sie?«

Frank wusste es nicht. Er warf den Schinken-nicht-Schinken-vielleicht-doch-Schinken in eine der schwarzen Mülltüten mit den blauen Schottischen Eiern, pelzigen Käseecken, grauen Kartoffeln und der verrosteten Corned-Beef-Dose mit der abgebrochenen Lasche.

»Ich könnte Ihnen heute das Leben gerettet haben«, sagte Kelly und steckte den Kopf wieder in den Kühlschrank. Ohne wieder herauszukommen, reichte sie Frank ein Fischstäbchen

und eine aufgeweichte Gurke. Er warf beides in den Müllbeutel.
»Wie haben Sie den Feiertag verbracht?«, fragte sie mit dem Kopf im Kühlschrank.

»Es könnte der aufregendste Feiertag gewesen sein, den ich jemals erlebt habe.«

»Sollte das überhaupt im Kühlschrank liegen?« Als Kelly ihren Kopf aus dem Kühlschrank zog, hielt sie eine Schachtel Oreos in der Hand.

»Das war meine Tochter. Sie stellt die Tomatensauce auch in den Kühlschrank. Und die Marmelade und den Gelee. Sie ist schon eine halbe Amerikanerin. Wenn sie zu Besuch war, finde ich anschließend nichts mehr wieder. Sie stellt alles in den Kühlschrank.«

Kelly schaute auf das Haltbarkeitsdatum auf der Kekspackung und stellte fest, dass Beths letzter Besuch schon eine Weile her sein musste, aber offenbar wollte sie Frank nicht kränken oder verärgern, indem sie ihn darauf hinwies.

»Vielleicht sollte ich sie wieder in den Kühlschrank legen«, sagte sie.

»Nein, werfen Sie sie weg«, sagte Frank. »Sie bringt bestimmt neue Kekse mit, wenn sie das nächste Mal kommt. Ich habe ihr wohl versehentlich gesagt, dass das meine Lieblingskekse sind. Aber so gerne esse ich sie gar nicht.« Frank hielt die Hände hoch, um Kelly zu signalisieren, dass sie ihm die Kekse zuwerfen sollte. So, wie er dort stand, den einen Arm im rechten Winkel und den anderen ausgestreckt, glich das allerdings weniger einer Ballannahme im Baseball als vielmehr einer Stellung beim Tai Chi. Kelly beugte sich vor und warf die Schachtel mit den weichen Keksen in den Müllbeutel.

Dann setzte sie sich auf dem Küchenboden auf, zog die gelben Gummihandschuhe aus, rollte sie zusammen und warf sie in die Spüle. Als Kelly sich anschickte aufzustehen, wäre Frank gerne vom Hocker gesprungen, um ihr eine Hand zu reichen und ihr aufzuhelfen. Er hätte auch gerne sein Hemd mit dem

Blumenmuster ausgezogen und es wie Sir Walter Raleigh in die Pfütze aus geschmolzenem Eiswasser vor ihr geworfen, damit sie darauftreten konnte und keine nassen Füße bekam.

Aber selbst wenn es Frank gelungen wäre, das Hemd schnell genug auszuziehen, wäre ihm vermutlich schwindelig geworden. Und dann wäre er wie der Sack Kartoffeln, den Kelly zu Beginn der Aufräumaktion weggeworfen hatte, auf sie gefallen. Die Kartoffeln waren so alt und grau und runzelig gewesen, dass die Symbolik des Augenblicks Frank beinahe überwältigt hätte, als Kelly sie in den Müllbeutel schüttete.

Kelly stand anmutig wie eine Balletttänzerin vom Boden auf, während Frank sich von der Hockerleiter erhob und sich gegen die Schranktür lehnte, um das Gleichgewicht nicht zu verlieren. Er fragte sich, wie weit *er* sein Haltbarkeitsdatum schon überschritten hatte.

»Warum war Ihr Feiertag so aufregend?«, fragte Kelly. Frank wunderte sich über die Frage, denn er glaubte, sie hätte seine Bemerkung vorhin gar nicht gehört, weil ihr Kopf im Kühlschrank gesteckt hatte.

»Ich meine im Vergleich zu sonst. Heutzutage merkt man doch kaum noch, ob ein Feiertag ist oder nicht. Es sind ganz normale Montage, an denen nur das Fernsehprogramm ein wenig anders ist und die Busse seltener fahren.«

»Das ist schade.« Kelly schloss die Kühlschranktür und knotete den Müllbeutel zusammen. Sie würde ihn mitnehmen, wenn sie ging, und in die Mülltonne werfen. Die einzigen Lebensmittel, die sich jetzt noch in der Wohnung befanden, waren sieben Dosen Katzenfutter im Schrank unter der Spüle.

In diesen Schrank hatte Kelly noch nie geschaut und auch nicht in den Raum neben Franks Schlafzimmer. Dort hätte sie einen Korb gefunden, in dem eine Decke mit rotem Schottenmuster lag und ein orangerotes Plastiktablett, auf dem sich Zeitungsschnipsel, Sonntagsbeilagen und das Bild eines Pudels mit Hitlerbärtchen häuften. Kelly hätte einen Faden entdeckt, der sie zu dem Wollknäuel unter dem Bett sowie zu einer halben toten Maus und einem Fellball geführt hätte.

Kelly hatte das Katzenfutter, den Korb, die Decke, das orangefarbene Tablett, die Wolle, den Fellball und die tote Maus nicht entdeckt. Denn wenn sie all das gesehen hätte, hätte sie zwei und zwei zusammengezählt. Und obwohl sie nicht wusste, dass Frank eine Katze besaß, und Bill noch nie gesehen hatte, würde ihre Kehle zu kratzen und ihre Augen zu tränen beginnen. Kelly würde beginnen, unkontrolliert zu niesen, weil sie eine Katzenallergie hatte.

11

Wochenenden waren für Frank ebenso sinnlos wie Feiertage. Er hatte Gott vor einer Ewigkeit zum letzten Mal gedankt, dass Freitag war. Es war auch eine Ewigkeit her, dass er sich elend fühlte, wenn er die Titelmusik von *Last of the Summer Wine* hörte, weil sie ihn daran erinnerte, dass er am nächsten Tag früh aufstehen musste, weil eine neue Arbeitswoche begann. Dieses Gefühl hatte er noch eine ganze Weile gehabt, als er schon längst im Ruhestand war. Doch inzwischen war es einfach nur Musik.

Wahrscheinlich hatte Franks Tochter ein ähnlich unangenehmes Gefühl im Magen gehabt, wenn sie die Titelmusik der *Antiques Roadshow* hörte. Dann war es nämlich immer Zeit für sie, ins Bett zu gehen, weil sie am nächsten Tag früh aufstehen und in die Schule musste. Frank fragte sich, ob sie in Amerika noch dasselbe empfand, wenn sie die Musik hörte. Wurde die *Antiques Roadshow* in Amerika überhaupt ausgestrahlt? Frank überlegte, ob er Beth anrufen sollte, um sie zu fragen. Sie hatten schon eine Weile nicht mehr telefoniert. Es wäre ein guter Vorwand. Oder zumindest ein Vorwand. Seitdem Kelly und er den Kühlschrank ausgemistet hatten, musste er ständig an sie denken. Er hatte sich schlecht gefühlt, als sie die Kekse weggeworfen hatten. Kurz hatte er darüber nachgedacht, ob er sie wieder aus dem Müll fischen sollte.

Wie groß war der Zeitunterschied zu Los Angeles noch mal? Frank konnte es sich nicht merken. War es dort acht Stunden früher oder acht Stunden später? Vermutlich saß sie in einem Autokino, oder sie aß ein Eis am Stiel in einem Einkaufscenter. Er würde sie wecken oder sie beim Abendessen oder Frühstück stören, nur um ihr in einem teuren Ferngespräch eine unnötige Frage über eine Fernsehsendung zu stellen, an die sie sich wahrscheinlich gar nicht mehr erinnerte.

Last of the Summer Wine und die *Antiques Roadshow* waren für Frank inzwischen nur noch ein Teil der endlosen Wiederholungen im Fernsehen. Das damalige entsetzliche Grauen der Sonntagabende konnte ihn jetzt zu jeder Zeit und an jedem Wochentag ereilen. Vermutlich liefen die beiden Sendungen genau in diesem Moment. Frank schaltete den Fernseher ein, um es zu überprüfen. Tatsache.

Am Samstagmorgen rief eine Computerstimme an, die ihm eine Versicherung für seinen Heizkessel aufschwatzen wollte. Frank durchschaute augenblicklich, dass es eine aufgezeichnete Stimme war, und legte sofort auf. Eine Stunde später langweilte er sich so sehr, dass er versuchte, den Computer zurückzurufen.

Am Nachmittag schlief er ein, während er sich einen Kriegsfilm anschaute. Während er wegdämmerte, versuchte er sich daran zu erinnern, mit welchem britischen Akzent er während des Krieges gesprochen hatte – mit dem schnöseligen oder dem derben? Als er aufwachte, war der Krieg vorbei. Frank nahm an, dass die Deutschen ihn auch diesmal verloren hatten. Er sah auf die Uhr, wischte den Speichel von seinem Kinn und fluchte. Dieser außerplanmäßige Mittagsschlaf hatte vermutlich zur Folge, dass er morgen eine Stunde früher aufwachte. Dann musste er sich noch mehr sinnlose Beschäftigungen suchen, um die zusätzliche Zeit totzuschlagen.

Frank schaute sich die Fußballergebnisse an, obwohl er sich nie besonders für Fußball interessiert hatte. Er hörte dem Mann zu, der die Ergebnisse vorlas, und versuchte, am Ton seiner Stimme das Ergebnis zu erraten. Er hoffte, dass *Forfar* gegen *East Fife* gespielt und sie mit 5:4 besiegt hatten, aber es war *Cowdenbeath* und endete 0:0.

12

Sonntags startete das erste Flugzeug später als wochentags, sodass Frank ausschlafen konnte, was er gar nicht wollte. Er fütterte Bill und ging die Treppe hinunter, um die Zeitung zu holen. Die dicke Sonntagszeitung war das Einzige, das den Sonntag von allen anderen Tagen unterschied. Heute war sie noch dicker als sonst. Frank hatte das Gefühl, er würde möglicherweise drei Mal die Treppe hinaufsteigen müssen, um alles in seine Wohnung zu schaffen. Dann hätte er die Beilagen und Broschüren zurücklassen müssen, obwohl er sie doch brauchte, da er sie anstelle von Katzenstreu benutzte. Heute würde Bill auf Schauspielerinnen und Models kacken und auf Opernkritiken, Kataloge für medizinische Hilfsmittel und den achtundzwanzig Seiten starken Sportteil in Farbe pinkeln.

Am Nachmittag öffnete Frank ein paar Werbebriefe, die sich im Laufe der Woche angesammelt hatten. Er nahm den ersten Umschlag von einem Stapel auf dem Küchentisch. In dem Umschlag steckte eine große glänzende Broschüre. Siebzehn Seiten mit Erfahrungsberichten zufriedener Kunden und Fotos lächelnder alter Menschen, die mit Treppenliften fuhren, als wären sie in Disneyland. Hui! Der Fernsehmoderator auf dem Cover der Broschüre lachte übers ganze Gesicht. Nicht mehr richtig laufen zu können schien unglaublichen Spaß zu machen.

»Ich frage mich, ob es auch Treppenlifte für Katzen gibt«, sagte Frank zu Bill und legte den Umschlag und die Broschüre mit den Treppenliften auf den Papierstapel für das Katzenklo. Er nahm den nächsten Umschlag, auf dem stand: *Lasst dieses Kind nicht sterben.* Frank ertastete den kostenlosen Kugelschreiber, den er enthielt. Sein schlechtes Gewissen meldete sich bereits. Wie viele Kinder mussten seinetwegen sterben, weil er den Kugelschreiber nie benutzen würde, um die Überweisung für eine Spende von zehn Pfund auszufüllen? Wie viele Menschen waren obdachlos geblieben oder an Herzleiden gestorben, weil Frank die Plastiktüten, die in seinen Briefkasten geworfen wurden, nicht mit seiner alten Kleidung und alten Schuhen gefüllt hatte? Entweder warf er die Plastiktüten weg oder benutzte sie als Müllbeutel. Er war ein Monster. Frank öffnete den Umschlag und versuchte, den starren Blicken der hungernden Kinder auf den Fotos auszuweichen. Er nahm den Kugelschreiber heraus und stellte ihn in den Becher zu den anderen kostenlosen Kugelschreibern gemeinnütziger Organisationen. Jeder ein Beweis seiner mangelnden Nächstenliebe. Genau wie der Becher (ebenfalls ein Werbegeschenk), in den er sie stellte.

Frank öffnete weitere Umschläge, in denen unter anderem Arthrosestühle, Kreuzfahrten und Hörgeräte angeboten wurden, die so klein waren, dass er eine neue Brille gebraucht hätte, um sie zu erkennen. In anderen Schreiben wurde er darüber aufgeklärt, dass die elektrischen Leitungen in seinem Haus so alt seien, dass sein Haus eines Tages in Flammen aufgehen könnte. Gewinnen Sie ein Auto! Adoptieren Sie einen Affen! Rubbeln Sie diese drei Zahlen frei und rufen Sie diese Telefonnummer an! Zwei Pfund fünfzig pro Minute für Ihr Werbegeschenk. Frank legte alles auf den Papierstapel für Bills Klo.

Der vorletzte Brief war von einem Bestattungsunternehmen. Sie boten Frank vier verschiedene Bestattungsvarianten an – schlicht, klassisch, gehoben und royal. Auf einem Foto war eine ältere Frau am Telefon zu sehen, die vermutlich ihre eigene Bestattung regelte. Das Glück, das sie angesichts ihres

Todes erfüllte, schien noch größer zu sein als das der Leute, die die Treppe nicht mehr hinaufsteigen konnten.

Der letzte Werbebrief stammte von einem Optiker, der kostenlose Sehtests für über Fünfundsiebzigjährige in ihren eigenen vier Wänden anbot. Frank glaubte nicht daran, dass irgendetwas auf dieser Welt wirklich kostenlos war. Es gab immer einen Haken. Vermutlich stand im Kleingedruckten, dass er verpflichtet war, nach dem kostenlosen Sehtest eine teure Brille zu kaufen. Jedoch las Frank das Kleingedruckte nicht, der Text war zu lang und viel zu klein gedruckt.

Die linke Seite von Franks Brille – wie nannte man diese Teile noch mal? – war seit dem Unfall mit gelbem Isolierband umwickelt. An den Kratzer auf einem der Brillengläser hatte er sich inzwischen gewöhnt. Wenn er die Brille abnahm, hatte er das Gefühl, dass seine Augen nicht in Ordnung wären, weil er den Kratzer nicht mehr sah.

»*Carpe diem*, Bill«, sagte er, doch Bill verstand kein Latein. Frank ging mit dem Brief des Optikers ins Wohnzimmer und rief ihn an, um einen Termin für einen Sehtest bei sich zu Hause zu vereinbaren. Es war das erste Mal, dass er unerwünschte Werbepost beantwortete. Normalerweise riss er sie in Streifen und benutzte sie für Bills Katzenklo. Wenn ihm die Streichhölzer ausgingen, zündete Frank mitunter auch einen dieser Papierstreifen an dem Gasherd in der Küche an, um damit den Gasofen im Wohnzimmer anzumachen. Die Frau am Telefon des Optikers schien sich tatsächlich zu wundern, dass der Anrufer sie mit Fragen bombardierte statt umgekehrt.

»Es ist also nur ein kostenloser Sehtest?«, fragte Frank.

»Ja.«

»Ich werde nicht das Gefühl haben, etwas kaufen zu müssen?«

»Nein.«

»Oder etwas unterschreiben zu müssen oder Ihnen meine Bankdaten zu geben?«

»Nein.«

»Ich muss nach dem kostenlosen Sehtest keine teure Brille kaufen?«

»Nein.«

»Okay, dann fasse ich zusammen: Sie machen den angebotenen kostenlosen Sehtest, ich bitte um eine Kopie der Werte, sodass ich mir im Internet eine Brille bestellen kann, die weniger als die Hälfte des Normalpreises kostet?«

»Ja.«

»Wie teuer ist dieses Telefongespräch?«

»Zehn Pence pro Minute.«

»Danke. Kann ich bitte einen Termin vereinbaren?«

»Sind Sie nächste Woche zu Hause?«

»Ja.«

»Vormittags oder nachmittags?«

»Ja.«

13

Kelly sang in der Küche. »Kelly stellt den Kessel auf. Kelly stellt den Kessel auf.« Obwohl sie zwei Wände trennten und das Wasser im Kessel kochte, hörte Frank, dass sie eine bezaubernde Singstimme hatte. Wenn er doch nur für die Programmgestaltung im Fernsehen zuständig wäre. Dann wäre sie jede Woche der Überraschungsgast, der in der Comedyshow am Samstagabend auftrat. Kelly wäre seine Elaine Page oder Barbara Dickson. Eine hübsche Frau in wunderschönem Kleid mit einer zauberhaften Stimme zwischen den Gags und Sketchen. Wie bei den *Two Ronnies*. Smelly John könnte der andere Ronnie sein. Corbett oder Barker – da war Frank nicht festgelegt.

»Wir trinken alle Tee.« Kelly kam ins Wohnzimmer und stellte die Tasse Tee, die sie besungen hatte, auf den Tisch. Sie setzte sich auf die Lehne der Couch und stellte Frank die üblichen Fragen. Wie fühlte er sich? Aß er genug? Hatte er seine Medikamente genommen? Frank beantwortete alle Fragen mit Ja. Es war ein einfacher Test. Noch einfacher als der Mini-Mental-Status-Test im Krankenhaus. Er musste auf dem Kaminsims Platz für weitere Kristallpokale schaffen.

»Ist es nicht zu schwierig für Sie, sich zu waschen?«

Frank wunderte sich, warum Kelly ihm plötzlich diese Frage stellte. Sie gehörte nicht zu ihrem üblichen Repertoire. Stank er etwa? Nach Urin oder Mottenkugeln? Nervengift? War es an der Zeit, mit Smelly John eine neue Show ins Leben zu rufen? Die beiden Smellys? »Nicht allzu sehr«, sagte er.

Frank bereitete es Probleme, sich zu waschen. Weil er erstens verletzt war und zweitens der Gips trocken bleiben musste, war es ihm den Aufwand nicht wert, in die Badewanne hinein- und wieder herauszusteigen. Er wollte es aber nicht zugeben. »Meine Haare zu waschen, das war eine große Herausforderung«, sagte er schließlich als Kompromiss. Er hob seinen eingegipsten Arm. »Manchmal habe ich das Gefühl, dass sie immer noch nach saurer Milch riechen.«

»Möchten Sie, dass ich Ihnen die Haare wasche?«

»Meine Haare?«

»Ihre Haare. Ich könnte sie Ihnen waschen.«

»Oh. Ich ...« Frank war überrascht, wie verlegen ihn das machte – als sei er ein Teenager. Er spürte, dass er errötete.

»Ich könnte Ihnen Ihre Haare wenigstens bürsten, oder?«, sagte Kelly, die bemerkte, dass er sich unwohl fühlte. Ohne auf eine Antwort zu warten, holte sie den Stuhl, der am Fenster stand, und bedeutete Frank, sich auf den Stuhl zu setzen. Kelly nahm eine Haarbürste aus ihrer Tasche und zog ein paar Haare heraus, die zwischen den Borsten hingen. Sie rollte sie zu einer kleinen Kugel zusammen und warf sie in den Papierkorb neben Franks Sessel.

Kelly stand hinter Frank. Sie duftete wie der erste Regen auf dem Asphalt nach einem Monat Sonnenschein.

»Sie haben schönes Haar, Mr. Derrick. Die meisten älteren Herren, die ich besuche, haben nicht mehr viele Haare.«

Es war nicht das erste Mal, dass jemand sagte, er habe schönes Haar. Vor allem Frauen blieben oft auf der Straße stehen oder klopften ihm in der Schlange bei der Post oder an Bushaltestellen auf die Schulter, um ihm Komplimente zu machen oder um ihm zu sagen, wie neidisch sie auf sein Haar waren. Eine Frau bei *Fullwind Food & Wine* hatte ihn einmal gefragt, ob sie es anfassen dürfe. Das war einer der Gründe, warum Frank sein Haar lang trug. Den Damen gefiel das sehr. Und jetzt fand sogar Kelly, er habe schönes Haar.

Weniger glücklich machte Frank allerdings, dass sie ihn für alt hielt, wenn auch für einen *älteren Herrn*, immerhin keinen *alten Mann*. Der Gedanke, dass es noch andere ältere Herren neben ihm gab, gefiel Frank ganz und gar nicht. Er hätte sich gewünscht, Kelly würde sich ausschließlich um ihn kümmern. Zumindest waren Kellys andere ältere Herren alle kahlköpfig. Im Land der Kahlköpfigen ist der Langhaarige König, sagte Frank sich.

Kelly nahm Franks langes weißes Haar in die Hand, als wäre es der Schweif eines Pferdes, und begann es zu bürsten.

»So, Mr. Derrick«, sagte sie in ihrer besten Friseurinnen-Small-Talk-Stimme. »Gibt es auch eine Mrs. Derrick?«

»Sie ist verstorben«, sagte Frank.

»Das tut mir leid.« Kelly verharrte einen Augenblick reglos. »Ich habe nicht richtig nachgedacht.«

Wenn es eine Mrs. Derrick gegeben hätte, war sie entweder tot, oder sie lebte getrennt von ihrem Mann. Da Kelly einmal die Woche zu Frank kommen musste, um ihm zu helfen, hätte ihr das klar sein müssen. Wenn es eine Mrs. Derrick gegeben hätte, wäre sie entweder schon lange weg oder montags immer anderweitig beschäftigt. Es sei denn, Frank war Englands ältester Single oder schwul oder Cliff Richard.

»Das ist schon sehr lange her«, beruhigte Frank sie. Mit dem Kopf wies er auf ein gerahmtes Foto inmitten der großen Ansammlung von Porzellanhunden, -katzen, -giraffen und -schweinen auf dem Kaminsims. »Das ist sie.«

Kelly stand auf. »Darf ich?«, fragte sie.

»Ja, selbstverständlich.«

Kelly nahm das Foto in die Hand und wischte mit ihrem Ärmel den Staub vom Glas. Es zeigte eine Frau, die auf einer Decke in der Nähe eines Sandstrandes auf einigen Steinen saß, vor dem rauen Seewind durch einen hölzernen Wellenbrecher geschützt.

»Damals gab es dort viel mehr Sand«, sagte Frank. »Jetzt

sind es fast nur noch Steine. Und sie sind so hoch aufgetürmt, dass es schwierig ist, ans Wasser zu kommen. Manchmal vergesse ich, wie nahe das Meer ist. Ich kann es riechen, aber ich habe es seit Jahren nicht mehr gesehen.«

Kelly stellte das Foto zurück auf den Kaminsims und schob die Porzellanschweine, die es auf beiden Seiten bewachten, wieder auf ihre angestammten Plätze.

»Wie hieß Ihre Frau?«, fragte Kelly. Sie entschuldigte sich noch einmal, dass sie das Thema angeschnitten hatte, und dann noch einmal, weil sie es nicht fallen ließ.

»Sheila«, erwiderte Frank. Er sagte, dass sie vor sehr langer Zeit gestorben sei und Kelly sich nicht zu entschuldigen brauche. »Sie ging jeden Tag schwimmen, ganz egal, wie kalt es war. Sie war eine sehr gute Schwimmerin. Sheila hat viele Medaillen gewonnen und mir das Schwimmen beigebracht. Ich konnte natürlich schwimmen, aber nicht besonders gut. Sie erklärte mir, wie ich atmen und wie ich Arme und Beine richtig bewegen musste. So gut wie sie habe ich es aber nie gelernt. Sie konnte kilometerweit schwimmen. Ich planschte meistens nur eine Weile im flachen Wasser herum, und dann wurde mir langweilig.«

Frank konnte gar nicht mehr aufhören zu erzählen. Vielleicht lag es daran, dass Kelly sein Haar bürstete. Er erzählte ihr, wie seine Frau sich immer weiter vom Ufer entfernte, bis er sie nicht mehr sehen konnte. Die Zeit verging. Er stieg aus dem Wasser, lief über den Sand zu den Steinen hinauf und schlang ein Handtuch um seinen Körper, bis er nicht mehr zitterte. In der Nähe eines Wellenbrechers setzte er sich auf eine Decke. »Oder sie heißen Buhnen«, sagte er zu Kelly. »Ich glaube, diese Wellenbrecher aus Holz heißen Buhnen.«

»Buhnen«, wiederholte Kelly, die das Wort offenbar nicht kannte.

Frank sagte, dass er, nachdem er Sheila eine Weile nicht gesehen hatte, in Panik geriet. Obwohl sie oft so weit hinausschwamm, dass er sie aus dem Blick verlor, überlegte er, ob er um Hilfe rufen oder zu der Telefonzelle am Café gehen sollte, um die Küstenwache zu alarmieren. Er stand von seiner Decke auf, legte eine Hand über die Augen, um sie vor der Sonne zu schützen, und hielt nach ihrem Kopf mit der Gummibadekappe Ausschau, der auf den Wellen auf und nieder wippte.

»Wenn die Flut einsetzte, strömte das Wasser immer seitlich herein. Das vergaß ich immer. Ich schaute Richtung Frankreich, aber ich hätte Richtung Isle of Wight schauen müssen. Sheila tauchte etwa hundert Meter von der Stelle entfernt auf, an der ich wartete. Sie winkte, als sie auf mich zukam. Dann zog sie die Badekappe vom Kopf und schüttelte ihr Haar. Ich breitete das Handtuch für sie aus. Sie schlang es um ihren Körper und setzte sich auf die Decke. Einen kurzen Moment zitterte sie und klapperte mit den Zähnen. Sie ließ sich von der Sonne trocknen, bis sie ihren Badeanzug schließlich aus- und ihre Kleidung anzog. Sheila machte das alles unter dem Handtuch, und als sie es wegzog, war sie vollständig angezogen. Unglaublich, wie gut sie das konnte. Es war fast wie Zauberei.«

Kelly schaute auf das Foto auf dem Kaminsims.

»Ich habe mir immer gerne alte Familienfotos angesehen«, sagte sie. »Meine Mutter und mein Vater holten immer ihre Fotoalben heraus, wenn Besuch kam. Nicht *alle* Fotos von mir waren peinlich. Inzwischen habe ich alle meine Fotos auf meinem iPhone. Ich schaffe es nie, sie auszudrucken oder sie auf den Computer zu übertragen, denn ich finde nie das kleine Kabel, mit dem ich das iPhone mit dem Computer verbinden kann.«

Frank erzählte Kelly, dass seine Frau aufgrund ihrer Krankheit bald nicht mehr schwimmen gehen konnte.

»Ich sah, wie sie jeden Tag etwas weniger wurde. Genauso wie auf dem Meer, wenn sie weit hinausschwamm.«

Er erzählte Kelly von seinem schlechten Gewissen, da er manchmal gewünscht hatte, es wäre vorbei. Dass dieser Tag der letzte Tag wäre, an dem er mitansehen musste, wie seine Frau sich veränderte.

»Als es dem Ende zuging, begriff ich, dass sie mir nicht mehr gehörte. Sie gehörte jetzt dem Krankenhaus. In der Nacht, als sie starb, sagte ich ihr, dass alles gut sei, dass sie jetzt gehen könne, so als würde ich ihr meine Erlaubnis geben. Nicht wie Gott, eher wie Alan Sugar oder Anne Robinson. Ich kam mir so egoistisch vor.«

Nie zuvor hatte Frank das jemandem erzählt. Nicht seiner Tochter, nicht Smelly John und auch nicht Bill. Er kannte Kelly noch nicht mal sechs Stunden. Er hatte längere Beziehungen zu einigen der alten Damen gehabt, die im Wohlfahrtsladen arbeiteten.

Kelly schwieg eine Weile. Sie hielt Franks Haar fest, bürstete es aber nicht. Er drehte sich zu ihr um. Sie hatte feuchte Augen. Er hatte sie zum Weinen gebracht. Sie würde nicht mehr zu ihm kommen. Er müsste sich sein Haar selbst bürsten und sich selbst kratzen, wenn der Arm unter dem Gips juckte. Er würde wieder alte Lebensmittel horten. Er wünschte, er könnte es ungeschehen machen.

»Gibt es einen Mr. Christmas?«, fragte er, um sie aufzumuntern.

Kelly schniefte und wischte sich mit dem Ärmel, mit dem sie Sheilas Foto abgestaubt hatte, über ihren Augenwinkel.

»Nur meinen Vater.« Sie schien Franks Gedanken zu erraten und sagte: »Er ist aber nicht der Weihnachtsmann.« Sie schniefte noch einmal, legte ihre Hand auf Franks Kopf und drehte ihn, als würde sie den Deckel von einem Glas zuschrauben. Nachdem sie Franks Haare gebürstet hatte, drehte er sich zu ihr um. Sein Haar war weicher als jemals zuvor, und er würde sich eine Weile von Luftballons fernhalten müssen.

»Etwas fürs Wochenende, Sir?«, fragte Kelly und schlüpfte wieder in die Rolle der Friseurin, die ihrem Kunden wie in alten Zeiten Kondome anbot.

Das wäre mal eine nette Abwechslung, dachte Frank.

Kelly suchte ihre Sachen zusammen und nahm ihren Anorak von der Lehne des Stuhls, auf dem Frank saß.

»Ich könnte Ihnen in der nächsten Woche die Haare waschen«, sagte sie, als sie ihre Tasche nahm. »Vielleicht könnte ich Ihnen auch helfen zu baden. Bis nächste Woche also. Bye.«

Kelly ging aus dem Wohnzimmer, stieg die Treppe hinunter und verließ das Haus. Sie legte den Schlüssel in den Schlüsselsafe, durchquerte den Vorgarten und schritt durch das Tor. Sie stieg in ihr Auto, nahm das Schild »Pflegedienst im Einsatz« vom Armaturenbrett, öffnete das Fenster und startete den Motor. Frank hörte die Musik, die im Wagen lief. Er meinte Madonna oder Kylie Minogue zu erkennen. Kelly überprüfte die Außenspiegel, löste die Handbremse und fuhr die Sea Lane hinunter, während ein Dutzend James-Stewart-Imitatoren sie beobachteten.

Frank, der mit seinem frisch gebürsteten und statisch aufgeladenen Haar am Fenster stand und aussah wie Miss Havisham in *Große Erwartungen*, schaute ihr nach, bis sie in der Ferne verschwand. Unentwegt musste er daran denken, dass sie ihm helfen wollte zu baden. Er fragte sich, was genau alles dazugehörte und wie sich das auf ihre Beziehungsdynamik auswirken würde. Eine Dynamik, an die er sich allmählich gewöhnte. Er war zu alt und sein Arm war zu gebrochen für neue Spielregeln.

Vielleicht meinte Kelly nur ein Bad im Bett, was auch immer das sein mochte. Aber Frank war nicht bettlägerig, und daher musste sie ein richtiges Bad meinen, und das bedeutete, dass er nackt in der Badewanne sitzen würde. Wann hatte ihn das letzte Mal jemand nackt gesehen? Selbst vor Bill zog Frank sich nicht vollständig aus, und als Sheila noch lebte, waren sie auch keine FKK-Anhänger gewesen. Sheilas Trick, sich am Strand hinter dem Handtuch umzuziehen, diente nicht nur dem Zweck, sich den Blicken Fremder zu entziehen. Sie hatten sich auch vor dem Schlafengehen beide immer im Dunkeln oder in verschiedenen Räumen ausgezogen.

Frank versuchte sich einzureden, dass er überreagierte. Vermutlich würde Kelly nur das Wasser in die Badewanne laufen lassen und die Temperatur mit dem Ellbogen überprüfen. Dann würde sie Frank allein lassen und einen Arm ins Badezimmer strecken, um ihm ein Handtuch zu reichen, wenn er fertig war. Das musste sie gemeint haben, als sie sagte, sie wolle ihm helfen zu baden.

Und dennoch ging ihm der Gedanke nicht mehr aus dem Kopf. Hatte sie vielleicht doch vor, mehr zu tun als nur das? Würde sie ihm den Rücken schrubben und seinen nackten alten Körper mit einem Schwamm oder einem Luffa-Handschuh abreiben? Das stand sicherlich auf der Liste der Tätigkeiten, die sie für die älteren Menschen übernahm. Er hatte die Liste nicht genau studiert. Sie hatte bestimmt schon Hunderte runzeliger alter Männer nackt gesehen. Kelly arbeitete zwar nur als Haushaltshilfe, aber übernahm auch kleinere pflegerische Arbeiten. Auf dem Schild, das sie immer hinter die Windschutzscheibe legte, stand »Pflegedienst im Einsatz«. Sie trug Dienstkleidung. Auf beiden Seiten ihres Autos prangte das Firmenlogo der Firma für häusliche Pflege.

Als Kellys Wagen aus Franks Blickfeld verschwand, war er völlig verwirrt und panisch wegen dieser ganzen Sache. Und es wurde immer schlimmer. Allmählich fühlte er sich wie Michael Gambon in *The Singing Detective*, der versuchte, an etwas Langweiliges zu denken, um keine Erektion zu bekommen, während Joanne Whalley seine schuppige Haut mit Fett einrieb. Allerdings hatte Franks Film eine neue Wendung. Ihn beunruhigte nicht die Frage: Was ist, wenn ich eine Erektion bekomme?, sondern: Was, wenn nicht?

14

Am Tag nachdem Kelly ihre Bade-Bombe hatte platzen lassen, ging Frank in die Stadtbücherei. Er legte seinen Büchereiausweis vor und setzte sich neben zwei andere Rentner, die auch vor Computern saßen.

Leute, die es sonderbar finden, dass ihre Eltern und Großeltern die neuen Technologien nutzen, und für die es befremdlich ist, wenn Oma mit dem Handy telefoniert, sollten sich allmählich mal daran gewöhnen. Rentner, die für lange Schlangen am Geldautomaten sorgen, weil sie ihre PIN-Nummer vergessen haben oder nicht erkennen können, was auf dem Monitor steht, oder die ihre Einkäufe noch mit einem Scheck bezahlen, werden bald aussterben. Senioren, die an den Computern in der Bücherei sitzen, die in Turnschuhen und Jeans dünnen Caffè Latte trinken, die sich SMS schreiben oder Tetris und Snake spielen, während sie Musik auf ihren iPods hören, sind die Zukunft. Dies ist der *Planet der Affen*. Nehmen Sie ihnen die iPod-Hörer raus: Sie hören *Arctic Monkeys*.

Frank öffnete seinen Bibliothekscomputer-Account und checkte seine E-Mails. Er hatte sechsundsiebzig Spam-Mails erhalten und eine Mail von seiner Tochter.

Hey Dad,
wie geht's dir? Ist der Gips schon ab? Wahrscheinlich juckt der Arm inzwischen höllisch. Habe ich dir erzählt, dass Jimmys Firma den Auftrag bekommen hat, für den er sich so eingesetzt

hat? Das ist für ihn und für uns eine große Herausforderung, aber sobald Jimmy sich eingearbeitet hat, sollten wir es doch schaffen, dich endlich zu besuchen. Wir vermissen dich (natürlich!) alle.

Laura kommt wunderbar auf dem College zurecht. Sie vermisst dich sehr. Sie ist schon fast erwachsen, und du würdest sie kaum wiedererkennen. Mir kommt es so vor, als hätte sie jede Woche eine neue Haarfarbe.

Ich hoffe, das mit der Haushaltshilfe ist inzwischen in Ordnung für dich. Ich weiß, dass du nicht gerade begeistert warst. Ich habe gebetet, dass sie dir nicht so einen Drachen schicken, der dich herumkommandiert und mit dir schimpft. Zum Glück gehören diese Zeiten ja der Vergangenheit an (außer im Fernsehen, vermute ich). Hier haben sie alle die alten *Carry-On*-Filme wiederentdeckt. Und *Benny Hill*! Vielleicht solltest du doch darüber nachdenken, ob du nicht zu uns ziehen möchtest. Du hast Benny Hill doch auch immer so gerne gesehen.

Ich rufe dich bald an und hoffe, dass du dann nicht gerade schläfst! Manchmal vergesse ich den Zeitunterschied zwischen England und Kalifornien.

Alles Liebe von uns
Beth xxx

Frank fiel auf, dass Beth ab und zu die amerikanische Schreibweise verwendet hatte. Amerika hatte ihm also einen weiteren Teil seiner Tochter gestohlen. Und Benny Hill hatte er immer gehasst.

Er starrte auf den Monitor und überlegte, was er antworten sollte. Welche aufregenden Dinge könnte er Beth erzählen? Ein Mann hatte in seinem Garten gestanden und ihn darauf hingewiesen, dass sein Dach einzustürzen drohte. Er war von zwei Männern auf seiner Türschwelle überrumpelt worden und hatte überlegt, ob er einem von ihnen einen Faustschlag verpassen sollte. Im Dorf waren ein paar Poller umgeworfen worden, was für Unruhe unter den Asseln gesorgt hatte, die mal wieder die gelangweilten Kids verdächtigten. Smelly John hatte sich mit einem Mann angelegt, der Lieder von Vera Lynn sang. Vielleicht sollte er lieber zuerst die Fragen seiner Tochter beantworten. Er könnte seine Antworten in roter Schrift schreiben. Er wusste, wie das ging.

War der Gips ab? *Nein.*

Ich nehme an, der Arm juckt höllisch. *Ja.*

Habe ich dir erzählt, dass Jimmys Firma den Auftrag bekommen hat? *Ja, aber ich habe nicht richtig zugehört. Hat es irgendwas mit Wein zu tun?*

Vielleicht sollte er ihr schreiben: »Ja, es ist in Ordnung, dass die Haushaltshilfe zu mir kommt. Sie ist auf gar keinen Fall ein Drachen, der mich herumkommandiert. Sie ist sehr freundlich, und es ist schön, mit ihr zu reden. Ich habe ihr tatsächlich Dinge erzählt, über die ich nie zuvor mit jemandem gesprochen habe. Zum Beispiel, wie deine Mutter gestorben ist. Solche Dinge. Oh, und sie ist sehr hübsch, diese Haushaltshilfe. Sie riecht wie Regen auf heißem Asphalt nach einer langen Trockenperiode. Ihr Pony ist ganz gerade geschnitten. Ach, und da ich gerade über Haare spreche … Sie hat mir gestern mein Haar gebürstet, und nächste Woche will sie mir beim Baden helfen. Ja, du hast richtig gelesen, beim Baden. Sie ist übrigens nicht nur jung genug, um meine Tochter zu sein, sondern auch jung genug, um deine Tochter zu sein. PS: Ich habe mir ein grellbuntes Hemd gekauft und Aftershave, und das vermutlich nur, weil sie regelmäßig zu mir kommt. PPS: Sie hat deine amerikanischen Kekse weggeworfen. Tschüssie. Dad x.«

Frank hatte immer gehofft, seinen Lebensabend mit seiner Tochter verbringen zu können. Als er in den Sechzigern und sie in den Zwanzigern gewesen war, hatte er sie oft damit aufgezogen, was sie bald alles für ihren gebrechlichen Vater werde tun müssen: ihn in einem Rollstuhl herumfahren, ihn füttern, seine Unterhosen wechseln, sich ständig bei anderen Leuten entschuldigen, weil er kein Benehmen hatte und kein Blatt vor den Mund nahm. Denn, so erklärte er ihr, seine letzten Gehirnzellen hätten sich dann längst verabschiedet. Er neckte seine Tochter damit, dass sie ihn wahrscheinlich kaum mehr aus den Augen werde lassen können, weil er ständig Pfarrer und Polizisten beschimpfte, über »fremde Leute« herzog und die Frauen in der Bücherei und im Wohlfahrtsladen anbaggerte. Vielleicht war Beth darum nach Amerika geflüchtet. Bevor es zu spät war, und für den Fall, dass er doch keine Witze machte.

Um die Beantwortung der E-Mail ein wenig hinauszuzögern, surfte Frank eine Weile im Internet. Er suchte bei eBay die Porzellanfiguren, die er im Wohlfahrtsladen in der »50-Pence-Kiste« gefunden hatte und von denen er hoffte, dass sie ihn reich machen würden. Tatsächlich fand er ein ähnliches Paar Porzellanfiguren, für das es ein Höchstgebot von 99 Pence gab.

Er klickte auf andere eBay-Links. Sie verleiteten ihn zu einer modernen Version der Schnitzeljagd – ganz ohne Papier –, die ihn von einem wertlosen Deko-Gegenstand zum nächsten führte. Immer wenn Frank auf einen neuen Link klickte, bekam er noch passendere Links angezeigt, weil das Internet versuchte vorauszusagen, was ihn interessieren könnte. Er klickte auf einen Link für ein Zierglöckchen, das ihn zu einem anderen Link für eine Teekanne führte und dann zu einem weiteren Link für etwas, das als »Keramik Marmeladentopf italienischer Esel« beschrieben wurde. Versehentlich klickte Frank auch auf eine Werbung für billigere Telefongespräche, sodass er auf einer anderen Website landete. Als er sie schloss und zu seiner eBay-Suche zurückkehrte, wurden ihm dort unzählige Porzellantelefone und ein Gemälde von einem Esel angeboten.

Frank konnte sich nicht auf das konzentrieren, was ihn eigentlich in die Bücherei geführt hatte – eine E-Mail an seine Tochter zu schreiben. Seine Aufmerksamkeitsspanne schien im gleichen Maß kürzer zu werden, wie er älter wurde. Wann hatte er in der Bücherei zum letzten Mal ein Buch aus einem der Regale gezogen und es mit nach Hause genommen oder sich ein gebrauchtes Buch gekauft, das er dann auch gelesen hätte? Sogar die Zeitung las er kaum noch richtig. Er las nur noch die Überschriften, schaute sich die Bilder an und reimte sich den Rest zusammen. Dadurch war seine Version der aktuellen Geschehnisse reichlich wirr. Opfer wurden zu Mördern und Mörder zu Opfern, Gewinner zu Verlierern und Berühmtheiten, die Geburtstag feierten, waren gerade gestorben.

Er starrte auf den Monitor und bewegte die Maus auf dem Mauspad hin und her, in dem Versuch, sich mit dem Cursor selbst zu hypnotisieren. Er konnte nicht fassen, dass ihm angesichts der offensichtlich unbegrenzten Menge an Zeug im Internet keine einzige Website einfiel, die ihn interessierte.

Vielleicht hatte ja der Pflegedienst, bei dem Kelly arbeitete, eine Website. Er suchte nach *Lemons Care* – ein Name, der durchaus sinnvoll gewesen war, bevor Stuart und Linda Orange sich aus der Firma zurückgezogen hatten – und fand die Website schließlich. All die alten Leute auf den Fotos sahen so glücklich aus. Wie die Fernsehmoderatoren oder die gebrechlichen und sterbenden Menschen in seiner Werbepost. Frank klickte auf »Häufig gestellte Fragen« und auf »Welche Aufgaben übernimmt meine Pflegerin?«. Nummer drei auf der Liste war »Hilfe bei der Körperpflege«. Frank klickte auf »Lernen Sie das Team kennen« und scrollte durch die Namensliste.

> Kelly Christmas kam im August 2012 zu uns. Sie brachte einen großen Erfahrungsschatz mit, da sie bereits zwei Jahre in der häuslichen Pflege gearbeitet hatte. Zusätzlich absolvierte sie eine Reihe von Fortbildungen und ist so ständig über alle Neuerungen in der häuslichen Pflege auf dem Laufenden. Kelly ist eine große Bereicherung für unser Team und unser schnell wachsendes Unternehmen.

Frank klickte auf Kellys Foto und betrachtete es. Darauf tat sie so, als würde sie die Temperatur von einem Thermometer ablesen. Dabei lächelte sie in die Kamera. Sie trug dieselbe schicke blaue Dienstkleidung wie bei ihren Besuchen bei ihm. Auf dem Bild hatte sie einen Seitenscheitel. Es ist erstaunlich, wie stark sich eine leicht veränderte Frisur auf das Aussehen auswirkt. Sie sah auf keinen Fall schlechter aus, nur anders. Aber es beantwortete die Frage, die Frank sich die ganze Zeit gestellt hatte. Ihr gerade geschnittener Pony diente nicht dazu, ein drittes Auge, ein Tattoo der British National Party oder eine hässliche Stirn zu verdecken.

Kurz entschlossen schaute Frank sich auch die Profile einiger anderer Pflegekräfte an, wobei er sich vorstellte, er wäre Michael Aspel und würde die Miss World präsentieren.

»Angela ist examinierte Krankenschwester und arbeitet seit sechs Jahren in der häuslichen Krankenpflege. Sie hat sehr viel Erfahrung, spricht Englisch und Französisch und wünscht sich, auf der ganzen Welt würde Frieden herrschen und niemand müsste unter Armut leiden.«

»Anne-Marie verfügt über viel Erfahrung in der Pflege von Senioren und arbeitet seit über zehn Jahren in der häuslichen Pflege. Ihre Maße sind 90–70–90.«

Michael Aspel erklärte Kelly Christmas zur Siegerin. Er setzte ihr die Krone auf den Kopf, legte ihr die Schärpe der Miss Pflegerin um, küsste sie auf beide Wangen und überreichte ihr so viele Blumen, als hätte sie gleichzeitig den »Blühende Dörfer«-Wettbewerb gewonnen.

Frank schloss den Browser, kehrte zu seinen E-Mails zurück und schrieb Beth eine kurze Antwort. Er teilte ihr mit, dass alles in Ordnung sei, viel mehr aber auch nicht. Anschließend schaute er auf die Uhr auf dem Monitor. Seine Zeit war um. Der nächste Rentner, der Videos von Skateboard-Stunts glotzen und seinen Facebook-Status aktualisieren wollte, wartete bereits. Frank drückte auf *Senden* und loggte sich aus.

Kurz darauf verließ er die Bücherei. Er ging in den Drogeriemarkt und kaufte sich einen edlen neuen Rasierer, teures Rasiergel und ein Stück noch teurere Seife. Außerdem etwas, von dem er gar nicht wusste, dass es so etwas gab, und das sich Trockenshampoo nannte. Und vermutlich nur, weil er sich daran erinnerte, dass er seiner Tochter, als sie klein war, das Lied aus der Fernsehwerbung vorgesungen hatte, kaufte er auch noch eine dieser albernen Flaschen Matey-Blubberbad für Kinder.

Als Frank auf dem Weg nach Hause am Wohlfahrtsladen vorbeikam, sah er wieder ein Hemd im Fenster. Falls das überhaupt möglich war, hatte es noch schrillere Farben als das andere Hemd. Jedenfalls schrien die Blumen und bunten Farbkleckse Frank zu: »KAUF MICH!« Frank ging hinein und kaufte es. Außerdem kaufte er eine Pinzette und eine *Greatest Hits*-CD von Madonna aus dem »1-£-Korb« auf der Theke.

»Oho! Ist die für Ihre Enkeltochter?«, fragte die Frau hinter der Theke.

»Ja«, erwiderte Frank und ärgerte sich darüber, dass er log und dass die Welt ihm das Gefühl gab, es tun zu müssen.

15

Frank wachte wieder einmal auf, bevor die Flugzeuge über sein Haus hinwegflogen. Wenn Kelly ihm beim Baden helfen wollte, musste er dafür sorgen, dass er sauber war. Er würde sich so intensiv säubern, als käme die Queen, um ihm beim Baden zu helfen.

Er drehte die Wasserhähne auf und goss etwas von dem Kinder-Blubberbad in den Wasserstrahl. Das Wasser färbte sich grün. Dann legte er seine Utensilien zurecht. Die Pinzette aus dem Wohlfahrtsladen legte er auf den Rand des Waschbeckens. Frank fragte sich, wozu der ehemalige Besitzer sie wohl benutzt haben könnte. Er konnte sich nur vorstellen, dass man damit Splitter aus der Haut zog oder sie für die Briefmarkensammlung benutzte. Da es aber ziemlich abscheuliche Menschen auf der Welt gab, hatte Frank die Pinzette fünf Minuten lang in einem Topf gekocht, um ganz sicherzugehen. Neben der Pinzette lag Franks neuer Rasierer. Er hatte fünf Klingen – vier mehr, als er je benutzt hatte – und ein integriertes Gel-Reservoir. Als er den Rasierer einschaltete, leuchtete er auf und vibrierte in seiner Hand. Aus Angst vor einem Stromschlag achtete Frank darauf, den Rasierer nicht unter dem Wasserhahn laufen zu lassen. Auf dem Rasiergel stand, dass es den Bart auf die Rasur vorbereitete, die Haut nach der Rasur beruhigte, sie vor Irritationen schützte und sie mit Feuchtigkeit versorgte. Das Gel war blau, als es aus der Tube kam, und weiß, als er es auf das Gesicht auftrug.

All die Innovationen für eine sanfte Rasur machte Frank zunichte, weil er sich mit der linken Hand rasierte. Er schnitt sich ins Ohrläppchen und dann in den Nasenflügel, und an einigen Stellen blieben ein paar Bartstoppeln stehen. Zum Schluss sah sein Gesicht aus wie der Centre Court am letzten Tag von Wimbledon.

Frank packte sein teures Seifenstück aus und legte es auf den Badewannenrand. Zwei Plastiktüten hingen am Kaltwasserhahn des Waschbeckens, und eine Rolle braunes Klebeband lag auf der Fensterbank darüber.

Zuerst nahm Frank die Pinzette. Er beugte sich zum beschlagenen Spiegel vor und wischte mit der Hand ein Sichtfenster frei. Schließlich bekam er, mehr durch Zufall, ein Nasenhaar zu fassen. Mit einem Ruck zog er es heraus. Ihm schossen Tränen in die Augen, und er spürte, dass er niesen musste. Als er sich innerlich auf das Niesen vorbereitete und es dann ausblieb, war er maßlos enttäuscht. Das nächste Nasenhaar zu erwischen erwies sich als noch schwieriger und frustrierender. Es war, als würde man versuchen, auf einer Nordseefähre einen Faden einzufädeln. Als Frank das Haar endlich zu fassen bekam, zog er es langsam heraus. Das Haar schien sehr lang zu sein. Es kam ihm vor, als würde er einen Pullover aufribbeln. Als er das Haar schließlich herausriss, musste er diesmal wirklich niesen und stieß sich den Kopf am Spiegel. Er kam zu dem Schluss, dass ein paar Nasenhaare in seinem Alter nicht das Ende der Welt bedeuteten.

Frank drehte die Wasserhähne zu und schaute zuerst in die Badewanne und dann auf seinen Arm. Ob es wohl auch so etwas wie ein Trockenbad gab? Er nahm eine der Plastiktüten, die an dem Wasserhahn hingen, und wickelte sie um den Gipsverband. Damit die Plastiktüte blieb, wo sie bleiben sollte, presste er den Arm gegen seinen Körper, dann griff er nach dem Klebeband. Natürlich konnte er den Anfang nicht finden. Wie sollte es auch anders sein. Als Frank den rechten Arm vom Körper löste, um den Anfang auf der Rolle zu suchen, fiel die Plastiktüte auf den Boden. Er streckte den Arm aus, um sie aufzufangen, und stieß dabei gegen die Seife, die in die Badewanne fiel. Nächste Woche würde er dann wieder an der kaputten Uhr eines hohen Gebäudes hin- und herschwingen oder seelenruhig zusehen, wie die Fassade eines Holzhauses auf ihn stürzte.

Irgendwann gelang es Frank, seinen Arm in die beiden Plastiktüten zu wickeln und sie mit dem braunen Klebeband festzukleben, das er dann mit den Zähnen abreißen musste, die natürlich in ihrem Glas lagen, was zu weiteren Verzögerungen führte. Als er sie eingesetzt hatte, schaffte er es, das Klebeband durchzubeißen. Es war völlig zerknüllt und klebte zusammen, und als Frank fertig war, sah sein Arm aus wie ein Geschenk, das ein betrunkener Vater am Heiligen Abend eingepackt hatte.

Vorsichtig stieg Frank in die Wanne. Das Wasser war nur noch lauwarm. Er wünschte, er hätte sich eine dieser Antirutschmatten aus den Katalogen mit den Hilfsmitteln für Senioren gekauft. Frank hatte wahnsinnige Angst auszurutschen, hinzufallen, das Bewusstsein zu verlieren und zu ertrinken. Er überlegte, wie lange er unentdeckt in der Wanne liegen würde, doch dann fiel ihm ein, dass es nicht allzu lange sein würde, da Kelly bald käme … Sie würde die Eingangstür öffnen, seinen Namen rufen und sich wundern, warum er nicht antwortete. Vermutlich würde sie ihn in allen Räumen suchen, bis sie den Dampf sah, der aus dem Badezimmer drang. Frank wollte nicht, dass ausgerechnet Kelly ihn tot auffand, und ganz besonders nicht in einer Badewanne mit Matey-Blubberbad, sodass sein Körper noch runzeliger war als sonst.

Frank stand in der Badewanne, drehte das heiße Wasser wieder auf und setzte sich hin. Er schaute auf seine Füße, die in der Nähe der Wasserhähne aus dem Wasser ragten. Die Fußnägel mussten geschnitten werden. Obwohl er sich eine Schere für Linkshänder angeschafft hatte, würde es ihm niemals gelingen, die dicken Fußnägel zu schneiden. Beim letzten Mal hatte er dafür eine Gartenschere benutzt. Sie war der Gartenarbeit noch nie so nahegekommen. Frank ließ die Füße unter dem Badeschaum verschwinden und wusch sich mit der teuren Seife.

Lange blieb er nicht in der Badewanne sitzen, denn er hatte Angst einzuschlafen. Dann würde genau das Szenario eintreten, das er sich gerade ausgemalt hatte, in dem Kelly ihn finden würde – nur dass es diesmal doppelt so peinlich wäre, weil er noch nicht einmal tot war. Frank stieg aus der Wanne und trocknete sich ab. Die Plastiktüten von seinem Arm zu entfernen stellte sich als ebenso schwierig heraus, wie sie um den Arm zu wickeln und festzukleben. Frank musste mit den Zähnen an Tüten und Klebeband zerren. Als er den Arm von den Tüten befreit hatte, war der Gips trotzdem nass.

Jetzt trug er das Trockenshampoo auf. Da er keine Bürste hatte, um es gleichmäßig im Haar zu verteilen, sah er aus, als hätte er mit Sandpapier die Decke abgeschmirgelt.

Anschließend ging er ins Schlafzimmer, um sich anzuziehen. Seine Kleidung hatte er schon aufs Bett gelegt. Er brauchte neue Unterhosen, konnte sich aber nicht erinnern, wann er sich zum letzten Mal welche gekauft oder ob er sich überhaupt jemals welche gekauft hatte. Sheila hatte in ihrer Ehe nicht nur die Hosen angehabt, sondern auch die Unterhosen gekauft.

Wenn Frank Unterhosen kaufen wollte, musste er in die Stadt fahren. Vermutlich gab es auch im Wohlfahrtsladen welche, doch Unterwäsche stand auf seiner Liste der Dinge, die er nicht gebraucht kaufen würde. Ebenso wie Socken. Es machte ihm nichts aus, die Schuhe eines Toten zu tragen, aber die Socken und Unterhosen eines Toten wollte er nicht anziehen.

Er erinnerte sich, wie Smelly John nach Franks Unfall gesagt hatte: »Ich hoffe, du hattest eine saubere Unterhose an. Du musst immer saubere Unterhosen tragen, Francis. Das hat mir meine Mutter so oft gesagt. Falls man überfahren wird. Hattest du eine saubere Unterhose an, Francis?«

»Ja.«

So einfach war die Antwort. Frank hatte eine saubere Unterhose getragen, als er überfahren wurde. Zumindest bis zu dem Moment, als er überfahren wurde, denn der hatte seine saubere Unterhose in eine schmutzige verwandelt.

Kurz nachdem Frank ins Krankenhaus eingeliefert worden war, hatte ihm eine Krankenschwester die Unterhose ausgezogen. Jemand hatte sie gewaschen, und als er das Krankenhaus verließ, drückten sie ihm eine Plastiktüte mit der Milch und der Unterhose in die Hand. Also wurde er ohne Unterhose in einem Krankenwagen nach Hause gefahren, und er ließ die Tüte mit der Hose und der Milch im Krankenwagen liegen. Zwei Wochen nach dem Unfall fand er einen wattierten Umschlag in der Post, der die Unterhose und ein kleines Grußkärtchen vom Rettungsdienst des Krankenhauses West Sussex enthielt. Zumindest hatten sie ihm die Milch nicht geschickt. Bis jetzt jedenfalls.

Frank zog die Unterhose an, die von allen noch am neuesten aussah. Er hatte überlegt, ob er sie zusammen mit der Pinzette in kochendem Wasser waschen sollte, um ihr neues Leben einzuhauchen, aber die Zeit reichte nicht aus, um sie zu trocknen. Zudem befürchtete er, dass Kelly den Geruch nach gekochter Unterhose in seiner Wohnung bemerken könnte.

Heute zog Frank seine beste Hose an und entfernte die Plastik- und Pappstreifen sowie die Nadeln aus dem neuen Hemd. Dieses Mal achtete er darauf, dass er keine Nadel übersah. Er knöpfte das Hemd zu und betrachtete sich im Spiegel. Ja. Grauenvoll. Frank führte oft Gespräche mit dem Mann, der ihn aus dem Spiegel anblickte. Manchmal sprach er tagelang mit niemandem sonst ein Wort. Er schnitt Grimassen, und der Mann im Spiegel machte alles nach. Er war ein wirklich guter Frank-Derrick-Imitator.

Frank nahm seine Brille ab und bog die Bügel ein wenig zurecht, damit sie gerade saß. Dann setzte er sie wieder auf. Sie saß noch immer schief. Er neigte zum Ausgleich den Kopf etwas zur Seite, als wollte er ein Bild an einer schiefen Wand gerade aufhängen. Wenn er nur seine neue Brille schon gehabt hätte. Sie sollte in zwei oder drei Wochen kommen, hatte Spencer gesagt.

Spencer hieß der Optiker, der vor ein paar Tagen bei ihm gewesen war, um den kostenlosen Sehtest durchzuführen. Er trug eine Brille mit unglaublich dicken Gläsern, so, wie auch alle Friseure Glatzköpfe hatten. Als Spencer Frank die Treppe hinauf und ins Wohnzimmer gefolgt war, hatte Frank versucht, sich an all das zu erinnern, was Spencer bei der Terminvereinbarung für den kostenlosen Sehtest am Telefon gesagt hatte.

»Es wird nicht allzu lange dauern«, hatte Spencer gesagt.

Das ist ein kostenloser Sehtest, rief Frank sich in Erinnerung.

»Sie haben eine schöne Wohnung«, sagte Spencer.

Ich bin nicht in einem Geschäft.

Spencer packte seine Instrumente aus.

»Großartiges natürliches Licht«, sagte er.

Das ist meine Wohnung.

»Wohnen Sie schon lange hier?«

Ich werde mich nicht verpflichtet fühlen, etwas zu kaufen.

»Der Garten geht nach Süden?«

Ich gebe meine Bankdaten nicht heraus.

»Meiner Frau würde die Tapete gut gefallen.«

Ich lasse mich nicht dermaßen um den Finger wickeln, dass ich am Ende eine Brille kaufe.

»Es wird nicht lange dauern.«

Ich mache den kostenlosen Sehtest, so, wie er in dem Werbebrief angeboten wurde. Dann bitte ich um eine Kopie des Ergebnisses und bestelle mir im Internet eine Brille, die weniger als die Hälfte kostet.

»Sie haben tolle Haare.«

Nachdem Frank zwanzig Minuten lang Buchstaben von Tafeln vorgelesen, in verschiedene Geräte gestarrt und der Optiker Luft auf seine Augäpfel geblasen hatte, probierte Frank Brillen an. Zwanzig Minuten später legte Spencer die Bestellung für eine neue Brille, mit der Frank aussehen würde wie ein belgischer Architekt, in eine Mappe. Außerdem bestellte Frank eine passende Sonnenbrille zum halben Preis. Wenn er seine Kontoauszüge überprüft hätte, hätte er festgestellt, dass sein Konto ein Minus von 19,85 Pfund aufwies. Ein Bankcomputer berechnete bereits die Gebühren und schrieb ihm einen Brief, in dem ihm mitgeteilt werden würde, dass er mit weiteren fünfzehn Pfund in die roten Zahlen rutschte.

Als Frank sein Gesicht mit Aftershave einrieb, brannte es. Er spürte, dass etwas Weiches seine Beine berührte. Er senkte den Blick. Bill war aufgewacht. Der Kater stand neben ihm und wartete auf sein Futter.

»Was meinst du?«, sagte Frank und ahmte die Pose eines Models in einem Versandhauskatalog nach. Er musterte Bill, in der Hoffnung herauszufinden, was die Katze dachte. Es war einfacher als sonst, da es nur ein Wort war.

Schwuchtel.

Frank stellte Bill das Futter hin und ließ ihn schließlich hinaus. Dann kehrte er ins Wohnzimmer zurück und wartete auf Kelly. Neben den Sessel hatte er drei mit Schottenkaros bedruckte Fotoalben mit Familienfotos gelegt. Sie waren in verschiedenen Winkeln zueinander angeordnet. Frank hatte zehn Minuten gebraucht, bis es so aussah, als hätte er sie einfach gedankenlos dort liegen lassen. Um fünf vor elf schaltete er den CD-Player ein, setzte sich in den Sessel und versuchte, wie ein Madonna-Fan auszusehen – so gut das für einen einundachtzigjährigen, schlecht rasierten Idioten in einem bunt geblümten Hemd möglich war.

Zuerst glaubte Frank, Kelly habe ein neues Auto, als sie den großen weißen Wagen gegenüber parkte. Trotz der Größe war er offenbar leichter zu fahren als der kleine blaue Wagen. Sie fuhr nicht gegen die Poller, und das Getriebe knirschte nicht. Es lief keine Musik im Wagen. Kelly sang nicht und bewegte den Kopf nicht zur Musik. Vielleicht hörte sie gerade Nachrichten oder die Wettervorhersage oder Werbung oder einen Song, den sie nicht mochte oder dessen Text sie nicht kannte.

Ein paar Minuten früher als sonst stieg sie aus. Vielleicht ging die Uhr in dem Auto vor. Vielleicht hatte sie auch gar keine Uhr im Auto, dafür hatte sie aber eine neue Frisur. Sie trug keinen gerade geschnittenen Pony mehr. Es war aber auch nicht die Frisur, die er auf dem Foto im Internet gesehen hatte. Dafür hatte sie ein paar Pfund zugelegt. Und Jahre. Und sie ging anders. Wenn Frank seine belgische Architekten-Brille schon gehabt hätte, hätte er sicher sein können, dass dies nicht Kelly war. Obwohl er auch ohne die neue Brille wusste, dass es nicht Kelly war.

Er beobachtete die Frau, während sie die Straße überquerte, und geriet in Panik.

Es klingelte.

Er beschloss, nicht zu reagieren.

Es klingelte ein zweites Mal. Dieses Mal länger. Außerdem klopfte es an der Tür.

Einfach warten, dachte Frank. Die geht schon wieder.

Es klingelte ein drittes Mal. Sie gab nicht auf. Sie klopfte wieder.

Eine Minute herrschte Schweigen. Nur Franks keuchender Atem war zu hören, als er darauf wartete, dass es erneut klingelte oder dass sie wegging. Dann klingelte sein Telefon. Frank zuckte zusammen und jaulte wie Bill, wenn er ihm auf den Schwanz trat. Langsam durchquerte Frank den Raum und nahm den Hörer ab. Er hatte Angst, etwas zu sagen.

»Hallo?«, sagte er dann.

»Sind Sie Mr. Derrick?«

»Ja.«

»Ihre Haushaltshilfe steht vor der Tür. Sie sagt, Sie machen die Tür nicht auf.«

»Oh ... hm ... Ich war gerade im Badezimmer.«

»Wenn Sie ihr bitte aufmachen würden.«

»Sicher, hm, ja. Da ist doch ein Schlüsselsafe.«

»Tut mir leid, aber das weiß sie wohl nicht. Meinen Sie, Sie können zur Tür gehen? Ist Ihre Wohnung im Erdgeschoss?«

»Im ersten Stock.«

»Okay. Schaffen Sie es, die Treppe hinunterzusteigen?«

»Ja, okay. Ich mache die Tür jetzt auf.«

Frank legte auf und stieg die Treppe hinunter. Er sah die Umrisse der Pflegerin sanft durch die Mattglasscheibe der Eingangstür schimmern. Sie waren nicht sanft genug. Er öffnete die Tür.

»Mr. Derrick? Ich warte jetzt schon fünf Minuten.«

Frank trat einen Schritt zurück. Er konnte sich nicht erinnern, das Bild der Frau auf der Website von Lemons Care gesehen zu haben. Darüber wunderte er sich aber nicht. Sie war nicht gerade die Vorzeigefrau des Pflegedienstes. Michael Aspel hätte sich bei ihrem Anblick sicher geweigert, den Wettbewerb zur Miss Pflegerin zu moderieren.

»Ja, tut mir leid«, sagte Frank. »Ich war im ...«

»Ist die Klingel kaputt? Ich habe das Klingeln gehört.« Sie sprach in einem so bestimmten Ton, dass es mehr wie ein unterdrücktes Schreien klang.

»Ja, tut mir leid, ich ...«

»Okay, kommen Sie. Dann wollen wir mal, nicht wahr? Ich habe schon fünf Minuten verloren.«

Das passte besser ins Bild. Genau so hatte Frank es sich ursprünglich vorgestellt. Hierauf hatte sich sein stummer Protest bezogen. Robin Williams im Kleid. Eine schlecht gelaunte Margaret Thatcher. Am liebsten hätte er die Zeit angehalten, um in seine Wohnung zu gehen und dort wieder ein fürchterliches Chaos anzurichten. Er würde ein paar Essensreste auf dem Boden verteilen, einen großen Haufen in die Toilette scheißen und ihn nicht hinunterspülen. Er musste seiner Tochter eine E-Mail schicken und es ihr sagen. Jetzt brauchte er nichts mehr zu verheimlichen. Die Frau stieg hinter ihm die Treppe hinauf. Sie war ihm so dicht auf den Fersen, dass Frank schon befürchtete, sie würde ihn umstoßen, um über ihn hinwegzuklettern. Er fühlte sich gezwungen, schneller zu gehen und wäre fast gestolpert. Sie betraten das Wohnzimmer.

»Warum setzen Sie sich nicht?«, fragte sie. Es klang wie ein Befehl oder eine Drohung.

»Ich heiße Janice.« Frank interessierte nicht, wie sie hieß.

Sie ging zu der Stereoanlage und stellte die Musik ab. Dann hob sie die Fotoalben vom Boden auf. »Das wollen wir aber mal schnell aufheben. Nicht, dass noch jemand darüber stolpert, nicht wahr?« Sie stellte die Alben ins Bücherregal, wo sie nicht hingehörten. »Wie sind Sie zurechtgekommen, Mr. Derrick?« Sie nahm seine Akte aus der Tasche. »Hatten Sie Verdauung?« Sie sprach mit ihm wie mit dem dümmsten Kind der Welt. »Haben Sie sich schon gewaschen? Wann haben Sie sich den Zeh gebrochen?«

»Ich …«

»Der Bruch müsste inzwischen verheilt sein.«

»Ich glaube …«

Ebenso wie Kellys Fragen waren auch Janice' Fragen alle rhetorischer Art, aber im Gegensatz zu Kelly interessierten Janice Franks Antworten überhaupt nicht.

»Können Sie laufen?«

»Ich …«

»Sie müssten mittlerweile wieder laufen können. Was riecht denn hier so? Haben Sie sich schon gewaschen?« Wenn sie ihn jetzt fragte, ob er ein Bad nehmen wolle, würde er aus dem Fenster springen. Frank überlegte, ob er genug Anlauf nehmen könnte, um das Glas zu durchbrechen. Janice stellte Frank weitere Fragen, ohne ihm Zeit zu lassen, sie zu beantworten, bevor sie die nächste Frage stellte. Sie zeigte auf den Gips. »Müsste der nicht schon ab sein?« Ehe Frank antworten konnte, steckte sie ihm ein Thermometer in den Mund.

»Wo ist der Staubsauger?« Sie lief bereits in die Diele, öffnete den Schrank und sah den Staubsauger. Offenbar schien sie zu wissen, wo er stand. Man hätte meinen können, sie wäre schon mal hier gewesen, um die Lage zu erkunden. Oder sie hatte einen sehr sensiblen Geruchssinn und konnte Haushaltsgeräte riechen. Groß genug war ihre Nase jedenfalls. Dick. Lang. Hässlich. Wie die Nase des Zauberers von Oz. Vielleicht sollte Frank die Absätze seiner Pantoffeln zusammenschlagen.

»Am schönsten ist es zu Hause. Am schönsten ist es zu Hause.«

Janice kehrte mit dem Staubsauger zurück, steckte den Stecker in die Steckdose und saugte kampfeslustig den Wohnzimmerteppich.

»Hoch!«, sagte sie, damit Frank seine Füße hochhob und sie darunter hindurchsaugen konnte. Sie stellte ihm weitere Fragen, doch er verstand sie nicht, weil der Staubsauger zu laut war. Außerdem war es nicht so einfach, mit dem Thermometer im Mund zu antworten. Es war wie bei den Teekessel-Gesprächen mit Kelly.

Nein, es war überhaupt nicht wie bei den Teekessel-Gesprächen mit Kelly.

Nach dem Saugen ging Janice in die Küche, um dort laut klappernd das Geschirr zu spülen. Es hörte sich an, als würde sie hektisch Schlagzeug spielen und versuchen, das Stück vor den anderen Bandmitgliedern zu beenden. Das Thermometer steckte schon eine ganze Weile in Franks Mund. Wenn er noch kein Fieber gehabt hatte, als Janice gekommen war, dann hatte er es jetzt mit Sicherheit. Endlich nahm sie ihm das Thermometer aus dem Mund und schaute auf die Anzeige.

Sie schaute Frank an. Es war das erste Mal, dass sie länger als zwei Sekunden still stand, seitdem sie gekommen war.

»Wissen Sie, es wäre sehr viel einfacher für Sie, wenn Sie kurze Haare hätten«, sagte sie. »Wir können jemanden bestellen, der zu Ihnen nach Hause kommt.«

Mit diesen Worten ging Janice in Franks Schlafzimmer, machte das Bett noch einmal und stopfte das Laken und die Decke wie im Krankenhaus so fest unter die Matratze, dass Frank sich den Weg ins Bett wahrscheinlich würde freischneiden müssen. Anschließend kehrte sie mit einem Glas Wasser ins Wohnzimmer zurück und wartete, bis Frank seine Tabletten genommen hatte.

»Schlucken Sie sie richtig runter. Haben Sie die Tabletten runtergeschluckt?« Sie nahm ihm das Glas aus der Hand und brachte es in die Küche, um es abzuwaschen und noch mal eine Runde hektisch Schlagzeug zu spielen.

Als sie gegangen war, hatte Frank das Gefühl, ein Wirbelsturm wäre durch seine Wohnung gefegt. Plötzlich herrschte eine schaurige Stille. Was war passiert? War überhaupt etwas passiert? Frank fühlte sich, als wäre er verprügelt worden. Wie ein Opfer in einer dieser True-Crime-Shows. Nach einer halben Stunde mit Janice war Frank körperlich und psychisch am Ende. Der Besuch hatte ihn in seiner Genesung mindestens um zwei Kelly-Besuche zurückgeworfen. Und er hatte nicht einmal gefragt, was er unbedingt hätte fragen müssen: »Wo ist Kelly?«

Nachdem der Hurrikan Janice sich gelegt hatte, Freiwillige die Trümmer zusammengefegt, Bretter vor zerbrochene Fenster genagelt und die Nationalgarde die Plünderer verjagt hatte, rief Frank bei *Lemons Care* an.

»Es tut mir leid. Kelly ist krank. Sie hat eine Allergie«, sagte die Frau am Telefon zu ihm. »Die können einem ganz schön zusetzen. So ein Anfall kann durch alles Mögliche ausgelöst werden. Nüsse, ein Wespenstich, eine hohe Pollenkonzentration, Katzen – vor allem Katzen. Wie sind Sie mit Janice zurechtgekommen?«

16

Graham saß nicht in seinem Büro neben der Rezeption des Greyflick House. Daher trug Frank sich selbst in das Besucherbuch ein, das auf der Theke lag. Name: Frank Derrick. Zu Besuch bei: John. Uhrzeit: 11.00 Uhr. Er ging zum Aufzug. Auf der Tür klebte ein Schild mit dem Aufdruck AUFZUG DEFEKT.

Frank drehte sich um, ging ein kurzes Stück den Korridor hinunter und durch eine Feuerschutztür. Dort stand Smelly Johns leerer Rollstuhl vor der mit Teppichboden ausgelegten Treppe. Frank hob den Blick und sah Graham auf der sechsten Stufe stehen. Der Heimleiter, der Smelly John langsam und vorsichtig die Treppe hinuntertrug, atmete schwer, und über sein Gesicht rann der Schweiß. John klammerte sich an Grahams Hals, als wäre er eine frisch gebackene Braut, die über eine Reihe terrassenförmig angelegter Schwellen getragen wurde.

»Francis!«, rief John und winkte.

Langsam stieg Graham die nächste Stufe hinunter und blieb stehen, um nach Luft zu schnappen und sich zu vergewissern, dass er sicher auf der Treppe stand. Um Smelly John besser fassen zu können, hob er ihn noch einmal kurz an, wie man es mit einem schlafenden Kind oder einem schweren Fernsehapparat machen würde, den man gerade gekauft hatte und nach Hause trug. Graham schien viel mehr Angst davor zu haben, Smelly John fallen zu lassen, als Smelly John Angst hatte zu fallen. John gefiel es, die Treppe hinuntergetragen zu werden. Wahrscheinlich würde er *Treppe!* rufen, wenn er unten ankam.

»Der Aufzug ist kaputt«, erklärte John Frank. Er wies mit dem Kopf auf Graham. »Darum.« Graham stieg die nächste Stufe hinunter. »Es ist schon das dritte Mal, dass er mich heute Morgen die Treppe runterträgt.« Graham hatte mit Sicherheit schon mit dem Gedanken gespielt, John fallen zu lassen oder ihn wenigstens in den Rollstuhl zu werfen. »Ich vergesse ständig irgendetwas«, fügte John hinzu.

Graham stieg die letzte Stufe hinunter und setzte John in den Rollstuhl. Keuchend fragte Graham Frank, ob er sich ins Besucherbuch eingetragen hatte. Frank beantwortete die Frage mit Ja, woraufhin Graham in sein Büro zurückkehrte, wo er sofort zusammenbrach, während Frank und John in den Aufenthaltsraum gingen.

»Findest du das nicht ein bisschen entwürdigend?«, fragte Frank.

»Was denn?«

»Dass du die Treppe rauf- und runtergetragen werden musst.«

»Nein, finde ich nicht«, sagte John. »Aber er.« Frank hielt die Tür zum Aufenthaltsraum auf, und John rollte in seinem Rollstuhl hinein. Er stellte sich auf seinen üblichen Platz. Frank setzte sich ihm gegenüber an den Tisch.

»*Mausefalle* oder *Jenga*?«, fragte John.

Frank erwiderte, es sei ihm egal, und so nutzte John sein *Jenga*-Geschick, um den *Mausefalle*-Karton vorsichtig aus der Mitte eines Stapels Brettspiele, der auf dem Regal stand, herauszuziehen. »Kommt deine Katze damit klar?«, fragte er, ehe er den Deckel vom Karton nahm. »Mit all diesen Mäusen?«

Frank schaute auf die Katzentransportbox, die er gerade neben seine Füße auf den Boden gestellt hatte.

»Sie ist leer«, sagte er.

Selbst mit der roten Schottendecke und seinem Lieblingswollknäuel hatte es Bill ganz und gar nicht gefallen, dass er in die

Transportbox aus Pappe gesperrt wurde. Er hatte gezischt und gespuckt, fluchend miaut und seine Zähne gebleckt. Außerdem hatte Bill das erste Mal in den ganzen acht Jahren, in denen er ihn kannte, einen zweifelsfrei zu deutenden Gesichtsausdruck gehabt. Auf Franks Handrücken prangten drei Kratzer. Vermutlich nicht tief genug, um Narben zu hinterlassen, aber in seinem Alter war schließlich jede Wunde bereits eine Narbe, wie er so treffend formuliert hatte.

Natürlich war es auch möglich, dass Kelly von einer Wespe gestochen worden war oder Nüsse gegessen hatte. Offenbar waren ja heute fast überall Nüsse enthalten. Vielleicht litt sie auch unter einem starken Heuschnupfen oder hatte sich in einem Raum aufgehalten, in dem es von Staubmilben wimmelte. Eine ganze Reihe von Dingen könnten dafür gesorgt haben, dass sie niesen musste, ihre Augen tränten und ihre Kehle sich anfühlte, als würde sie mit Rasierklingen gurgeln oder auf Brennnesseln kauen. Es war der Zweifel, der Frank veranlasste, auf die Hockerleiter zu steigen und sich beinahe noch den anderen Arm zu brechen. Er musste sich recken und den Arm ausstrecken, um an die Katzenbox aus Pappe mit den Luftlöchern heranzukommen, die auf dem Speicher stand. Der Deckel der Box ließ sich so falten, dass ein Tragegriff entstand.

Bill musste etwas geahnt haben, als Frank sein Frühstück aus der viereckigen Dose auf die Untertasse füllte. Eine viereckige Dose! Nur teures Katzenfutter wurde in viereckigen Dosen verkauft. Warum plötzlich so vornehm, Frank? Was geht hier vor? Hat jemand Geburtstag? Haben wir endlich im Lotto gewonnen? Und was ist das? Regenbogenforelle in schmackhafter Soße? An einem Dienstagmorgen? Moment mal, wird Bill gedacht haben. Hier ist doch garantiert was faul. Und das verriet ihm nicht nur die Regenbogenforelle, sondern auch die Box. Bill hatte bereits zwei Mal in der Box gesessen. Einmal waren ihm die Hoden entfernt worden, und das andere Mal kam er mit einem Plastiktrichter um den Hals nach Hause. Er würde bestimmt nicht noch einmal widerstandslos in diese verdammte Kiste kriechen.

Frank versuchte Bill zu beruhigen, indem er ihm sagte, dass er ihn in ein paar Monaten wieder abholen würde, wenn Kelly nicht mehr zu ihm kam. Er redete sich ein, dass Bill sich dann noch immer in dem Tierheim aufhielt. Wenn Leute sich eine Katze anschaffen wollten, entschieden sie sich meist für die auffällig gemusterten oder diejenigen, zu denen die Namen passten, die auf den Schildern über ihren Käfigen standen. Schwarze Katzen hießen Sooty, weiße Snowy, schwarze Katzen mit weißen Füßen Sox, rote Katzen Ginger und die mit dem Schildpattmuster Tortoise. Bill sah dagegen ganz gewöhnlich aus. Eine ganz gewöhnliche Katze, die Bill hieß. Wer wollte schon eine ganz normale Katze haben, die Bill hieß? Einen Hund vielleicht, aber eine Katze?

Wenn die Leute in das Tierheim mit dem sprechenden Namen *Diamond Dogs and Love Cats* kamen, weil sie eine Katze suchten, gingen sie oft mit einem Hund nach Hause. Die Fotos der obdachlosen Hunde, die an der Wand im Eingangsbereich des weitläufigen Komplexes hinter dem großen Sainsbury's hingen, veranlassten die Leute, sich in letzter Minute für einen Hund und gegen eine Katze zu entscheiden. Hunde hatten einen unfairen Vorteil gegenüber Katzen. Auf den Fotos im Eingangsbereich des Tierheims legten sie ihre Köpfe auf eine ganz bestimmte Weise schief, um ihrer Traurigkeit Ausdruck zu verleihen. Sie runzelten die Augenbrauen oder zumindest das, was wie Augenbrauen aussah, diese kurzen Haarbüschel über ihren traurigen Augen, in denen sich die Bitte spiegelte: Nimm mich mit nach Hause. Das Bild eines Hundes mit traurigen Augen in der Broschüre eines Tierschutzvereins veranlasste die Menschen, den kostenlosen, kleinen, dicken Kugelschreiber tatsächlich in der Weise zu benutzen, wie es beabsichtigt war. Was hatte eine Katze schon zu bieten? Einen einzigen Gesichtsausdruck. Franks Nazi-Pudel hätte größere Chancen auf eine Adoption als die meisten Katzen.

Frank erklärte der jungen Frau an der Rezeption des Tierheims, dass er zu alt und zu gebrechlich geworden sei, um sich um sein Haustier zu kümmern. Er übertrieb seine Gebrechlichkeit, genau wie er es bei Kelly getan hatte, damit diese weiterhin jeden Montag den Schlüsselsafe öffnete.

»Es ist sicherlich das Beste«, fuhr Frank fort und legte seinen Arm mit dem Gipsverband auf die Theke. »Ich bin einundachtzig.« Wie einer der Welpen mit den traurigen Gesichtern an der Wand neigte er den Kopf zur Seite und hob die Augenbrauen.

Die Frau hinter der Theke bat Frank, ein Formular auszufüllen.

»Wie heißt Ihre Katze?«, fragte sie.

»Bill.«

»Bill? Ein interessanter Name für eine Katze.«

»Es gab früher noch einen zweiten Kater, und der hieß Ben.«

Die Frau schien das nicht zu verstehen. »Bill und Ben«, erklärte Frank ihr. Die Frau schien immer noch verwirrt zu sein. »Die Serie mit den Blumentopfmännern?«

Jetzt war der Frau klar, dass Frank offenbar nicht mehr ganz richtig im Kopf war. Sie beschloss, mit ihm wie mit einem Welpen oder einem kleinen Kätzchen zu sprechen.

»Lassen Sie Bill schön bei uns.« Sie öffnete die Katzenbox und nahm Bill heraus. »Sie brauchen sich keine Sorgen um ihn zu machen.« Die junge Frau öffnete die Tür einer durchsichtigen Plastikkiste, steckte Bill hinein und schloss die Tür. Auf eine weiße Karte schrieb sie »Bill« und schob sie in die Einsteckhülle neben der Öffnung der Kiste. Anschließend telefonierte sie kurz und bat einen Kollegen, die Kiste abzuholen. Sie reichte Frank die leere Katzenbox aus Pappe. Und zum ersten Mal, seit er Bill hineingesperrt hatte, wackelte sie nicht mehr heftig. Auf dem ganzen Weg zur Bushaltestelle hatte Bill versucht zu fliehen und mit den Krallen ein Loch in die Pappe zu reißen. Auch im Bus hatte Bill unaufhörlich gezappelt. Die Katzenbox auf Franks Schoß wackelte so stark, dass die alten Damen kicherten und miteinander flüsterten, vermutlich über Franks Penis.

Ein Mann kam durch die Schwingtür in die Rezeption. Er nahm die Plastikkiste und ging durch dieselbe Schwingtür in den Bereich des Tierheims zurück, in dem die Tiere untergebracht waren. Frank sah einen Gang und hörte Hunde bellen. Als sich die Tür schloss, wurde das Bellen lauter, wahrscheinlich weil eine Katze angekommen war. Frank stellte sich vor, wie Bill durch den Gang getragen wurde, wo zu beiden Seiten Pitbulls und Rottweiler knurrten und wütend bellten und ihn mit Sperma bespritzten, als wäre er Jodie Foster.

Die Frau hinter der Rezeption hob den Blick und wunderte sich, dass Frank noch dort stand. Sie lächelte.

»Das war alles«, sagte sie.

Frank nahm die leere Katzenbox und ging auf die Tür zu. Er versuchte sich zu beruhigen, indem er sich einredete, dass es am Ende des Ganges mit den wütenden, gefährlichen Hunden so ähnlich war wie im Greyflick House. Manchmal langweilig, aber gar nicht so schlecht. Alle Katzen saßen in verschiedenen Sesseln, tranken Tee aus grünen Teetassen, sahen fern oder sangen Lieder aus den Vierzigern. Eine von ihnen hieß bestimmt Smelly Cat wie die Katze in *Friends* – ja, Frank kannte *Friends* –, und Bill würde sich zu ihr setzen, und sie würden *KerPlunk!* spielen.

Wenn Frank nur Bills Gesicht nicht in der durchsichtigen Plastikkiste gesehen hätte, ehe die Schwingtür sich schloss. Es war so ausdruckslos wie immer, aber dieses Mal verstand Frank genau, was Bill dachte.

Judas.

John schüttelte den Würfel stundenlang in der Hand, bis er ihn endlich über das Spielbrett rollen ließ.

»Hier hat wieder jemand den Löffel abgegeben«, sagte er.

»Wer hat was ge-was?«, fragte Frank.

John deutete einen Hitlerschnurrbart und einen Hitlergruß an und zeigte auf den leeren Sessel, auf dem die stark geschminkte Deutsche gesessen hatte.

»Sie ist schon die Zweite, die in diesem Jahr gestorben ist. Die BBC wird hier bald undercover ermitteln.« John fuhr mit dem Spiel fort. Frank spürte schon die Enttäuschung, die am Ende in ihm aufsteigen würde, wenn die *Mausefalle* wieder einmal nicht richtig funktionierte.

In dem Aufenthaltsraum saßen noch ein halbes Dutzend andere Bewohner, die fernsahen, lasen oder dösten. Mindestens einer der Männer sah tot aus, er war der, der sich am wenigsten zu langweilen schien. Tot zu sein war das Einzige, was ihn daran hinderte, Verkaufsschilder herauszureißen, Betonpoller umzuwerfen und auf dem Schild vor dem Seniorenheim herumzuschmieren, um aus dem Greyflick House ein Greyfuck House zu machen.

»Ich erinnere mich noch an die Zeit, als es hier nur Felder gab«, sagte Frank. »Sollen wir rausgehen?«

»Du bist doch gerade erst gekommen.«

»Ist doch egal. Lass uns rausgehen. Das ist mal was anderes.«

»Jetzt habe ich das ganze Spiel aufgebaut.«

»Wir sollten wirklich rausgehen.«

»Warum?«

»Ich weiß nicht. Frische Luft? Leute sehen?«

»Hier sind doch Leute. Außerdem mag ich Menschen nicht besonders.«

»Ich auch nicht. Wir können uns den Himmel ansehen. Dort draußen gibt es eine Menge zu sehen. Wolken, Vögel, Blumen, Bäume.«

»Vor meinem Fenster steht ein Baum. Ich kann jeden Tag einen Baum sehen, wenn ich will.«

»An dem Baum hängt eine Plastiktüte mit Hundescheiße.«

Frank wusste, dass John nicht nachgeben würde. »Wenn das mein Haus wäre, gäbe es hier einen Swimmingpool«, sagte er und würfelte.

»Das«, John zeigte auf den leeren Sessel, »bedeutet, dass es hier einen freien Platz gibt. Du solltest dich bewerben.«

»Ich habe einen Sessel.« Frank wusste, dass John die frei gewordene Wohnung meinte. Er versuchte ständig, ihn zu überreden, ins Greyflick House zu ziehen. Trotz der Angeberei mit seiner wilden Punk-Rock-Vergangenheit, seiner Auflehnung gegen alles und des Unfugs, den er ständig trieb, war John einsam. *Einsamer John* – das war sein Sioux-Name.

»Nicht der Sessel. Die Wohnung.«

Frank schob die Plastikmaus über das Spielbrett. »Ich glaube nicht.«

»Es ist ein schönes Apartment. Viel besser als meins.«

»Ich habe eine Wohnung.«

»Apartment«, korrigierte John ihn. »Ein Apartment im Erdgeschoss. Keine Treppe mehr, Francis.« Er schüttelte wieder eine ganze Weile den Würfel in seiner Hand.

»Warum nimmst du es dann nicht?«

»Ich fahre gerne mit dem Aufzug.«

»Der Aufzug ist ständig kaputt. Würfelst du jetzt oder nicht? Wir brauchen gar nicht darüber zu diskutieren. Ich könnte die Miete sowieso nicht bezahlen.«

»Hast du keine Ersparnisse?«, fragte John und würfelte endlich.

Frank lachte. »Nein. Ich habe keine Ersparnisse.«

»Dann soll der Staat zahlen. Der kann ja auch mal was für dich tun, Francis.«

»So machst du das also?«

»Ich?«, sagte John. »Ein schwarzer Mann in einem Rollstuhl? Die müssten *mich* bezahlen, damit ich hier wohne.« Plötzlich starrte er wie gebannt auf den Tisch. »Bastard.« Er überprüfte alle Teile des Spiels. »Badewanne, Wippe. Bastard.«

»Was ist los?«, fragte Frank.

»Er hat den Taucher gestohlen.«

»Was? Wer?«

»Und die Murmel.«

»Wer?«

»Graham.«

»Warum sollte er das tun? Bist du sicher? Vielleicht hast du die Sachen verloren.«

John schüttelte den Kopf und sagte immer wieder »Scheißkerl. Dieser rassistische Bastard.«

Der Gedanke daran, dass John allmählich den Verstand zu verlieren schien, sorgte dafür, dass Frank später darüber nachzudenken begann, warum Beth ihm die Broschüre über Demenz geschickt hatte. Er hatte angenommen, dass man das in Amerika eben so machte – genau wie Thanksgiving zu feiern oder Fotos von vermissten Kindern auf Milchkartons zu drucken. Aber was, wenn ihr vielleicht während eines Telefongesprächs verräterische Anzeichen aufgefallen waren? War das etwas, was er selbst bemerken würde? Vielleicht hatte sie sogar schon etwas erkannt, bevor sie weggezogen war. Vielleicht war das der Grund, warum sie weggezogen war. Er brauchte eine dickere Broschüre.

17

Der Himmel über Franks Wohnung war ruhig. Er lag schon eine ganze Weile wach im Bett und spürte die Wärme der frühen Morgensonne, die durch das Schlafzimmerfenster schien. Frank sah auch das Licht, das durch seine neuen dicken Vorhänge schimmerte. Und dennoch hatte er noch kein einziges Flugzeug gehört. Er fragte sich, ob die Welt untergegangen war oder sich irgendwie verändert hatte. Was, wenn er gleich aufstand, die Treppe hinunterstieg und die Zeitung holte? Wie würden die Schlagzeilen lauten? Würde er etwas über einen Terrorangriff lesen, eine Invasion Außerirdischer oder die Aschewolke eines Vulkans, die dazu geführt hatte, dass alle Flüge gestrichen worden waren? Würde er auf Seite vier oder fünf etwas über einen Streik der spanischen Fluglotsen oder einen Streit unter französischen Gepäckabfertigern lesen? Die monatliche Ausgabe des Dorfblättchens müsste auch mal wieder kommen. Vielleicht würde es gleich auf Franks Schwelle liegen mit einem Bericht über die Vereinten Nationen, die den Himmel über Fullwind-on-Sea zu einer Flugverbotszone erklärt hatten. Eine Wiedergutmachung für das zu strenge Vorgehen gegen diejenigen Bürger, die ihre Gärten nicht in Schuss hielten. In dem Bericht würde auch stehen, dass diese Maßnahme ihre Chancen beim Wettbewerb »Blühende Dörfer« deutlich verbessern könne.

»Vielleicht will heute niemand irgendwo hinfliegen, Bill«, sagte Frank. Dann fiel ihm ein, dass Bill nicht mehr da war, obwohl er glaubte, das Gewicht der Katze auf seinen Beinen zu spüren. Es war der Phantomschmerz, den manche Leute spürten, nachdem ihnen ein Bein amputiert worden war. Eine Krankenschwester hatte gesagt, dass er auch so etwas spüren könnte, wenn sie seinen Gips entfernten.

Frank hatte unruhig geschlafen. Vor dem Schlafengehen hatte er sich wieder diese True-Crime-Sendung angeschaut. In einem der Filme war mit einer Überwachungskamera gefilmt worden, wie eine Gang von elfjährigen Mädchen einem Mann in den Siebzigern mit den Fäusten ins Gesicht schlug. Eine alte Frau hatte einen Mann in ihr Haus gelassen, damit er seine kranke Mutter anrufen konnte, und der Mann hatte der alten Frau die Handtasche gestohlen und sie die Treppe hinuntergestoßen. In einem anderen Bericht ging es um Betrüger, die sich als Handwerker ausgaben. Im ganzen Land erschlichen sie sich den Zugang zu Häusern von Rentnern, um nach einer angeblichen Explosion in der Nähe ein Leck in der Gasleitung zu suchen. Sobald sie im Haus waren, stahlen sie das gesamte Geld und alle Wertgegenstände, die sie fanden. Nach einer Zusammenfassung anderer ungelöster Kriminalfälle wurde nach Zeugen gesucht, die einen Mann in der Gegend von Manchester gesehen haben könnten, der es lustig fand, alten Menschen die Gehstöcke wegzutreten. Die Sendung endete mit einem weiteren Beitrag, in dem ein alter Mann mit einem Springseil an einen Stuhl gefesselt, mit einer Zigarette verbrannt und mit dem Kabel des Elektrokamins ausgepeitscht wurde, bis er seine PIN-Nummer für den Geldautomaten preisgab. Vor dem Abspann wünschte der Moderator allen Zuschauern eine gute Nacht ohne Albträume. In dieser Nacht hatte Frank einen Albtraum, in dem er an einen Stuhl gefesselt und mit einem Kabel ausgepeitscht wurde.

Als Frank sich ein wenig gesammelt hatte, stieß er Bills Geist auf den Boden und setzte sich auf den Bettrand. Er setzte die Brille auf und schaute auf die Uhr. Es war halb sieben. Er hatte gehofft, dass es später wäre. Abgesehen davon, dass Bill ihm fehlte, hatte er ohne ihn noch weniger zu tun. Einige willkommene Unterbrechungen in seinem täglichen Einerlei fielen weg, weil er die Katzenfutterdosen nicht mehr öffnen und Bill nicht mehr in den Garten und abends wieder ins Haus lassen musste. Und was fing er mit der Zeit an, die er sonst damit verbracht hatte, das Katzenklo mit Katzenstreu oder Zeitungsschnipseln zu füllen und es zu säubern oder tote Mäuse und tote Vögel zu entsorgen, wenn Bill welche ins Haus geschleppt hatte? Und mit wem sollte er sich jetzt unterhalten?

Frank stieg die Treppe hinunter und holte die Zeitung, zwei Stromrechnungen in roten Umschlägen und die erste Werbepost des Tages herauf. Er kochte sich eine Tasse Tee und las den Wochentag und das Datum, die beide ganz oben auf der ersten Seite der Zeitung standen, laut vor. Dann verkündete er die Wettervorhersage mit der Stimme von Ron, dem Mann, der sich um seine grauen Zellen kümmerte. All diese Dinge teilte er normalerweise mit Bill. Jetzt war er nur noch ein einsamer alter Mann, der Selbstgespräche führte.

Nach dem Frühstück holte Frank das Katzenfutter aus dem Schrank und stellte es in die Katzenbox aus Pappe, in der schon die Decke und das Wollknäuel lagen. Er nahm Bills Korb und das Katzenklo und machte sich damit auf den Weg zum Gartenschuppen.

Als Frank und seine Frau in diese Wohnung gezogen waren, sollte der Gartenschuppen ihr Kino werden. Das war Franks Traum. Sein Plan für den Ruhestand. Er wollte den Gartenschuppen schalldicht verkleiden, roten Teppichboden verlegen und passende rote Kinositze vom Schrottplatz kaufen. Er wollte eine Leinwand aufbauen und ein Surround-Sound-System installieren. Frank würde dann hinten im Kino neben dem Projektor stehen und die Filme vorführen. Er begann, 16-mm-Filme zu kaufen und nach den Kinositzen, dem Teppich und einem geeigneten Projektor Ausschau zu halten. Wenn das Kino eines Tages fertig war, würde er Tickets an die Nachbarn und an all die neuen Freunde verkaufen, die er und Sheila in Fullwind finden würden. Sheila sollte die Platzanweiserin sein, die die Tickets abriss, die Gäste zu ihren Plätzen führte und in der Pause Eis und Getränke verkaufte.

Frank fertigte Zeichnungen an, wie er sich das Kino vorstellte. In den Kleinanzeigen der Zeitungen und in Filmzeitschriften suchte er Filme, Zubehör und Einrichtungsgegenstände aus alten Kinos. Er erstellte eine Liste von allen Filmen, die er zeigen wollte, und ebenso von allen Namen, die er für das Kino in Erwägung zog: Roxy, Regent, Frank's Picture Palace, Frank's and Sheila's Movie House, The Garden Odeon etc. Doch im Laufe der Planungsphase stellte Frank auch Gartengeräte, Gartenmöbel und all die Dinge in den Schuppen, die zu schwer und sperrig waren, um sie durch das viereckige Loch auf den Speicher zu schieben. Bald war im Schuppen nicht einmal mehr Platz für einen einzigen Klapp-Kinositz. Und dann kamen die DVDs und Fernsehbildschirme größer als Kinoleinwände, Heimkino-Systeme und Sheilas Tod, und neue Freunde hatten sie in Fullwind auch nicht gefunden. Und so schaffte es Frank nie, seinen Traum zu verwirklichen.

Jetzt zog er die Tür des Gartenschuppens auf und kämpfte gegen den Efeu an, der die Tür und alle Gegenstände im Schuppen im Würgegriff hatte. Der Efeu war durch den Boden gewachsen und durch die Astlöcher in den Holzwänden eingedrungen. Sogar durch das Dach und an der Fensterscheibe vorbei hatte er sich seinen Weg gebahnt. Der Efeu rankte an Gartengeräten und Liegestühlen empor und schlang sich um die Sprossen einer verrotteten Trittleiter, die hinten im Schuppen stand. Es war wie in *Die Triffids – Pflanzen des Schreckens* – auch einer der Filme, die auf dem Programm für das gescheiterte Kino gestanden hatten. Frank fürchtete, dass der Efeu sich um seine Arme und

Beine schlingen, ihn in den Schuppen ziehen und ihm mit seinem Gift den Rest geben würde, wenn er sich zu weit in den Schuppen hineinwagte.

Daher schob er die Katzenbox, den Korb und das Katzenklo einfach irgendwo zwischen die Spinnweben und schloss die Tür.

Bei *Fullwind Food & Wine* kaufte Frank einen großen gelben Schwamm, ein Paket billige Putztücher, weißen Essig und eine Zwiebel. Als er wieder in seiner Wohnung war, ließ er sich auf alle viere hinab – noch etwas, das mit einem Arm, den er nicht beugen konnte, gar nicht so einfach war, aber nicht annähernd so schwierig wie anschließend wieder aufzustehen. Frank griff unter das Bett in Beths altem Zimmer. Mithilfe der Stricknadel, mit der Kelly seinen juckenden Arm gekratzt hatte, bekam er das zu fassen, was von der toten Maus übrig geblieben war. Mit spitzen Fingern hob er es auf und steckte es in eine schwarze Mülltüte.

Frank saugte alle Teppiche, auf denen Katzenhaare liegen könnten. Dann wickelte er sich Paketband mit der klebenden Seite nach oben um die Hand und kniete sich erneut hin, um so alle Katzenhaare zu entfernen, die noch auf dem Teppich lagen.

Anschließend zwängte er seine nicht gerade schmalen Hände in die schmalen gelben Gummihandschuhe, die Kelly nach der Küchen-Entrümpelung zurückgelassen hatte, und schrubbte den Küchenboden mit einer Mischung aus Geschirrspülmittel, Wasser und klarem Essig. Frank fühlte sich, als würde er einen Tatort reinigen, und irgendwie stimmte das ja auch. Nach dem Putzen schnitt er eine Zwiebel in der Mitte durch und legte die eine Hälfte in die Küche und die andere ins Wohnzimmer. Im Fernsehen hatte er mal in irgendeinem Beitrag gehört, dass Zwiebeln schlechte Gerüche neutralisierten. Nach dieser Aktion fiel Frank erschöpft in seinen Sessel und hatte plötzlich ein seltsames Verlangen nach Fish and Chips.

In dieser Nacht wachte Frank zwischen dem letzten Flugzeug, das an diesem Tag landete, und dem ersten, das startete, auf. Er griff nach seiner Brille und seiner Uhr auf dem Nachttisch. Es war fast drei Uhr, und er musste dringend zur Toilette. Er versuchte, nicht daran zu denken und wieder einzuschlafen, doch das Bedürfnis war zu stark. Er könnte auch ins Bett pinkeln. Das wurde doch fast von ihm erwartet. Es musste schließlich noch ein paar andere Vorteile geben als kostenlose Busfahrten und kostenloses Fernsehen. Vielleicht mit zweiundachtzig …

Notgedrungen stand Frank auf und ging den Flur hinunter zur Toilette. Er schloss die Tür und drückte auf den Lichtschalter. Die Glühbirne zischte kurz und gab mit einem leisen Knall den Geist auf und ließ Frank mit der Pyjamahose auf den Knöcheln in der Dunkelheit zurück, wo er auf den Boden oder an die Wand oder an die Decke oder ans Fenster pinkelte – oder, wer wusste das schon, vielleicht sogar in die Toilette. Er konnte es nicht sehen. Da er im Augenblick jedoch kaum etwas daran ändern konnte, weil seine Blase noch immer halb voll oder erst halb leer war – je nachdem, wie man das Leben betrachtete –, pinkelte Frank weiter. Jedes Mal, wenn er hörte, dass der Urin auf Porzellan traf oder das Wasser in der Toilettenschüssel plätscherte, versuchte er, die Richtung beizubehalten. Allerdings war das in der Dunkelheit, in schlaftrunkenem Zustand und nur mit der linken Hand unglaublich schwer.

Schließlich zog er die Pyjamahose hoch. Sie war nass. Frank ging in die Küche, um eine neue Glühbirne zu holen, damit er den Schaden begutachten konnte. Die Küchenschublade war voll kostenloser Energiesparlampen, die er vom Staat, den Grünen und drei verschiedenen Energieunternehmen geschenkt bekommen hatte. Im Schrank bewahrte er zehn weitere auf. Das war alles sehr gut für die Umwelt, aber in einer Wohnung, in der alle Lampen noch die altmodischen Bajonett-Steckfassungen hatten, waren Glühbirnen mit Schraubsockel so nützlich wie ein Sandkasten in der Sahara.

Frank überlegte, ob er die Glühbirne aus der Tischlampe im Wohnzimmer benutzen sollte. Andererseits war es sicherlich keine so gute Idee, um drei Uhr morgens in der Dunkelheit, im vollgepinkelten Pyjama und mit Gips eine Glühbirne zu wechseln. Am Ende würde er noch in die Toilette fallen und dabei die kleine Gardine vom Fenster reißen, wenn er sich daran festhielt, um seinen Sturz zu bremsen. Er würde die Flasche mit dem Bleichmittel vom Regal reißen, sie würde auf seinem Kopf landen, und während er mit einem Bein im Toilettenrohr feststeckte, würde sich sein Haar allmählich blond färben. Dann musste er entweder warten, bis er genügend Gewicht verloren hatte, um sich hinunterzuspülen, oder bis er tot aufgefunden wurde. Er wäre der Elvis von West Sussex.

Kelly würde ihn finden. Und sein Zustand würde schlimmer sein als in der Wanne mit Kinder-Blubberbad. Sein Körper – oder zumindest ein Teil seines Körpers – hätte dann bereits viel länger im Wasser gelegen. Und ein weiterer anstehender Feiertag würde die Entdeckung noch einmal um vierundzwanzig Stunden hinauszögern.

Während alle anderen ihre Autos wuschen, am Haus herumbastelten, Volkstänze einstudierten oder fürs große Käserennen trainierten, würde Frank in einer Toilette stehen und sein Bein in Marinade einlegen.

Er beschloss, wieder ins Bett zu gehen und das Chaos zu beseitigen, wenn es hell war. Am nächsten Morgen war der Urin vermutlich getrocknet, und alles würde furchtbar kleben. Aber Frank hatte Bills Pisse in der Vergangenheit oft genug weggewischt. Es würde fast etwas Nostalgisches haben.

Auch die nächsten Tage flogen dank ihres abwechslungsreichen Programms aus Werbeanrufen, Fernsehen und Werbepost nur so vorbei. Am Donnerstag wischte Frank den Boden in der Toilette und stieg auf die Hockerleiter, um folgende Quiz-Frage zu lösen: Wie viele einarmige Achtzigjährige werden benötigt, um eine Glühbirne zu wechseln? Die Antwort ist: einer. Aber er hat es nicht leicht. Es ist eine artistische Glanzleistung.

Am Freitag ging Frank zu *Fullwind Food & Wine* und kaufte vier Dosen Katzenfutter. Im Wohlfahrtsladen kaufte er drei DVDs und einen Porzellanhund für den Kaminsims, der aus einem Porzellan-Fedorahut guckte. Anschließend ging er in die Bücherei, um sich Kellys Foto im Internet anzuschauen. In der Bücherei bekamen zwei weitere Personen Sioux-Namen: *Der in Büchereien pupst* und *Der zu alt für Kinderbücher ist*. Auf dem Weg nach Hause riss der Henkel von der *Bag for Life* ab. Während die Dosen mit dem Katzenfutter über die Straße rollten, wurde Frank bewusst, dass er von Metaphern die Schnauze voll hatte, und außerdem, dass er keine Katze mehr besaß.

18

Am Montag freuten sich die Menschen im ganzen Land, dass sie ausschlafen konnten. Als sie aufwachten, streckten sie sich, stöhnten und seufzten, und als ihnen einfiel, dass ein Feiertag war, drehten sie sich um und schliefen weiter. Ein großartiges Gefühl. Vergleichbar mit dem Gefühl vom Abend zuvor, als die Titelmusik von *Last of the Summer Wine* und der *Antiques Roadshow* einsetzte und ein unangenehmes Gefühl bei ihnen hervorrief, bis sie sich daran erinnerten, dass sie am nächsten Morgen nicht zur Arbeit oder in die Schule mussten.

Für Frank war es ein ganz normaler Tag. Genauso ein Tag wie jeder andere Montag vor seinem Unfall, also in der Zeit, als Kelly noch nicht zu ihm gekommen war und den Tag zu etwas Besonderem machte. Es gab nicht einmal eine Party anlässlich irgendeines Kriegsendes in einem Altenheim, zu der er hätte gehen können.

Frank hielt sich in der Küche auf. Die Frau in der Wohnung im Erdgeschoss kümmerte sich heute um ihren Enkelsohn. Nach seinem letzten Weltrekord im Ball-gegen-die-Wand-Werfen hatte ihm jemand eine Trillerpfeife für seinen nächsten Weltrekordversuch gekauft. Frank überlegte gerade, was er am liebsten mit der Trillerpfeife machen würde, als er plötzlich glaubte, Kellys Stimme zu hören.

»Mr. Derrick?«

Die Stimme kam von unten.

»Sind Sie da?«

Frank ging in den Flur. Er war verwirrt. War es jetzt passiert? Hatte er vergessen, ein Kalenderblatt abzureißen? Hatte er einen Tag verloren? War heute schon morgen? Er stand im Flur, als Kelly den Treppenabsatz oben an der Treppe erreichte. In der Pflegedienstbranche war heute anscheinend Zivilkleidung angesagt. Statt ihrer blauen Dienstkleidung trug sie eine Jeans und ein Kapuzenshirt in einem leuchtenden Orange mit dem Bild eines Affen auf der Vorderseite. Die Kapuze mit den Affenohren hatte sie sich über den Kopf gezogen.

»Nehmen Sie Eimer und Schaufel mit«, sagte sie. »Wir gehen an den Strand.«

»Ist heute nicht Feiertag?«

»Ja.« Kelly klatschte in die Hände. »Genau. Ziehen Sie Ihre Schuhe an. Wir fahren ans Meer.«

»Aber …«

»Kein ›aber‹. Kommen Sie«, sagte sie nachdrücklich.

»Ist heute Jacken-Wetter?«, fragte Frank.

»Wen interessiert das schon? Nehmen Sie zur Sicherheit eine mit.«

Frank nahm seine Jacke vom Haken an der Wand in der Diele und dachte daran, dass er zwanzig Minuten brauchen würde, um sie anzuziehen. Kelly streckte die Hand aus. Er gab ihr die Jacke, und sie half ihm, sie anzuziehen. Selbst Houdini hatte bestimmt eine Assistentin gehabt.

»Ich habe ein schlechtes Gewissen, wenn Sie an Ihrem freien Tag nicht freihaben«, sagte Frank.

»Ich sag Ihnen was«, erwiderte Kelly. »Wenn Sie sich dann besser fühlen, komme ich morgen eben nicht. Für mich ist dann am Dienstag Feiertag. Einverstanden?«

Frank nickte. Er wollte nicht, dass Kelly morgen nicht kam, doch er würde schon damit klarkommen. Er griff nach seinem Gehstock, der an demselben Haken hing wie die Jacke.

»Brauchen Sie den?«, fragte Kelly, ohne es wirklich als Frage zu meinen. Er ließ den Gehstock am Haken hängen.

Frank hoffte, dass die Nachbarn sahen, wie er in den kleinen blauen Wagen stieg. Er hoffte, Hilary schrieb alles in ihre Kladde für besondere Vorkommnisse. Er hoffte, dass sie sah, wie er ohne Gehstock hinter Kelly den Weg hinunterging. Er wollte, dass Hilary sah, wie Kelly ihm die Beifahrertür öffnete und den Sitz nach hinten schob, damit er mehr Platz für seine Beine hatte. Er hoffte, Hilary schrieb auf, dass Kelly ihm das Ende seines Sitzgurtes reichte und ihn bat, auf seine Finger aufzupassen, ehe sie die Beifahrertür zuschlug, um den Wagen herum zur Fahrerseite ging und einstieg. Als Kelly vom Grünstreifen herunterfuhr, wünschte Frank sich, dass sie ein paar Poller umfuhr, die Musik voll aufdrehte und hupte, nur für den Fall, dass ihn bis jetzt noch niemand gesehen hatte.

Kelly drückte auf einen Knopf, um Franks Fenster zu öffnen. »Sagen Sie mir, wenn es Ihnen zu windig ist«, sagte sie.

Als Frank aus dem Fenster schaute, blies der Wind ihm sein langes Haar ins Gesicht. Er schloss die Augen. Passanten könnten leicht auf die Idee kommen, dass jemand hier seinen Afghanischen Windhund spazieren fuhr.

Frank hatte schon eine Ewigkeit nicht mehr vorne in einem Auto gesessen, sondern nur auf dem Rücksitz von Taxis und hinten in einem Krankenwagen. Er war auch oft mit dem Bus zu dem großen Sainsbury's gefahren, aber der Fahrer hatte ihn nie neben sich sitzen lassen.

Als sie die Sea Lane hinunterfuhren, wurde Frank bewusst, dass er seit einer Ewigkeit nicht mehr in diese Richtung gefahren war. Wenn er das Haus verließ, ging er immer links hinunter. Denn dort lagen der Wohlfahrtsladen, *Fullwind Food & Wine*, die Drogerie, die Bücherei und die Bushaltestelle. Er verhielt sich wie einer dieser tibetischen Mönche, über den sie im Fernsehen berichtet hatten und der immer nur in Richtung des Uhrzeigersinns ging. Frank hatte fast vergessen, warum die Straße, in der er wohnte, ihren Namen trug. Ihren Sioux-Namen.

Kelly fuhr genauso schlecht Auto, wie sie einparkte. Der miserable Zustand der Straße machte es nicht besser, der Wagen holperte ständig durch Schlaglöcher. Die Straße war wirklich in einem entsetzlichen Zustand. Daran waren die vielen Lkw schuld. Für ein so großes Verkehrsaufkommen war die Straße nicht gebaut worden und auch nicht für diese Geschwindigkeiten. Jeder ignorierte hier die Tempo-30-Zone und fuhr mit achtzig über die riesige weiße Dreißig, die auf die Straße gemalt worden war.

Als Frank und Sheila nach Fullwind zogen, war es ein ruhiges Dorf mit wenig Verkehr. Es gab keine Bürgersteige, sie waren auf der Straße gelaufen. Ab und zu rief einer von ihnen »Auto!«, worauf sie beide an den Straßenrand traten und warteten, bis das Auto vorbeigefahren war. Der Fahrer hatte dann gewinkt und sich bedankt, während er langsam an ihnen vorüberfuhr. Jetzt fuhren alle, so schnell sie konnten, ohne zu blinken oder sich Gedanken darum zu machen, dass sie ein älteres Ehepaar überfahren könnten.

Von alldem sagte Frank Kelly nichts. Er würde sich nur alt anhören. Obwohl sie ja wusste, wie alt er war. Es war praktisch das Erste, was sie sah, wenn sie jeden Montag ihre Mappe aus der Tasche zog. Unter seinem Namen – Frank Derrick – stand sein Alter: 81 Jahre. Außerdem tippte Kelly sein Geburtsdatum jede Woche in den Schlüsselsafe ein. Sie wusste ganz genau, wie alt er war. Bereits als Frank dreißig geworden war, hatte ihm das Älterwerden ein unbehagliches Gefühl bereitet. Auch mit vierzig und fünfzig hatte sich daran nichts geändert, und er fand es entsetzlich, sechzig zu werden. An seinem siebzigsten Geburtstag hätte er sich eigentlich damit abgefunden haben sollen, dass er immer älter wurde, aber auch dieser Gedanke gefiel ihm nicht. Und als er schließlich achtzig wurde, war es so schlimm wie immer. Was das Älterwerden betraf, so benahm Frank sich ziemlich kindisch. Man sollte ihm keine Geburtstagskarte mit Zahlen darauf oder mit einem dieser witzigen Sprüche auf der Innenseite schenken, die ihm erklärten, dass er jetzt so und so alt war, dass er dieses oder jenes tun oder lassen könne – blablabla. Er würde es nicht zu schätzen wissen.

Daher behielt Frank seine Gedanken über den Zustand der Straße für sich. Er beschwerte sich nicht über die mangelnden Fahrkünste der anderen. Natürlich auch nicht über Kellys schlechten Fahrstil, *vor allem* nicht über Kellys schlechten Fahrstil, wenn sie zum Beispiel beide Hände vom Lenkrad nahm, um eine Tüte Bonbons zu öffnen oder sich durchs Haar zu streichen. Frank wollte, dass sie ihn cool fand. Auf gar keinen Fall wollte er so sein wie ihre anderen glatzköpfigen alten Männer. Frank nahm an, dass sie keine Ahnung hatten, wer Madonna oder die Arctic Monkeys waren. Wenn Smelly John über die Sex Pistols sprach, würden sie sagen: »Die sechs was?« Frank wollte nicht, dass Kelly ihn für einen alten Knacker hielt. Er wollte diesen Sioux-Namen nicht.

Am südlichen Ende der Sea Lane standen ebenso wie am nördlichen Ende Bungalows. Je weiter sie sich dem Meer näherten, desto größer und luxuriöser wurden die Bungalows, die Gärten und die Nebengebäude. Genauso, wie es die Monkees besungen haben. Größere Rasenflächen, die der Großgrundbesitzer am Wochenende mähen musste, und mehr Rosen, auf die Mrs. Gray stolz sein konnte. Größere Garagen für größere Autos. Einige Häuser hatten auch einen Swimmingpool. Je näher das Haus am Meer stand, desto mehr war es wert, und die Häuser mit Meerblick waren am teuersten.

Als Frank und Kelly den Strand erreichten, kamen sie an einer Reihe winziger Strandhäuschen vorbei. In den Nachrichten war darüber berichtet worden. Sie waren bunt angestrichen und mit Strom und fließendem Wasser ausgestattet worden und wurden jetzt als Einzimmerwohnungen direkt am Strand zum Kauf angeboten.

Kelly fuhr so weit wie möglich an den Strand heran, ehe sie den Wagen am Straßenrand parkte. Wenn sie später zum

Wagen zurückkehrten, würde hinter den Scheibenwischern ein Zettel stecken, der sie höflich aufforderte, hier bitte nicht zu parken. Die Wörter »höflich« und »bitte« waren unterstrichen, um zu betonen, dass beides nicht ernst gemeint war.

Sie gingen den schmalen Weg zum Meer hinunter. Die hohen Mauern auf beiden Seiten waren mit Steinen vom Strand errichtet worden, der Mörtel oder Zement, mit dem sie zusammengehalten wurden, war grün. Frank vermutete, dass das Meerwasser ihn grün gefärbt hatte oder dass es sich um Moos handelte. Aufgrund der hohen Mauern auf beiden Seiten war es ruhig auf dem Weg, so als wäre man in einer Unterführung zwischen lauten Straßen. Frank hatte das Bedürfnis, laut zu schreien, um zu hören, ob es ein Echo gab. Zumindest hätte er gerne mit den Füßen auf den Boden gestampft.

Er konnte das Meer riechen. Er roch den Seetang und den Teer, der in der Sonne auf dem Treibholz schmolz, und die Tintenfischknochen. Frank glaubte, Vanilleeis zu riechen und die Hitze, die der laufende Motor des Eiswagens ausstrahlte – zwei Gerüche, die sich überlagerten, sodass ein neuer Geruch entstand. Doch er nahm an, dass es nur eine Erinnerung war. Falls seit seinem letzten Ausflug hierher keine neue Straße gebaut worden war, gab es für einen Eiswagen keine Zufahrt. Frank lauschte, ob *Greensleeves* zu hören war.

Am Ende des schmalen Weges wehte ihnen der salzige Küstenwind um die Nase. Frank wünschte, er hätte etwas kürzere Haare gehabt, denn sie flogen ihm unaufhörlich ins Gesicht. Sie gingen auf die niedrige Steinmauer zu, die den Weg säumte, und sahen das Meer. Etwa fünfzig Meter entfernt überschwemmte das Wasser den halben Sandstrand. Draußen auf dem Meer schaukelte ein Speedboat auf den Wellen. Aus dieser Entfernung schimmerte das Wasser blau. Wenn man näher heranging, hatte es entweder eine grüne oder braune Farbe.

Sie stiegen die drei Steinstufen hinauf, die über die Mauer auf die mit Steinen übersäte Böschung führten. Frank fühlte sich unsicher auf dem unebenen Untergrund. Kelly reichte ihm den Arm, sodass er sich bei ihr einhaken konnte, und gemeinsam gingen sie auf den Sand zu.

»Kommt die Flut, oder geht sie zurück?«, fragte Kelly ihn.

»Das kommt darauf an, ob Sie Optimist oder Pessimist sind.«

»Ein Optimist.«

»Okay«, sagte Frank. »Ist der Strand das Glas? Oder ist der Sand unter dem Wasser das Glas? Oder vielleicht ist Frankreich das Glas. Sind Sie Französin?«

»Französin? Nein.«

»Hm«, murmelte Frank. Er schlug vor, im Café einen Gezeitenkalender zu kaufen. »Falls die dort noch verkauft werden. Ich nehme an, es gibt jetzt einen SMS-Service dafür. Oder eine App.« Ja, Frank wusste, was eine App war, obwohl er das Wort nie zuvor benutzt hatte. Es war das allererste Mal. Er bemühte sich sehr angestrengt, cool zu sein. »Wir könnten auch ausprobieren, wie weich der Sand ist, und es so bestimmen.«

»Sie sind sehr klug, Frank«, sagte Kelly.

»Und ein bisschen wie Morecambe.« Frank schob seine Brille auf dem Nasenrücken hoch und runter wie Eric Morecambe. Plötzlich hatte er den linken Bügel in der Hand, und der Rest der Brille fiel auf die Steine.

Kelly hob die Brille auf.

»Ich habe mir eine neue Brille gekauft«, sagte Frank. »Sie müsste jeden Tag ankommen.«

Kelly wickelte das Isolierband vom Bügel ab. Dann griff sie in die Tasche von ihrem Sweatshirt und zog ein kleines Erste-Hilfe-Set heraus. Es sah fast so aus, als hätte sie mit einem Unfall gerechnet. Kelly nahm eine Rolle Pflasterband und eine kleine Nagelschere aus dem Kästchen, klebte Franks Brille wieder zusammen und reichte sie ihm. Als er sie aufgesetzt hatte, gingen sie weiter.

Frank musste vorsichtig gehen, damit er auf den unebenen

Steinen nicht hinfiel. Früher war er mit Sheila barfuß über die Steine gelaufen, als läge ein Teppich am Strand oder als wären seine Füße Schuhe.

Als sie den Sand betraten, war er noch nass. Frank nahm an, dass die Ebbe einsetzte. Kelly zog ihre Schuhe aus, und sie steuerten auf das Wasser zu.

Je weiter sie sich dem Ufer näherten, desto weicher und nasser wurde der Sand. Sie hinterließen immer tiefere Spuren, bis der Sand schließlich so nass und weich war, dass ihre Fußabdrücke gar nicht mehr als Fußabdrücke zu erkennen waren. Die unförmigen Abdrücke wurden augenblicklich vom nassen Sand verschluckt.

Sie kamen an Pfützen mit klarem Wasser vorbei, die die Flut hinterlassen hatte. Frank wünschte sich, er hätte die Kraft, einen der glitschigen, mit Seetang bedeckten Steine aufzuheben. Wenn er einen Krebs darunter fand, würde er ihn in die Hand nehmen und Kelly damit erschrecken, um ihr zu zeigen, was für ein cooler Typ er war.

Überall am Strand sah man kleine spaghettiförmige Sandhaufen, die Röhren, die die Wattwürmer zurückließen, die sich in den Sand gruben.

»Früher dachte ich immer, das wären die Würmer«, sagte Kelly.

Am Ufer blieben sie stehen. Frank zeigte aufs Meer. »Da draußen ist eine alte Kirche. Bei Ebbe konnte man früher die Kirchturmspitze sehen.«

Sie schauten beide auf die sanften Wellen und hofften, die Kirchturmspitze zu erblicken.

»Ich sehe sie nicht«, sagte Kelly.

»Vielleicht ist das Wasser heute tiefer«, sagte Frank. »Oder die Kirche ist im Sand versunken. Das Ufer war früher weiter hinten. Früher haben die Leute gesagt, sie könnten das Läuten der Glocken im Wasser hören. Vor allem nachts.«

Kelly erschauerte. »Das ist richtig unheimlich.«

Frank hob einen kleinen flachen Stein auf und versuchte, ihn so zu werfen, dass er übers Wasser sprang. Der Stein flog zur Seite und dann beinahe auf demselben Weg zurück und landete hinter ihm im Sand. Kelly schlug vor, ins Café zu gehen, bevor Frank am Ende noch ein Kind tötete.

Als sie am Rande der mit Steinen übersäten Böschung ankamen, hob Kelly zuerst den linken und dann den rechten Fuß hoch, um den Sand von den Sohlen zu reiben und ihre Schuhe anzuziehen. Am linken Knöchel trug sie ein kleines Tattoo. Eine Blume. Frank fand sie beeindruckender als alles, was man beim Wettbewerb »Blühende Dörfer« zu sehen bekam.

Als sie die Böschung hinaufstiegen, sagte Frank: »Ich weiß, es hört sich verrückt an, aber ich glaube, die Blechdose da hinten bei dem Wellenbrecher lag schon vor zehn Jahren dort.« Er zeigte auf eine verrostete Limonadendose.

»An der Buhne«, sagte Kelly.

»Ja. Da drüben an der Buhne.«

»Sie haben mir etwas beigebracht, Mr. Derrick.«

Das mit der Dose war kein Scherz gewesen. Frank glaubte wirklich, dass er sie wiedererkannte. Er fragte sich, ob er einen Stein finden würde, der aussah wie sein Gesicht, und einen anderen, der aussah wie Sheilas Gesicht, wenn er lange genug suchen würde. Vielleicht lagen sie noch dort drüben unter der Buhne, wo sie beide die Steine vor all den Jahren zurückgelassen hatten.

Frank und Kelly kehrten über die von Steinen übersäte Böschung zurück, stiegen die drei Stufen über die niedrige Mauer hinauf und gingen den Weg hinunter. Sie kamen an den kleinen bunten, viel zu teuren Strandhäuschen vorbei und an vielen Leuten, die ihre Hunde spazieren führten. Frank machte sich über die Hundehalter lustig, die alle die gleichen winzigen Täschchen mit Kackbeuteln in den Händen hielten.

In dem Café herrschte reger Betrieb, was an einem Feiertag keine Überraschung war. An der Theke hatte sich eine Schlange gebildet, und sie stellten sich hinten an. Während des Wartens drehte Kelly einen Kartenständer mit Aufnahmen von Fullwind-on-Sea von damals und heute. Es hatte sich nicht viel verändert. Neben dem Postkartenständer stand ein Ständer mit Flip-Flops, Strohhüten und Plastiksonnenbrillen.

Ein Paar, das an einem Tisch in der Nähe des Fensters saß, stand auf und verließ das Café.

»Schnell«, flüsterte Kelly. »Sichern Sie uns den Tisch.« Frank ging auf den Tisch zu. »Was möchten Sie?«, rief Kelly ihm hinterher.

»Nur eine Tasse Tee, bitte.«

»Kein Eis?«

»Nein danke.«

»Einen Lutscher? Chips? Ein Puddingteilchen? Heute ist Feiertag. Sie könnten mir zeigen, wie man es isst.«

»Nur Tee. Danke, Kelly.« Frank hatte Kellys Namen soeben zum ersten Mal laut ausgesprochen. Es war ein sonderbares Gefühl, und es erschien ihm unangebracht. Als wäre er ein Lehrer und Kelly seine Schülerin.

»Er ist Lehrer und sie seine Schülerin.« Frank stellte sich vor, wie eine Frau auf der anderen Seite des Cafés das ihrem Freund gerade zuflüsterte. »Sie hat ihn vorhin Mr. Derrick genannt. Ich habe auch gehört, dass die junge Frau gesagt hat, er habe ihr etwas beigebracht.« Frank hatte sofort gespürt, dass sich ihnen alle Blicke zuwandten, als er mit Kelly das Café betrat. Die Leute versuchten herauszufinden, in welcher Beziehung sie zueinander standen. Großvater und Enkeltochter? Vater und Tochter? Er war alt genug und sie mehr als jung genug, dass beides zutreffen konnte. Ein Paar konnten sie nicht sein, dachten die James Stewarts in diesem Café bestimmt. Es sei denn, er war reich. Er könnte ihr Sugar Daddy sein.

Frank hatte nicht genug Geld, um eins der kleinen Strandhäuschen zu kaufen. Er hatte kaum genug Geld, um die Tasse Tee zu bezahlen.

Oftmals kam es Frank so vor, als würde die Werbung, die tagsüber im Fernsehen lief, genau auf ihn abzielen. Sein Fernseher sprach mit ihm. Ständig fragte er ihn, ob er Geldprobleme habe und ob er sofort Bargeld brauche.

Falls Kelly es auf sein Geld abgesehen hatte, würde sie eine große Enttäuschung erleben. Da könnte sie lange graben.

Seit sie das Café betreten und Frank die saftigen Touristenpreise auf der schwarzen Tafel hinter der Theke gesehen hatte, drehten sich seine Gedanken nur noch um das liebe Geld. Er fragte sich, was dieser verlängerte Besuch seiner Haushaltshilfe an diesem Feiertag ihn wohl kosten würde. Das Doppelte? Das Eineinhalbfache? Sie waren schon fast eine Stunde unterwegs. Das Benzin kam noch dazu. Er sollte ihr wenigstens etwas Benzingeld geben und sich an den Kosten für den Snack beteiligen. Sollte er ihr Trinkgeld geben?

Kelly kam auf ihn zu und stellte eine Tasse Tee vor ihm auf den Tisch, ganz wie an einem normalen Montag.

»Ich habe Ihnen ein Twix gekauft.« Sie legte den Schokoriegel neben die Tasse. Frank dachte sofort an seine wackelige Zahnprothese und fragte sich, ob sie ein Twix überleben würde. Ein KitKat, ja, ein Milky Way oder ein Bounty, klar, aber ein Twix? Bei einem Twix musste man diese zähe Karamellmasse durchbeißen. Er fürchtete den Moment, an dem er das Twix nach dem Abbeißen wieder aus dem Mund nahm und sein Gebiss daran hängen würde. Und nächste Woche würde er dann an der kaputten Uhr eines hohen Gebäudes hin- und herschwingen oder seelenruhig zusehen, wie die Fassade eines Holzhauses auf ihn stürzte.

Frank bedankte sich bei Kelly und hoffte, dass sie das Twix entweder vergaß oder dass die Sonne die Karamellmasse aufweichte, sodass er sie problemlos kauen konnte.

Er erinnerte sich, dass er früher Marsriegel vor dem Feuer für seine Tochter geschmolzen hatte. Es gehörte zu den großen Wissensgebieten und Fähigkeiten, die er vielleicht an Beth weitergegeben hatte – wie man Schokoriegel aß. Oder *Candybars*, wie sie jetzt bestimmt sagte.

Frank hatte Beth gezeigt, wie man zuerst die Kekssschicht von einem Jaffa Cake und dann die Schokolade ablöste, bis nur noch die dünne Orangengeleefüllung übrig blieb, die man dann auf der Zunge zergehen ließ. Er brachte seiner Tochter bei, wie man zuerst die Seiten eines Marsriegels abbiss und anschließend die obere Schokoladen- und Karamellschicht abhob, um dann die weiche Candy-Creme entweder sofort zu essen oder zuerst zu einer Kugel zusammenzurollen und dann zu essen. Bei einem Twix ging man im Grunde genauso vor wie bei einem Mars – zuerst die Schokolade an den Seiten abknabbern, dann die Karamellmasse essen und zum Schluss den Keks. Das alles war ohne vernünftige Zähne nicht möglich. Eis und der »zartschmelzende Schokoladentraum«, wie Cadbury seinen Schokoriegel bewarb, waren die einzigen Bereiche in Sachen Süßwaren, zu denen er sich noch sachkundig äußern konnte.

»Was bin ich Ihnen schuldig?«, fragte Frank und meinte den Tee und das Twix. Aber vielleicht würde Kelly auch einen Laptop auspacken und eine genaue Aufstellung der Kosten und Ausgaben für den ganzen Tag anfertigen, um ihm dann eine Rechnung vorzulegen.

»Sie sind eingeladen«, sagte sie.

»Vielen Dank. Hoffentlich habe ich Ihnen den Feiertag nicht verdorben.«

»Ich hatte nichts Besonderes vor. Und Sean muss heute arbeiten.«

»Sean?«

»Mein Freund.«

»Sind Sie schon lange zusammen?«

»Schon ziemlich lange. Wir wollen ein Kind. Wir üben gerade.«

Übt nur nicht zu heftig, dachte Frank und schämte sich sofort dafür.

Er beobachtete Kelly, die in ihre Kaffeetasse schaute und langsam Zucker hineinschüttete. Vielleicht dachte sie an Sean und den Sohn oder die Tochter, die sie eines Tages haben würden. Sean konnte sich glücklich schätzen, dachte Frank. Kelly war sehr hübsch. Sie hatte einen leichten Überbiss, und sie hatte große Augen. Frank dachte, dass sie in jüngeren Jahren noch ausdrucksstärker gewesen sein mussten. In der Schule hatten die anderen sie bestimmt gehänselt und als Goofy oder Glotzauge beschimpft, bis die Proportionen ihrer Augen wieder zu ihrem Gesicht gepasst hatten. Jetzt war sie hübsch und konnte in all die hässlichen, dummen Gesichter der Leute lachen, die sie früher gepiesackt hatten.

Frank hätte gerne den Arm ausgestreckt, um ihr in die Nase zu kneifen und so zu tun, als würde er sie klauen, wie er es früher bei Beth gemacht hatte. Den Daumen zwischen Zeigefinger und Mittelfinger stecken und sagen: »Ich hab deine Nase.«

Kelly erwachte aus ihren Tagträumen und hob den Blick.

»Ach, das hätte ich fast vergessen.« Sie beugte sich über den Tisch. Ihr Gesicht war seinem so nahe, dass Frank ihre Augenfarbe erkennen konnte. Sie hatte grüne Augen. Wenn man ihn allerdings zwei Sekunden später danach fragen würde, würde er sich nicht mehr erinnern. In Rons Broschüre musste etwas dazu stehen. Ihr Gesicht war seinem jetzt ganz nahe. So nahe wie an dem Tag, als sie sein Haar gebürstet und seinen juckenden Arm gekratzt hatte. Aber heute war es anders.

Oh mein Gott, dachte Frank.

Sie streckte den Arm aus, nahm Frank behutsam die Brille ab und achtete darauf, dass sie nicht wieder kaputtging.

Oh allmächtiger Gott.

Damit hatte Frank nun wirklich nicht gerechnet. Nein, auf gar keinen Fall. Genau jetzt war sein Herzkasper-Moment. Jetzt war es so weit. Schlaganfall. Herzinfarkt. Laden Sie den Defibrillator auf. Rufen Sie einen Rettungswagen. Bloß Haltung bewahren. Oh mein Gott, dachte er. Sie will mich küssen.

Kelly setzte Frank eine rote Plastiksonnenbrille auf, die sie gerade gekauft hatte. Dann lehnte sie sich zurück und trank ihren Kaffee.

Auf dem Weg zurück zum Wagen überlegte Frank, ob er tief durchgeatmet und die Augen geschlossen hatte, als er glaubte, Kelly würde ihn küssen. Hatte er das Gesicht verzogen wie Les Dawson, während sein Gebiss im Mund hin und her sprang, als hätte er es vor dem Einsetzen aufgezogen?

Nachdem Kelly ihm die Plastiksonnenbrille aufgesetzt hatte, sagte sie kein Wort und benahm sich anschließend keine Spur anders ihm gegenüber. Sie sah nicht so aus, als würde sie sich vor ihm fürchten oder als fände sie ihn abstoßend. Sie rief nicht die Polizei und sandte auch kein Batman-Signal, um Janice zu rufen. Sie fiel nicht vor Lachen vom Stuhl. Sie trank einfach ihren Kaffee, aß ihren Apfel-Doughnut und sprach über Babys und Sean, gegen den Frank bereits eine Abneigung entwickelte. Sie fragte Frank nach Sheila und Beth, und irgendwie kamen sie auf den Krieg zu sprechen. Es müsse furchtbar gewesen sein, in diesen schweren Zeiten zu leben. Die Bomben, die Luftschutzbunker, die Essenszuteilungen. Frank tat es mit einem Schulterzucken ab, als wäre es so schlimm gar nicht gewesen. »Ich war noch ein kleiner Junge«, fügte er hinzu, »und in meiner Erinnerung habe ich den Krieg wie ein großes Abenteuer erlebt.«

Als sie die Sea Lane wieder hinunterfuhren, streckte Frank den Kopf aus dem Fenster und ließ sich den Wind um die Nase wehen. Er sah den Grundstückspreisen beim Fallen zu, bis Kelly den Wagen auf dem Grünstreifen gegenüber dem günstigsten Haus in der Straße parkte, dem einzigen Haus in der Sea Lane, das keinen Namen hatte.

Frank stieg aus und verabschiedete sich von Kelly. Er wusste nicht, was er tun sollte, wie er ihren Tag am Meer angemessen beenden konnte. Betrachtete Kelly den Ausflug als Arbeit oder als Vergnügen? Sollte er sie im Auto sitzen lassen, damit sie warten konnte, bis er die Tür aufgeschlossen hatte? Er war immerhin ihr Patient. Oder sollte er wie ein Gentleman auf der Straße stehen bleiben und winken, bis sie weggefahren war?

Als Frank neben dem umgestürzten Poller vor dem Haus stand, hatte er plötzlich das Gefühl, stark genug zu sein, ihn aufzurichten. Alle Nachbarn würden es sehen. Einige von ihnen hatten ihren Platz am Fenster seit zwei Stunden nicht verlassen, obwohl ihr Essen kalt wurde und sie dringend zur Toilette mussten. Aber sie wollten auf gar keinen Fall die Rückkehr des kleinen blauen Autos verpassen. Durch ihre Gardinen oder die Schlitze in den Jalousien beobachteten sie Frank, als er Kelly zuwinkte. Er winkte so lange, bis er sie nicht mehr sah. Das dauerte nicht lange, da die rote Plastiksonnenbrille, die er immer noch trug, keine Gläser mit Stärke hatten.

19

Kelly Christmas war der Grund, für den Frank morgens aufstand. Sie war seine Ersatzhüfte. Die halbe Aspirin, die er jeden Tag schluckte. Der Treppenlift und sein Rollator. Kelly war sein Haltegriff, sein Großtasten-Telefon und sein Badewannenlift. Sie war seine Easy-Grip-Schere, sein batteriebetriebener, einhändig zu bedienender Dosenöffner und sein extralanger Schuhanzieher. Kelly war seine Vitaminkur.

Am Morgen nach ihrem Ausflug ans Meer musste Frank sich damit abfinden, dass Kelly aufgrund ebendieses Ausfluges nicht kommen würde, obwohl dieser Tag in allen seinen Kalendern angekreuzt war. Also ging er in den Wohlfahrtsladen und kaufte sich einen Roller. Keinen dieser Elektroroller für Senioren mit einem bequemen Ledersitz, Akku und Einkaufskorb am Lenker. Nein, Frank kaufte sich einen Roller für Kinder. Am Lenker hingen rosafarbene Bommeln, und auf dem Trittbrett mit der silbernen Metalliclackierung stand in Graffiti-Buchstaben das Wort *WOW!*. Wenn man schneller als eine Meile pro Stunde fuhr, leuchteten die kleinen Räder.

Franks Fuß war fast wieder in Ordnung, und wenn er in zwei Tagen den Gips abgenommen bekam, würde er auf dem Roller durch Fullwind fahren, als wäre er Marlon Brando.

»Hey, Frankie, bist du unter die Halbstarken gegangen?«, würden die Leute vor der Bücherei ihn fragen.

»Was willst du?«, würde Frank antworten, ehe er ein Stück auf dem Hinterrad fuhr und dann zum Supermarkt raste, um

Spaghetti in der Dose zu kaufen, während winzige Lichter in den Rädern aufleuchteten.

Am Donnerstagmorgen fuhr Frank mit dem Taxi zum Krankenhaus. Er saß in einem unglaublich heißen Raum und wartete, bis er aufgerufen wurde.

Schließlich wurde er in einen anderen winzigen Raum geführt, wo ihm ein Krankenpfleger erklärte, wie er ihm den Gips abnehmen würde.

»Okay, Francis. Die Säge ist sehr laut. Fast wie ein Staubsauger.« Der Krankenpfleger kam Frank bekannt vor. Vermutlich aufgrund der grünen Arbeitskleidung, die Frank schon so oft in Fernsehserien gesehen hatte. »Die Klinge kann Sie nicht verletzen«, fügte der Krankenpfleger hinzu. Er führte es vor, indem er einen Ärmel aufrollte und mit der Säge seinen Arm berührte, ohne ihn abzusägen. »Sehen Sie? Es ist ganz harmlos.«

Der Krankenpfleger reichte Frank Ohrenschützer. Sie waren rosarot und mit Hasenbildern beklebt, also eindeutig von der Kinderstation. Frank setzte die Ohrenschützer auf. Der Krankenpfleger schaltete die Säge ein und sagte: »…«

»Wie bitte?«, fragte Frank.

Der Krankenpfleger schaltete die Säge aus und hob eine Seite des Ohrenschützers hoch.

»Es könnte kitzeln.«

Nachdem er den Gips durchgesägt und abgenommen hatte, fragte er Frank, ob er den Gips als Andenken mit nach Hause nehmen wollte.

»Als Erinnerung für später, daran, dass Ihr Knochen wieder so gut zusammengewachsen ist. Dann können Sie sich die Namen Ihrer Freunde ansehen, die auf dem Gips unterschrieben haben.«

Frank lehnte dankend ab, weil er erstens nicht fünf Jahre alt war und zweitens niemand darauf unterschrieben hatte.

»Es fühlt sich an, als wären Sie ein großes Gewicht losgeworden, nicht wahr?«, fragte der Krankenpfleger. »Nachdem Sie den Gips so lange mit sich herumtragen mussten. Sie haben bestimmt das Gefühl, Ihr Arm schwebt zur Decke, als wäre er mit Helium gefüllt.«

Dann erinnerte Frank sich, wo er den Krankenpfleger schon einmal gesehen hatte.

»Es ist ein wunderbares Gefühl, den Gips endlich los zu sein, Francis, nicht wahr?« Er hatte ihn nicht im Fernsehen gesehen. »Es ist immer ein wunderbares Gefühl, von Dingen befreit zu werden, die uns behindern oder schwer auf uns lasten, Francis.« Es war die Stimme, die ihm bekannt vorkam, und nicht die grüne Arbeitskleidung. »Ein ebenso wunderbares Gefühl wie die Schuhe am Ende eines langen Tages auszuziehen. Warum, glauben Sie, scheint unsere Seele sich so ganz selbstverständlich nach Freiheit zu sehnen, Francis?« Der Krankenpfleger war der Mann, der damals so lange auf seiner Türschwelle gestanden hatte, um ihn vom richtigen Glauben zu überzeugen. »Es gibt wohl kein besseres Gleichnis für die Freiheit als Jesus, der von den Toten auferstanden ist. Manche Menschen leben wie in einem Gipskorsett. Ein Gipskorsett der Sucht oder des Verbrechens oder des Missbrauchs, das ihren Geist daran hindert, wirklich frei zu sein. Wir können die Freiheit in Jesus Christus finden, Francis.«

Vom Krankenhaus bis zum Greyflick House waren es ungefähr eineinhalb Meilen. Nachdem der Gips abgenommen worden war, wollte Frank Smelly John besuchen. Eine so lange Strecke hatte er seit Jahren nicht mehr zu Fuß zurückgelegt, und eineinhalb Meilen hörte sich wirklich nach einer sehr langen Strecke an. Er hätte ein Womble-Kostüm anziehen und Sponsorengelder sammeln sollen.

Frank ging um das Krankenhaus herum, überquerte einen leeren Parkplatz sowie ein unbebautes Grundstück und gelangte in ein Gewerbegebiet. Dann ging er eine lange, gerade Straße hinunter mit Geschäften auf beiden Seiten. Am Beginn der Straße hing an einer Backsteinmauer zwischen einem Dönershop und einer Wohnung, deren Fenster von einem Feuer geschwärzt waren, ein Schild mit der Aufschrift »High Street«. Frank war erleichtert, dass er nicht auf der Low Street gelandet war.

Die meisten Geschäfte auf der High Street hatten entweder Pleite gemacht oder waren geschlossen, oder es war nicht zu erkennen, welche der beiden Alternativen zutraf. Vielleicht war es auch noch zu früh für Hähnchen und Pommes. Es gab hier viele Imbissbuden, und der Bürgersteig und der Rinnstein waren mit kleinen Hähnchenstücken, Pommes und fettigen leeren Schachteln übersät. Die ersten zwanzig Minuten des Films *Der Soldat James Ryan* mit Hühnern gedreht.

Frank kam an einem Schaufenster vorbei, in dem drei Schaufensterpuppen standen, die Slips mit offenem Schritt, nippelfreie BHs und seidene Nachthemden trugen. Einer der Schaufensterpuppen fehlte ein Bein, und das Gesicht einer anderen sah aus wie die Schale eines heruntergefallenen gekochten Eis. Sie standen ein wenig verschämt auf einem mit Zeitungen ausgelegten Boden, und ringsherum lagen Dinge, bei denen es sich wahrscheinlich um Sexspielzeug handelte, wie Frank vermutete. Nie zuvor hatte er etwas gesehen, was unerotischer war als dieses Zeug.

Im Schaufenster einer Pfandleihe hing eine Leuchtreklame mit dem Schriftzug BARGELD FÜR ALLES. Das D war kaputt. Durch das Metallgitter und das schmutzige Fenster hindurch sah Frank Computer, Uhren, Kameras und E-Gitarren. Er kam an einer weiteren Imbissbude vorbei, an einer Disco und einem mit Brettern zugenagelten Pub, der tatsächlich geöffnet hatte. Draußen standen drei sechzig- bis siebzigjährige Männer und rauchten. Noch eine Imbissbude, ein Wohlfahrtsladen, gegen den der in Fullwind aussah wie Harrod's, und ein Tattoo-Studio, das *Fat Pat's Tats* hieß. Frank blieb stehen, drehte sich um und trat ein.

Es war das erste Mal, dass Frank ein Tattoo-Studio betrat. In Fernsehkrimis und in Filmen hatte er schon mal welche gesehen, und die sahen fast so aus wie dieses hier. Im Hintergrund spielte leise Musik. Die Musik hörte sich genauso an, wie Frank sich die Musik in einem Tattoo-Studio vorgestellt hatte. Er verstand den Text nicht, und das nicht etwa, weil er alt war und hinterm Mond lebte, sondern weil der Sänger nuschelte. Vermutlich war ihm der Text unangenehm. Der zwielichtige und gefährliche Eindruck des Tattoo-Studios wurde durch zwei Spender mit Desinfektionsmittel neben der Tür relativiert. Das Risiko, dass Frank sich eine schlimme Krankheit einfing, war im Krankenhaus größer als in *Fat Pat's Tats*, wo beide Spender voll waren. Der Spender vor dem kleinen Raum, in dem ihm der Gips abgenommen worden war, war leer gewesen und hatte nur das müde Keuchen eines Rauchers gespendet, als Frank auf den Hebel gedrückt hatte.

Frank drückte etwas von *Fat Pat's Tats* Handgel auf seine Hände und verrieb es. Ein kräftiger, großer Mann – vermutlich Fat Pat – tätowierte den Teppich von Bayeux auf den Rücken eines Kunden. Frank stand vorne in dem Studio und betrachtete die Bilder an der Wand. Eine Auswahl von Tattoo-Motiven.

Vielleicht sollte er mit einem kleinen Schmetterling auf dem Fußknöchel oder einer Rose auf der Pobacke beginnen. Eine dieser Disneyfiguren dort oben oder vielleicht auch Marilyn Monroe. Popeye, der Seemann oder ein Totenkopf mit zwei gekreuzten Knochen und einem Dolch mitten durch den Schädel. Hm. Ein Teufel in lodernden Flammen auf dem Nacken, Mum und Dad, Beth, einfach die Worte LIEBE und HASS auf den Fußknöcheln, etwas Mythisches oder Mystisches, ein japanischer Buchstabe oder ein Spinnennetz auf dem Gesicht, sein Sioux-Name zwischen den Schulterblättern, eine Meerjungfrau. Er könnte sich etwas Klassisches auf den rechten Arm tätowieren lassen. Kelly würde es sehen und ihn darauf ansprechen. »Ach, das?«, würde er sagen. »Das habe ich schon ewig.« Ja, er würde vorgeben, dass es schon immer dort und wie ein eingepacktes Geschenk unter dem Gips versteckt gewesen war. Ein Wolf oder ein Tiger, dessen Rücken Kelly nichtsahnend mit der Stricknadel gekratzt hatte. Vielleicht sollte er richtig auf den Putz hauen und sich den ganzen Oberkörper tätowieren lassen, sodass es so aussah, als würde er eines seiner Hemden aus dem Wohlfahrtsladen tragen.

Es heißt immer, es sei keine gute Idee, sich Tattoos stechen zu lassen, weil man es bedauern würde, wenn man alt war. Frank war alt. Einundachtzig war das optimale Alter für ein Tattoo.

»Hallo.« Frank hatte gar nicht bemerkt, dass das Surren der Tattoo-Nadel oder des Stiftes – oder wie auch immer das Ding hieß – verstummt war. »Was kann ich für Sie tun?«, fragte Fat Pat. Er hatte eine Menge Tattoos. Sein Körper war fast vollständig von Tattoos bedeckt. Frank fragte sich, ob Fat Pat sich alle Tattoos selbst gestochen hatte. Oder hatte er seine Frau gebeten, ihm den Rücken zu tätowieren? War Fat Pat sein Punk-Name oder sein Sioux-Name? Jedenfalls passte der Name gut, vorausgesetzt, er hieß Pat.

»Etwas Kleines, dachte ich«, sagte Frank. »Dezent. Auf meinem Arm.« Er hob den Arm ein wenig, für den Fall, dass Pat nicht wusste, was ein Arm war.

»Was für ein Motiv?«, fragte Fat Pat. Er drehte den kleinen Ring in seinem Ohrläppchen. Es war einer von zahlreichen Metallstiften und Ketten, die sein Gesicht zierten.

Frank schaute sich die Kunstwerke an der Wand noch einmal an.

»Hm. Ich habe eigentlich noch gar nicht richtig darüber nachgedacht. Ich kam gerade hier vorbei. Ich bin ganz spontan hier reingekommen.«

Das stimmte nicht ganz. Frank hatte einen handgezeichneten Plan des Wegs vom Krankenhaus zur High Street in der

Tasche. *Fat Pat's Tats* war mit einem Kreuz auf dem Plan markiert. Auf der Rückseite des Blattes hatte Frank Blumen und Tiere skizziert und die Namen Bogart, Stewart und Beth dazugeschrieben.

»Ich schau mir mal die Fläche an«, sagte Pat.

»Die Fläche?«

»Ihren Arm.«

»Meinen Arm? Ach so, ja.«

Frank zog seine Jacke aus. Er hatte vergessen, wie einfach das gehen konnte. Der Krankenpfleger hatte recht. Sein Arm fühlte sich leichter an. Nicht so, als wäre er mit Helium gefüllt, aber auf jeden Fall leichter. Allerdings fühlte er sich auch steif an und so, als gehörte er nicht ihm, sondern einem anderen Menschen. Frank hatte das Gefühl, der Gips wäre noch da. Als er entfernt worden war, hatte Frank gesehen, dass die Haut an seinem Arm ganz schuppig geworden war. Und der Gestank hatte ihn fast umgehauen. Wo sollte da die religiöse Metapher sein? Wenn das nächste Mal jemand an seine Tür klopfen würde, um mit ihm über das Leben nach dem Tod zu sprechen, würde Frank ihn danach fragen.

Noch bevor er seinen Ärmel bis zum Ellbogen aufgerollt hatte, sagte Pat: »Nein, tut mir leid.«

»Nein?«

»Es ist nicht so, als könnte ich es nicht machen. Es würde aber nicht gut aussehen. Ihre Haut ist zu dünn. Und zu schlaff.«

»Zu schlaff?«

»Darf ich?«, fragte Pat. Er zog die schwarzen Einweghandschuhe von den Händen, knüllte sie zusammen, warf damit auf einen Abfalleimer und traf daneben. Er war nicht so gut wie Kelly im Gummihandschuhwerfen. Sie hatte mehr von den Harlem Globetrotters. Pat umfasste behutsam Franks Arm und drehte ihn. Die Darstellung der Hölle und des Totenreiches, die auf dem Rücken von Fat Pats dicken Händen prangten, passten nicht zu dieser sanften Berührung.

»Tut mir leid«, sagte er noch einmal und ließ Franks Arm los. »Vielleicht vor ein paar Jahren.«

Frank schaute auf die schuppige, schlaffe, stinkende Fläche und fragte sich, ob er noch genug Kraft im Arm hatte, um an der kurzen Kette zwischen Pats Nasenlöchern zu ziehen und ihm die Nase abzureißen.

»Tut mir leid«, sagte Pat ein drittes Mal.

Frank zog seine Jacke wieder an und verließ das Tattoo-Studio. Ehe er ging, rieb er sich die Hände wieder mit dem Gel ein. Wenn er ein Hund gewesen wäre, hätte er den Schwanz eingezogen. Egal, Fat Pat war mit Sicherheit nicht der einzige Tätowierer in der Stadt. Frank würde in ein anderes Studio gehen oder sich das Tattoo selbst stechen.

Er ging die High Street hinunter. Inzwischen hatten die Imbissbuden geöffnet. Männer mit weißen Papiermützen fegten den Bürgersteig vor ihren Geschäften. Sie wichen sich gegenseitig aus, während sie den Dreck von einer Tür zur nächsten bis zu dem Haufen vor einem geschlossenen Elektrogeschäft am Ende der Straße fegten. Möwen stürzten sich auf die Essensreste und stritten sich um kleine Stücke eines Beins, eines Flügels oder einer Brust. Geparkte oder ausrangierte Autos, die dort standen, waren vollkommen mit weißem Möwenkot übersät.

Als Frank das Ende der Straße fast erreicht hatte, blieb er stehen und zog seinen handgezeichneten Plan aus der Tasche. Das Greyflick House lag ungefähr in dieser Richtung, aber er hatte es nicht genau markiert. Er steckte die Skizze wieder ein und bog in eine Nebenstraße ein. Nachdem Frank ein Stück gegangen war, stand er plötzlich mitten in einer Wohnsiedlung, über die kürzlich in den Nachrichten berichtet worden war. Der ganzen Siedlung war eine antisoziale Verhaltensstörung attestiert worden, und für alle Bewohner galt eine Ausgangssperre ab neunzehn Uhr. Dies stand am anderen Ende der Skala als die bunten, überteuerten Strandhäuschen. Waren die

Strandhäuschen der süße skateboardfahrende Hund, dann war diese Siedlung der Selbstmordattentäter.

Frank hörte in der Nähe eine Polizeisirene. Es war die vierte Polizeisirene, seitdem er *Fat Pat's* verlassen hatte. In Fullwind hörte man das Martinshorn nur, wenn sich jemand bei offenem Fenster eine Folge von *Inspector Barnaby* ansah und den Fernseher sehr laut gestellt hatte. Oder wenn seine Nachbarin Marion wieder einmal gestürzt war und im Badezimmer an der Schnur für den Hausnotruf gezogen hatte.

In der Mitte der Wohnsiedlung befand sich ein Kinderspielplatz – zwei zusammengebundene, verrostete Schaukeln und eine mit Graffiti beschmierte Rutsche. Ein paar Jugendliche saßen auf Fahrrädern und rauchten und spuckten und spuckten und rauchten. Multitasking. Sieh sie nicht an, dachte Frank. Vielleicht hatten sie auch eine geheime Höhle für Geiseln.

Einer der Jungs hörte Musik übers Smartphone. Aggressive Musik. Laute, aggressive, wütende Musik. »Hey, Opa!«, rief einer der Jungen.

Frank wusste, dass er nur eine Enkeltochter hatte, und die wohnte in Amerika. Daher ging er weiter – ein kleines bisschen schneller, aber ohne sich umzudrehen. Er hörte, dass eine leere Getränkedose neben ihm auf der Erde landete.

»Verdammter alter Saftarsch!«

Frank schob eine Hand in seine Jacke, als hätte er dort eine Waffe versteckt. Er hatte sich noch nicht daran gewöhnt, dass sein Arm nicht mehr eingegipst war, und das Anwinkeln des Arms schien ihm fast die natürlichere Haltung zu sein. Ein Hund bellte. Einer der Jungen beschimpfte Frank wieder. Dieser schaute sich nach Überwachungskameras um, sah aber keine. Er fragte sich, an welcher Stelle sie seinen Fall in der True-Crime-Show bringen würden. Irgendein alter Knacker mit Perücke. Jetzt bellten zwei Hunde. War das nicht der eine aus *Der mit dem Wolf tanzt*? Jemand warf eine Matratze aus einem Fenster. Als sie mit einem dumpfen Knall auf der Erde aufprallte, hörten die Hunde kurz auf zu bellen. Dann legten sie wieder los. Wauwau! Wuffwuff! Andere Hunde begannen ebenfalls zu kläffen. Die Matratze wirbelte Staub und Hoffnungslosigkeit auf.

»Ruhe, verdammt!«, brüllte eine Frau aus einem der Fenster. »Hierher, du Scheißköter!«, schrie eine andere Frau aus einem anderen Fenster. Das Kläffen der Hunde wurde lauter. Frank dachte an Bill, wie er in dem Tierheim den Gang hinuntergetragen worden war.

»Ich habe gesagt, du sollst die Schnauze halten!«, schrie eine der Frauen wieder. Zwei der Jungen vollführten genau vor Frank eine Vollbremsung. Wäre das einen Tag später passiert, er hätte auf seinem Roller das Weite gesucht. Diese Punks hätten ihn niemals eingeholt. Er wäre davongerast, und sie hätten mit den Händen ihre Augen vor dem Staub und dem blinkenden Licht der winzigen Räder schützen müssen.

»Wo willst du hin?«, fragte einer der Jungen. Sein Geruch kam Frank bekannt vor. Es war ein ekelhaft süßlicher Geruch nach einer Mischung aus Rauch und Kräutern.

»Nirgendwo«, sagte Frank.

»Wo nirgendwo?«

»Nirgendwo nirgendwo.« Frank widerstand dem Drang zu sagen: »Da ist es so toll, dass sie es doppelt benannt haben.«

»Wo ist das?«

»Was ist in der Tüte?«, fragte der andere Junge und spuckte irgendetwas Ekelhaftes aus, das zwischen seinen Zähnen hing. Frank erinnerte sich, woher er den Geruch kannte. Es war der Geruch, der immer aus Johns wattierten Briefumschlägen drang.

»Filme«, sagte Frank.

»Was für Filme?«

Wieder so ein Mini-Mental-Status-Test, dachte Frank. Gleich würde er Papier falten müssen.

In der Plastiktüte waren ein paar DVDs für Smelly John. John hatte ihm erzählt, dass Graham immer absichtlich bestimmte Filme, die er noch nicht kannte, vom DVD-Wagen im Greyflick House herunternahm, um ihn zu ärgern. Wenn er später hörte, wie die ehrenamtlichen Helfer des Greyflick House den Rollwagen durch die tristen Korridore mit den Backsteinwänden schoben, wusste John, dass für ihn nichts mehr dabei war.

»Alles, was sie mir in der letzten Woche anzubieten hatten, waren die beiden *Zulu*-Verfilmungen«, sagte John. »Und der Film mit den Rollbomben. Der mit dem Hund, Francis. Der Hund mit diesem Namen.«

Frank hatte *Jurassic Park*, *Muppets – Die Schatzinsel* und *Die Goonies* für Smelly John in die Plastiktüte gepackt. Er hoffte, dass er keine versteckten rassistischen Anspielungen in einem der Filme übersehen hatte.

Er nannte den Jungen die Titel der Filme.

»Blu-ray?«, fragte einer von ihnen.

»Nur normale DVDs.«

»Wie viel Geld hast du?«

Meinte er insgesamt, fragte Frank sich, oder wie viel er bei sich hatte? Wobei beides praktisch auf dasselbe hinauslief. Er rechnete schnell nach. Heute war Donnerstag. Heute wurde seine Rente überwiesen. Allerdings hatte diese Woche einen Feiertag, und daher konnte die Rente einen Tag später kommen. Diesen Monat wurde die Gemeindesteuer abgebucht. Dadurch könnte er wieder in die roten Zahlen rutschen, und das zog noch mehr Gebühren nach sich. Der Roller hatte acht Pfund gekostet. Drei Dosen Spaghetti, Brot, Milch, ein paar andere Dinge, das Taxi zum Krankenhaus und ein Becher dünnen Tee aus einem Automaten im Krankenhaus. Das war alles, glaubte er.

Frank zog sein Kleingeld aus der Tasche.

Die Jungen schauten auf die Münzen in seiner offenen Hand. Sie begannen zu lachen, und einer spuckte auf die Erde. Er war nicht so gut im Spucken wie sein Kumpel, und etwas von der Spucke blieb auf seinem Kinn hängen. Frank hätte am liebsten ein Taschentuch aus der Tasche gezogen und es abgewischt. Die Jungen drehten ihre Fahrräder um und fuhren davon.

»Ich bin gerade überfallen worden«, sagte Frank zu Smelly John, als er in dessen Apartment im Greyflick House ankam. Er war außer Atem und durch den Zwischenfall noch immer ziemlich aufgewühlt. Und vielleicht auch ein wenig enttäuscht, weil nicht mehr passiert war, was er zum Besten geben konnte. Sie hätten ihm wenigstens einen Faustschlag verpassen oder ihm etwas klauen können.

»Was haben sie dir weggenommen?«, fragte John.

»Nichts. Soll ich die Polizei rufen?«

»Nein. Ich will nicht, dass die Polizei zu mir kommt.«

»Warum sollte die Polizei zu dir kommen?«

»Du bist hier bei mir und das Opfer, und wenn du die Polizei anrufst, kommen sie und schnüffeln in meinen Sachen rum.«

»Warum sollten sie in deinen Sachen herumschnüffeln?«

»Im Ernst, Francis? Im Ernst? Muss ich diese Frage beantworten?« John rollte zu der Kommode, öffnete die oberste Schublade, nahm einen wattierten Briefumschlag heraus und reichte ihn Frank.

»Das hilft gegen meine Krämpfe«, sagte er. »Sieh mal.« Er streckte seine Hand zehn Sekunden lang aus. »Siehst du?«

»Sind das Drogen?«, fragte Frank.

»Kräuter.«

»Illegale Kräuter?«

John zuckte mit den Schultern.

»Woher bekommst du sie?«

»Mutter Natur, Francis. Über Amsterdam.«

»Mein Gott.«

»Möchtest du mal probieren?«

»Nein danke. Nein, ich glaube nicht.« Damit John ihn nicht für einen Spießer hielt, der glaubte, die Straßen seien in einem furchtbaren Zustand und alle würden zu schnell fahren, sagte er: »Ich hätte mir heute fast ein Tattoo stechen lassen.«

Und dann gingen sie – weil der Aufzug funktionierte und heute Donnerstag war – in den Aufenthaltsraum, um dort ein Glas Sherry zu trinken und die anderen beim Quiz zu stören.

20

Frank hatte gerade die Zeitung heraufgeholt. Er las das Datum laut vor: »Samstag, der erste Juni.« Ein neuer Monat bedeutete ein neues Kalenderblatt mit einem neuen Hund. Er wettete, dass es ein Terrier war. Anschließend schaute Frank sich die Wettervorhersage am oberen Rand der Zeitung an. »Sonnenschein, ab und zu leichte Schauer«, sagte er wie ein amerikanischer Meteorologe, der sich erstaunlicherweise wie jener Ron anhörte, der seine Gehirnzellen vor Demenz schützte. Vielleicht waren sie verwandt. Ein unglaublicher Zufall in einem so großen Land.

Während Frank die Zeitung überflog, warf der Briefträger die heutigen Bettelbriefe und Kataloge durch den Briefschlitz. Durch die Mattglasscheibe der Eingangstür beobachtete Frank die Silhouette des Briefträgers, was ihn an Hitchcocks Gastauftritte in seinen Filmen erinnerte, und wartete, dass er ging. Der Briefträger schob jedoch noch etwas durch den Briefschlitz, einen gepolsterten Briefumschlag, der zu groß war und kaum hindurchpasste. Der Briefträger drückte fester. Frank hörte ihn fluchen. Es kam ihm so vor, als würde der Briefträger mit der Faust auf den Umschlag hämmern oder ihn mit dem Fuß bearbeiten. Doch er bewegte sich nicht. Der Briefträger drückte weiter. Die Blasen in der gepolsterten Versandtasche platzten und knackten wie Franks Fußknöchel morgens auf der Treppe. Der Umschlag hing fest. Der Briefträger drückte weiter. Frank umklammerte den Umschlag auf seiner Seite und zog, während der Briefträger auf seiner Seite drückte. Und dann geschah das Unvermeidliche, Frank fiel mit dem zerknitterten Umschlag in der Hand rückwärts auf die Treppe. Er blieb dort liegen und sah, dass der Briefträger sich umdrehte, davonging und dabei rote Gummibänder auf dem Weg verlor.

Frank trug die Post in seine Wohnung und setzte sich damit an den Küchentisch. Er starrte auf den zerquetschten Umschlag und fragte sich, was er enthalten mochte. Drogen aus Holland – ein Geschenk von Smelly John? Frank wusste nicht, ob er den Umschlag überhaupt öffnen sollte, vielleicht würde die Polizei im selben Augenblick seine Wohnungstür eintreten. Seine Adresse war auf einen Aufkleber gedruckt, und Smelly John hatte keine Schreibmaschine, keinen Computer und keinen Drucker. Frank suchte nach weiteren Hinweisen, woher die Post kommen könnte, aber das Datum und die Ortsangabe neben der Briefmarke waren verschmiert. Er versuchte, den Inhalt zu ertasten. Auf jeden Fall war es etwas Hartes. Härter als Smelly Johns Cannabis oder Marihuana, oder war das sowieso dasselbe? Frank wusste es nicht. Er war kein alter Knacker, der von nichts Ahnung hatte, aber er war auch nicht Big Lebowski.

Das Päckchen war nicht groß genug, um seine Milchtüte zu enthalten, die das Krankenhaus ihm nun vielleicht nach all der Zeit doch noch geschickt hatte. Nachdem Frank den Umschlag geschüttelt und daran gerochen hatte, tat er das Einzige, was ihm in dieser Situation übrig blieb. Er öffnete ihn. Er enthielt zwei Brillenetuis aus Weichplastik. Die Brillen, die er bestellt hatte, hatte er vollkommen vergessen. In letzter Zeit war so viel passiert. Er brauchte wirklich eine Sekretärin.

Frank öffnete das erste Etui und nahm die Sonnenbrille heraus. Er legte sie auf den Tisch, öffnete das andere Etui und nahm eine leichte Halbrandbrille in einem Metallgrau heraus. Nachdem er seine alte Brille abgenommen hatte, die noch immer durch Kellys Pflaster zusammengehalten wurde, setzte er die neue Brille auf.

Sie war nur halb so groß und halb so schwer wie die alte Brille, so leicht, dass er fast vergaß, dass er sie trug. Möglich, dass er die Brille in der ganzen Wohnung suchen würde. Es war eine Titanbrille mit kratzfesten, entspiegelten Gläsern. Die einzige Gemeinsamkeit zwischen der neuen und der alten Brille bestand darin, dass bei beiden der linke Bügel abgebrochen war. Ja, der linke Bügel von Franks neuer Brille war abgebrochen. Vermutlich, weil der Briefträger sie mit Gewalt durch den Briefschlitz gedrückt hatte. Frank klebte den Bügel mit demselben Isolierband an wie bei der alten Brille und kümmerte sich anschließend um seine Kalender.

Er riss das Blatt des gestrigen Tages vom Schreibtischkalender ab, knüllte es zusammen und warf es zielsicher in den Papierkorb. Zuerst prallte es gegen den Rand, fiel dann aber hinein. Franks Basketballwürfe lagen zwischen denen von Fat Pat und Kelly.

Frank sprach das neue Datum noch einmal laut aus.

Seine Gehirnzellen würden nicht verkümmern.

Gestern hatte er im Wohlfahrtsladen einen Kassettenrekorder für 5,50 Pfund gekauft. Eigentlich konnte er sich den gar nicht leisten, aber er wollte Spanisch lernen. Jetzt brauchte er nur noch neue Batterien. Frank hatte auch nach einem Saxophon oder einem Schlagzeug gefragt, doch so etwas hatten sie nicht. Am Nachmittag löste er die Hälfte des einfachen Kreuzworträtsels in der Zeitung, ohne ein einziges Mal hinten in der Zeitung nachzusehen, wo die Lösung stand.

Frank war fest entschlossen, dafür zu sorgen, dass seine Gehirnzellen nicht verkümmerten. Er brauchte sie, um Kelly all das zu erzählen, was er ihr erzählen wollte. Er wollte ihr erzählen, dass er die erste Fernsehsendung gesehen hatte, die jemals ausgestrahlt wurde, und den ersten Mann, der über den Mond lief. Er würde ihr erzählen, wo er gewesen war, als er von Kennedys Ermordung gehört hatte, und von den Kohlelieferungen und dass er sich noch an die Zeit erinnerte, als es nur einen Gas-

und einen Stromlieferanten gab und nur ein Unternehmen für Post und Telefon. Er wollte ihr von dem Lumpensammler erzählen und den Petroleumöfen und wie es war, bevor die Dezimalwährung eingeführt wurde. Er würde ihr erklären, dass fünf Pence ein Shilling gewesen waren und zwölf Penny ein Shilling und zwanzig Shilling ein Pfund. Frank war nicht bereit, irgendetwas davon zu vergessen.

Er wollte Kelly erzählen, dass Rasierer früher nur eine Klinge gehabt hatten und keine Batterien und wie lange es dauerte, jemanden anzurufen, wenn man sich auf der Wählscheibe verwählt hatte. Er hatte so viele schöne Filme gesehen, von denen er Kelly erzählen wollte, und viele andere, vor denen er sie warnen wollte. *Aus dem Reich der Toten* – gut. *Batman & Robin* – schlecht. Er würde ihr erzählen, dass es früher eine kurze Pause während der Vorführung gegeben hatte und einen kurzen Vorfilm, ehe der Hauptfilm begann. Es gab nur einen Kinosaal, und man durfte rauchen. Er würde seine Sammlung 16-mm-Filme vom Speicher holen, ein Stück eines Films abrollen und ihn ins Licht halten, um Kelly zu zeigen, dass eine Szene aus vielen Einzelbildern bestand.

Frank würde ihr den Rücken zuwenden, sein Haar zerzausen, sich eine Pfeife in den Mund stecken und Kelly seine Harold-Wilson-Parodie vorführen. Dann würde er ihr erklären, dass Harold Wilson zwei Mal Premierminister gewesen war. Er würde ihr zeigen, wie die Leute sich vergnügt hatten, bevor es Videospiele und das Internet gegeben hatte. Er würde so tun, als würde er ihr zuerst die Nase und dann seinen eigenen Daumen abreißen, ihn in die Luft werfen und in einer Papiertüte auffangen. Er würde seinen alten Taschenrechner aus der Küchenschublade holen, Batterien einsetzen und ihr zeigen, wie man das Wort ESEL darauf schreiben konnte.

Es gab so vieles, was Frank ihr erzählen wollte, bevor er es vergaß. Ihm fielen tausend Dinge ein. Seine Methode, Schokoriegel zu essen, Glühbirnen mit Bajonettsockel und ja, auch der Krieg. Frank würde mit ihr in die Bücherei gehen und das dicke Buch aus dem Regal nehmen. Es stand neben dem Buch über Ägypten. Er würde es auf Seite 49 aufschlagen, auf die Seite zeigen und sagen: »Das bin ich!«

Kelly würde sich das Schwarz-Weiß-Foto ansehen, auf dem eine Gruppe Jungen und Mädchen in Sonntagskleidung auf dem Deck eines Schiffes stand. In ihre Mäntel waren Namensschilder eingenäht, und sie legten sich wie Kate Winslet und Leonardo DiCaprio am Bug des Schiffes in den Wind. Die Kinder lächelten alle oder winkten in die Kamera und streckten die Daumen in die Luft, als wären sie auf dem Weg in den Zoo oder zur Kirmes.

»Sie wurden evakuiert?«, würde Kelly fragen.

»Ja, eine See-Evakuierung«, würde er antworten. »Wir waren auf einem holländischen Ozeandampfer auf dem Weg nach Kanada, als das Schiff torpediert wurde.«

»Oh nein!«, würde Kelly sagen. »Wie schrecklich.«

Frank würde ihr die ganze Geschichte erzählen. Sie waren damals mit dem Zug nach Liverpool gefahren und hatten dort das Schiff bestiegen. Es waren über dreihundert Kinder. Er schlief in einer Kabine, als das Läuten der Schiffsglocke ihn weckte. Er und alle anderen Kinder mussten Schwimmwesten anlegen und in die Rettungsboote steigen. Wenn er ihr die Geschichte erzählte, würde er sich an alles erinnern. Da das Schiff Schlagseite hatte, mussten sie in der Dunkelheit durch den Gang kriechen.

»Ich hatte noch meinen Pyjama an. Wir bekamen Decken, in die wir uns einwickeln konnten. Graue Decken. Ich erinnere mich gut, dass die Decken grau waren.«

»Sie müssen entsetzliche Angst gehabt haben«, würde Kelly sagen. »Wie alt waren Sie?«

»Acht.«

»Oh mein Gott!«

»Ich kann mich nicht daran erinnern, dass ich Angst hatte,

was ich heute nicht mehr verstehe. Es war fast wie in einem Film. Manchmal kommt es mir so vor, als wäre es nur die Erinnerung an einen Film – *Titanic* oder *Die Höllenfahrt der Poseidon* – so als wäre es gar nicht wirklich passiert. Wenn ich mich zu erinnern versuche, sehe ich alles in Schwarz-Weiß, und darum habe ich das Gefühl, dass es nur ein Film war. Ich weiß aber genau, dass es eine Passagierliste mit meinem Namen im Nationalarchiv oder wo auch immer gibt. Jemand, der einen Dokumentarfilm darüber gedreht hat, hat sich die Liste angesehen, mich ausfindig gemacht und schriftlich bei mir angefragt, ob ich zu einem Interview über die damaligen Geschehnisse zur Verfügung stünde. Ich habe nein gesagt. Ich wünschte, ich hätte ja gesagt. Dann könnte ich Ihnen jetzt einen Film darüber zeigen.«

Frank würde Kelly erzählen, wie die Kinder in die Rettungsboote gesetzt worden waren. Die Besatzungsmitglieder mussten die Rettungsboote an das Schiff heranziehen und die Kinder nacheinander hineinsetzen.

»Und plötzlich wurden wir aufgefordert, wieder aus den Rettungsbooten auszusteigen. Ich weiß nicht, warum. Vielleicht waren die Schäden nach dem Beschuss doch nicht so schlimm wie zunächst angenommen. Also stiegen wir wieder aus den Rettungsbooten aus und gingen in einen Salon auf dem Schiff. Sofort darauf mussten wir wieder in die Rettungsboote steigen.«

Frank würde Kelly erzählen, dass sie wieder in die Rettungsboote gesetzt und diese zu Wasser gelassen wurden. Durch den Wellengang wurde den Kindern übel. Sie wussten nicht, was geschehen würde. Und dann wurden sie mit Seilen auf einen Tanker gezogen.

»Der Tanker stank furchtbar. Öl.«

»Das muss ja alles entsetzlich gewesen sein«, würde Kelly noch einmal sagen.

»Ich nehme an, dass es das irgendwie auch war. Aber ich erinnere mich, dass auf dem Tanker eine große Kanone stand. Die Besatzungsmitglieder erlaubten uns Jungen, durch das Visier zu schauen. Das war aufregend. Ich vermute, sie versuchten nur, uns abzulenken. Wahrscheinlich hatten sie mehr Angst als wir. Wir wurden zurück nach Schottland gebracht und fuhren schließlich mit dem Zug nach Hause.«

Kelly würde ihn fragen, wie viele Menschen gestorben seien, und Frank würde sagen, dass wie durch ein Wunder nur ein Mensch ums Leben gekommen war.

Und Kelly würde aussehen, als würde sie gleich anfangen zu weinen.

»Ein Kind?«

»Nein, ein Besatzungsmitglied des Schiffes.«

Kelly würde es nicht gefallen, dass jemand gestorben war, aber der Tod eines Erwachsenen würde ihr zumindest weniger tragisch erscheinen.

Frank würde ihr erzählen, dass einige Kinder ein paar Wochen später auf einem anderen Schiff das Land wieder verließen. Dieses Schiff sank, und viele der Kinder starben.

»Das ist ja schrecklich«, würde Kelly sagen und auf das Foto in dem Buch schauen. »Und wo sind Sie auf dem Bild?«

Frank würde es ihr zeigen.

»Manchmal frage ich mich, wie mein Leben verlaufen wäre, wenn ich tatsächlich in Kanada angekommen wäre.« Er würde das Buch zurück ins Regal stellen, neben das Buch über Ägypten mit der Sphinx auf dem Cover.

Das war Franks Geschichte vom Krieg, und er wollte sie Kelly erzählen, bevor er sie vergaß. Er musste seine Gehirnzellen in Schwung halten. Er würde die Zeitung lesen und das Kreuzworträtsel lösen und Obst essen und Spanisch lernen und Schlagzeug spielen. Außerdem würde er all die Dinge tun, die Ron tat, damit seine Gehirnzellen nicht verkümmerten – regelmäßig auf die Uhr gucken und das Datum jeden Tag laut aussprechen.

Dank der neuen Brille, mit der er aussah wie ein belgischer Architekt, konnte er im Wohnzimmer jetzt alles deutlicher erkennen. Frank blätterte den Kalender für Straßenhunde um. Der Hund des Monats war ein Mischling und kein Terrier. Er hatte die Wette gegen sich selbst verloren. Dann stellte er fest, dass er versehentlich zwei Seiten umgeblättert und einen Monat übersprungen hatte. Er blätterte eine Seite zurück. Der Junihund war tatsächlich ein Terrier. Ein kleiner Handtaschenhund mit einem dummen Gesicht. Dann hielt Frank inne. Er schlug noch einmal das Kalenderblatt vom Juli um. Der Julihund war ein Mischling namens Royston. »Royston ist ein liebenswerter, zotteliger Mischling«, stand unter Roystons Bild. Der Hund neigte den Kopf ein wenig zur Seite und runzelte die Augenbrauen. Er ähnelte keinem Staatsmann des zwanzigsten Jahrhunderts. Frank starrte auf den Kalender.

Der Juli hatte einunddreißig Tage.

Keine Feiertage.

Und keine roten Kreuze.

Frank wurde schlecht.

21

Hallo Beth,
ich hoffe, es geht dir, Jimmy und Laura gut.

Es tut mir leid, dass ich nicht angerufen habe, aber du weißt ja, dass ich immer mit der Zeit durcheinanderkomme und nie weiß, wie spät es bei euch ist. Ist jetzt morgens? Siehst du! Ich bin ein alter Dummkopf. Und die Kosten für Ferngespräche sind bei uns explodiert. Manchmal habe ich das Gefühl, es wäre preiswerter, in ein Flugzeug zu steigen als den Hörer abzuheben. Ach übrigens, ich hoffe doch, ihr könnt bald alle mal kommen. Ich vermisse euch sehr.

Der Gipsverband (Ist das das Wort, das ihr da drüben benutzt?) ist endlich ab. Der Krankenpfleger, der mir den Gips abgenommen hat, hat versucht, mich zu bekehren. Kannst du dir das vorstellen? Mir ist es gelungen zu fliehen, ohne dass mein Atheismus Schaden genommen hat. Jedenfalls hat das Jucken jetzt aufgehört.

Ich hatte noch ganz schön Schmerzen im Arm und bin noch immer unsicher auf den Beinen. Der Unfall hat mich doch stärker aus der Bahn geworfen, als ich wahrhaben wollte. Obwohl ich zuerst protestiert habe, hat sich herausgestellt, dass die Besuche der Haushaltshilfe für mich von unschätzbarem Wert waren. Ich glaube, alleine wäre ich überhaupt nicht zurechtgekommen. Auch wenn ich mir meine Unabhängigkeit gerne bewahren möchte, wäre es vielleicht nicht schlecht, die Haushaltshilfe weiterhin kommen zu lassen. Nur noch zwei oder drei Wochen vielleicht, bis ich meine üblichen dreiundneunzig Prozent wieder erreicht habe.

Bestelle Jimmy und natürlich Laura ganz liebe Grüße von mir. Sie muss nun schon eine richtige junge Dame sein.

Liebe Grüße

Dad

Frank lehnte sich auf dem Stuhl in der Bücherei zurück und überlegte, wie das mit den E-Mails funktionierte. Er stellte sich vor, dass seine E-Mail mit Tausenden oder Millionen oder sogar Milliarden von Kilometern pro Stunde durch eine Telefonleitung zur Küste raste, vom Ärmelkanal zum Nordatlantik durch das Meer und dann über weitere Leitungen durch Amerika, um schließlich auf dem Computer seiner Tochter in Los Angeles zu landen. Er fragte sich, ob die E-Mail schon angekommen war und wann Beth sie beantworten würde. Vielleicht sollte er später noch einmal zurückkommen und es überprüfen. Aber samstags schloss die Bücherei schon um zwölf Uhr. Er könnte auch in einem Atlas nachschauen, welche Strecke seine E-Mails durch die lange Leitung von Fullwind-on-Sea nach Los Angeles zurücklegten. Ob seine Tochter wohl schon geantwortet hätte, wenn er an den Computer zurückkehrte? Eher unwahrscheinlich. Obwohl er immer wieder behauptete, dass er mit der Zeit durcheinanderkomme, war Frank ziemlich sicher, dass es in Los Angeles acht Stunden früher war als in Fullwind. Beth würde bestimmt nicht um drei Uhr nachts eine E-Mail schreiben.

Der Computer machte *Ping*.

Hey Dad,
ich wundere mich immer wieder, wenn ich eine E-Mail von dir bekomme. Wahrscheinlich bin ich genauso dumm wie alle anderen Leute, die glauben, dass ihre Väter Telegramme schicken oder morsen.

Leider war für uns in der letzten Zeit alles nicht so einfach. Jimmys Auftrag ist nun doch nicht zustande gekommen. Ehrlich gesagt, ist er am Boden zerstört, denn er hat so hart dafür gearbeitet. Ich vermute, er fühlt sich betrogen und ist sehr enttäuscht.

Gut zu hören, dass der Gips abgenommen wurde. Hat jemand auf dem Gips unterschrieben? Ich hoffe, du hast ihn aufbewahrt. Auch gut, dass du nicht in die Kirche eingetreten bist. Hier wäre es schwieriger für dich, Widerstand zu leisten. Hier glaubt jeder an irgendetwas, oder sie behaupten es zumindest. Es tut mir leid, dass einiges noch nicht so ganz einfach für dich ist. Meinst du, du könntest vom Staat oder von der Gemeinde Unterstützung bekommen? Wir sind im Augenblick ziemlich knapp bei Kasse. Es tut mir wirklich furchtbar leid, und es ist mir auch sehr unangenehm. Was bin ich nur für eine Tochter! Wir sollten beide in Ruhe überlegen, ob wir eine Lösung finden.

Ich verspreche dir, dass ich anrufe. Eventuell morgen.

Nein, ehrlich, diesmal rufe ich dich an. Du bist nicht der Einzige, der Probleme mit der Zeitverschiebung hat.

Ich hoffe, dass sich die schwierige Lage für Jimmy klären wird und wir dich bald besuchen können. Vielleicht nach Thanksgiving.

Ja, Laura ist schon eine richtige junge Dame.

In Liebe

Beth xx

Frank antwortete sofort.

Hallo Beth,
ich habe nicht damit gerechnet, dass du wach bist.

Vergiss bitte, was ich über die Haushaltshilfe gesagt habe. Es wird auch so gehen. Ich mache viel Wind um nichts. Es ist viel wichtiger, dass ihr wieder auf die Beine kommt (und das soll jetzt kein blöder Witz über gebrochene Zehen und Mittelfußknochen sein). Es wäre schön, wenn wir bald telefonieren könnten. Aber die E-Mails, die wir uns gerade geschrieben haben, waren ja auch fast so wie ein Gespräch. Ich würde mich freuen, euch zu sehen, wenn bei euch alles wieder besser läuft, und ich bin sicher, das wird es bald. Vielleicht nach Thanksgiving, wie du geschrieben hast.

Ganz liebe Grüße an Jimmy und Laura.

Dad x

Vielleicht nach Thanksgiving. Wann war Thanksgiving? War das nur der amerikanische Name für das englische Christmas? Frank saß in der Bücherei vor einem Computer. Es musste doch eine Möglichkeit geben, das herauszufinden.

Thanksgiving. Christmas. Kelly Christmas. Die Wörter waren wie Kaufempfehlungen, die beim Internetshopping ganz von alleine erschienen und aktualisiert wurden. Wenn Ihnen Thanksgiving gefällt, könnte Ihnen auch Christmas gefallen. Käufer, die sich für Christmas interessiert haben, haben sich auch für Kelly Christmas interessiert.

Plötzlich war Frank auf der Webseite von *Lemons Care*.

Kelly wartete noch immer, dass die Temperatur auf dem Thermometer angezeigt wurde. Sie lächelte noch immer in ihrer schicken blauen Dienstkleidung in die Kamera.

Oben auf der Seite klickte Frank auf: »Was kostet es?« Das führte ihn zu einer Seite, die all den anderen »Was kostet es?«-Webseiten für Dienste ähnelte, die sich an ältere Menschen richteten. Sie bemühten sich nämlich alle, keine konkreten Antworten zu liefern. Frank las zwischen den Zeilen:

Lemons Care berücksichtigt die Tatsache, dass jede Situation individuell ist.

Wenn wir Ihnen jetzt sagen, was es kostet …

Unsere Hausbesuche werden auf Ihre persönlichen Bedürfnisse abgestimmt.

… könnten Sie feststellen, dass Sie es sich nicht leisten können.

Wir möchten uns ein Bild von Ihrer Situation machen ...

Wir möchten feststellen, was Sie sich wirklich leisten können ...

... und wir nehmen uns gerne die Zeit, die Person, um die es geht, und ihre Familie kennenzulernen, ehe wir über die genauen Kosten sprechen.

... und dann versuchen wir, Ihnen eine Reihe weiterer Dienstleistungen aufzuschwatzen.

Um sicherzustellen, dass von Anfang an alles gut läuft, möchte *Lemons Care* jeden neuen Kontakt zu einem Kunden ...

Wir möchten die Möglichkeit haben, Sie zu überreden, möglichst viele Leistungen in Anspruch zu nehmen ...

... mit einem Besuch bei Ihnen und Ihrer Familie zu Hause beginnen.

... in einer Umgebung mit einer geschlossenen Tür und hoffentlich auch einer Treppe ...

Dann können wir über die Hilfe sprechen, die Sie im Einzelnen brauchen.

... sodass Sie nicht entkommen können.

Bitte rufen Sie unsere 24-Stunden-Hotline an und sprechen mit einem unserer Mitarbeiter, um einen Termin für einen Hausbesuch zu vereinbaren.

Frank verließ die Bücherei und ging einkaufen. Er humpelte leicht, und sein Bumerang-Arm war wieder da. Vielleicht bestand eine winzige Chance, dass Jimmys Auftrag doch zustande gekommen war und Beth nur einen wunderbaren Scherz gemacht hatte. Möglicherweise hielt sie sich schon die ganze Zeit im Land auf und war nach England geflogen, um ihn zu überraschen. In dem Fall wollte Frank nicht beim Rugbyspielen oder Bungeejumping aus einem Hubschrauber erwischt werden, obwohl er doch behauptete, weiterhin Unterstützung zu brauchen, weil er noch nicht wieder ganz fit war. Für den Fall also, dass Beth plötzlich mit einem Paket Kekse, einem Modell des Empire State Building und einer neuen Demenz-Broschüre hinter einem Busch hervorsprang, täuschte Frank ein leichtes Humpeln vor und hielt den Arm so, als wäre er noch eingegipst.

Es war ein heißer Tag, und Frank beschloss, die Jacke auszuziehen. Vorsichtig zog er den Arm aus dem Ärmel und presste die Lippen aufeinander, als bereitete ihm diese Bewegung noch Schmerzen. Insgeheim hoffte er, dass irgendjemand – Beth und Jimmy und Laura, ein Gutachter vom Pflegedienst, Hilary, die Leiterin der Nachbarschaftswache, oder wer auch immer – ihn beobachtete. Jemand, der seine schauspielerischen Fähigkeiten beklatschte.

Frank überprüfte seinen Kontostand an dem Geldautomaten vor *Fullwind Food & Wine*. Er hatte noch 33,90 Pfund. Die Strom- und Gasrechnungen hätte er schon längst bezahlen müssen, und er hatte keine Dosenspaghetti mehr. Wenn er nicht verhungern oder erfrieren wollte, blieb ihm nichts anderes übrig, als über seine Verhältnisse zu leben. Und noch schlimmer war, dass seine Zeit mit Kelly dem Ende entgegenging. Dazu war Frank noch nicht bereit.

Eine leichte Brise zerzauste sein Haar. Vielleicht war das der Beginn eines ungewöhnlichen Kälteeinbruchs. Der kälteste Sommer seit Aufzeichnung der Wetterdaten nach einem der heißesten Frühjahre. Wenn die Temperatur eine Woche lang unter null Grad sank, würde Frank vom Staat einen Zuschuss zu den Heizkosten erhalten. Möglicherweise reichte das Geld sogar für einen weiteren Besuch von Kelly. Frank betrat *Fullwind Food & Wine*, kaufte Lebensmittel für 3,98 Pfund sowie ein Rubbellos und hoffte, dass es schneien würde, wenn er das Geschäft verließ.

Um zwei Uhr in der Nacht konnte Frank nicht mehr schlafen. Er stand auf, setzte seine Zähne ein und trank ein Glas Wasser. Dann räusperte er sich, um seiner Stimme den Klang eines Vierzigjährigen zu verleihen, nahm den Hörer ab und rief die Hotline von *Lemons Care* an.

»*Lemons Care*. Was kann ich für Sie tun?«

»Hallo«, sagte Frank mit einem amerikanischen Akzent, der nicht ganz so breit war wie der seiner Ron-Imitation. Er ähnelte eher dem eines Mannes aus England, der in Amerika lebte und nach und nach diesen Akzent angenommen hatte – wie Catherine Zeta-Jones oder Lulu. »Ich rufe wegen meines Vaters an. Ich hoffe, es ist kein ungünstiger Zeitpunkt. Hier bei uns ist es jetzt kurz nach achtzehn Uhr. Ich rufe von Los Angeles in Amerika an.«

Frank gab vor, sein eigener Sohn zu sein, den es gar nicht gab. Er erzählte der Frau am Telefon die Dinge, von denen er annahm, seine Tochter könnte sie gesagt haben, um eine Preisliste zu bekommen, ohne dass sie vorher jemanden zu ihm schickten, der seine individuelle Situation ermittelte. Er sagte, er sei Tausende von Kilometern entfernt in Los Angeles und könne nicht nach England kommen. Dann sprach er über den Unfall seines Vaters und fragte, welche Unterstützung man für einen so alten Mann wie ihn bekommen könne.

Die Frau stellte Frank ein paar Fragen und erklärte ihm die verschiedenen Möglichkeiten und den Umfang der häuslichen Versorgung und Pflege, die sie anbieten konnten.

»Das hört sich großartig an«, erwiderte Frank und fügte dann hinzu, als wäre es ihm gerade erst eingefallen und als spielte Geld keine Rolle: »Mit welchen Kosten können wir ungefähr rechnen?« Frank freute sich, dass er die Frage so geschickt formuliert hatte.

Die Frau nannte eine Summe. Frank bedankte sich und versprach, sich wieder zu melden. Anschließend legte er sich noch einmal ins Bett und träumte von einem eiskalten Sommer, von einem Lottogewinn und vom Verkauf seiner Nieren.

Ehe die erste Maschine an diesem Sonntag nach Alicante flog, wachte Frank auf. Er zog Sheilas knallroten alten Anorak an, streifte sich Kellys gelbe Gummihandschuhe über und setzte Beths alte rosarote Tauchermaske mit dem Schnorchel auf. In dieser Montur ging er in den Garten. Falls einer von Franks

Nachbarn schon so früh aufgestanden war, dass er ihn in diesem sonderbaren Outfit zu sehen bekam, würde er mit Sicherheit denken: »Da hat doch jemand Rons Informationen über die Bedeutung einer gesunden Ernährung und körperlicher und geistiger Aktivität nicht ernst genommen.«

Um sich abzulenken und nicht ständig an seine Geldsorgen denken zu müssen, hatte Frank beschlossen, endlich sein Kinoprojekt zu realisieren.

Ehe er den Efeu in Angriff nehmen konnte, der den Inhalt des Gartenschuppens gefangen hielt, musste er sich den Spinnen und Spinnweben widmen, die wie eine Gardine quer über die Tür hingen. Frank hatte zwar keine Angst vor Spinnen, aber auch keine Lust, stundenlang welche aus seinen Haaren zu entfernen. Vor allem wollte er keine Spinne verschlucken und so in diesen zeitraubenden und zwangsläufig tödlichen Teufelskreis geraten, einen Vogel, eine Katze, einen Hund, eine Kuh und so weiter schlucken zu müssen wie die gute alte Dame in dem berühmten Gedicht. Daher zog er den Reißverschluss des Anoraks zu, setzte die Kapuze auf und steckte sich den Schnorchel der Tauchermaske in den Mund, was das Atmen erheblich erschwerte. Frank begann zu schwitzen und bekam Platzangst, als er dem Vorhang aus Spinnweben mit einem Stock zu Leibe rückte.

Der Beginn des Odeon-Imperiums. Ein alter Mann mit einem Traum und einem Gartenschuppen. Ein alter Mann in Damenanorak, Gummihandschuhen, Kinder-Tauchermaske mit einem Traum und einem Gartenschuppen. Und mit einem Stock.

Während Frank die Spinnweben beseitigte, plante er schon das Programm für die erste Kinonacht. Sie sollte unter einem bestimmten Motto stehen. Er würde mit einer Vorführung der beiden Filme *Eiskalt in Alexandrien – Feuersturm über Afrika* und *Manche mögen's heiß* beginnen. In der Pause zwischen den Filmen würde er leise klassische Musik spielen und Eis und Popcorn aus der Mikrowelle servieren. Er hatte keine Mikrowelle, könnte sich aber eine kaufen, und bis er einen Projektor fand, würde er die Filme auf seinem DVD-Player zeigen. Die Zuschauer müssten auf Gartenstühlen sitzen, bis er richtige Kinositze hatte.

Es bestand natürlich das Risiko, dass der Gartenschuppen wie ein Kartenhaus auf dem Rasen zusammenbrechen würde, sobald Frank die Spinnweben und den Efeu entfernt hatte. Vielleicht hielt nur das ganze Gestrüpp den Schuppen noch zusammen. Aber wenn alle immer geglaubt hätten, das Glas sei halb leer, wäre Hollywood niemals entstanden.

Frank brauchte über eine Stunde, um den Efeu mit einer verrosteten Gartenschere abzuschneiden. Die beiden Griffe schoben sich immer wieder übereinander, sodass er sich die Finger einklemmte. Schließlich gelang es ihm, die vermoderte Trittleiter und die Liegestühle von den Ranken zu befreien. Mittlerweile lagen drei Haufen Efeu auf dem Rasen, und Frank war erschöpft und machte eine ausgedehnte Mittagspause.

Am Nachmittag räumte er den Rest des Schuppens aus. Er fand Sachen wieder, von denen er gar nicht wusste, dass er sie verloren hatte. Bei anderen Dingen erinnerte er sich nicht, sie überhaupt jemals besessen zu haben, und auch nicht, warum er sie aufbewahrt hatte. Frank fragte sich, ob jemand anderes seinen Gartenschuppen benutzt hatte, um dort die Dinge unterzubringen, die nicht auf seinen Speicher passten. Praktisch alles, was er fand, war verrostet oder kaputt oder unvollständig. Der Rasen ähnelte immer mehr einem post-apokalyptischen Flohmarkt.

Als Kelly am nächsten Tag kam, sah es im Garten aus wie auf dem Flohmarkt kurz nach Torschluss. Die Autos, die Schnäppchenjäger und alle guten Sachen waren weg. Zurückgeblieben waren nur verrostete Gartengeräte, zwei kurze Schlauchstücke, ein Gummistiefel, drei halbe Rollen Tapeten, eine Plastiktüte mit Teppichbodenresten, ein Shopper im roten Schottenmuster mit einem quietschenden Rad und die Rahmen von zwei

Sonnenliegen. Kelly stieg über einen zermatschten, feuchten Pappkarton hinweg und machte einen Bogen um drei Farbdosen, die aus dem feuchten Karton herausgefallen waren. Anschließend ging sie mitten durch eine Schicht Styroporkügelchen hindurch, die von Füchsen oder Ratten, die einst in dem Schuppen gehaust hatten, zerkaut und wieder ausgespuckt worden waren. Jetzt bedeckten sie den Rasen wie Konfetti.

Frank saß nicht wie James Stewart am Fenster und sah daher nicht, dass Kelly kam. Er war im Gartenschuppen und arbeitete an seiner Rolle des Richard Dreyfuss. Im Augenblick konzentrierte er sich auf die Szene in *Unheimliche Begegnung der dritten Art*, in der klar wird, dass Dreyfuss den Verstand verliert und aus den Sachen, die er in seinem Garten findet, ein Modell des Teufelsturms nachbaut, nachdem das mit Kartoffelpüree und Rasierschaum nicht funktioniert hatte. Frank hatte den gesamten Inhalt des Gartenschuppens auf dem Rasen verteilt. Jetzt musste er das Zeug nur noch die Treppe hinaufschleppen, um seinen Teufelsturm zu bauen.

Kelly wich einem Nachttisch mit einer gewölbten Oberfläche und einer Plastiktüte mit Fernsehantennen und Fernbedienungen aus. Die Tür des Gartenschuppens war halb geöffnet, und sie hörte, dass sich jemand darin bewegte.

»Frank?«, rief sie leise und ein wenig besorgt. »Sind Sie da drin?« Kelly hatte sich dem Gartenschuppen so weit genähert, wie es möglich war, ohne etwas aus dem Weg räumen zu müssen. Neben ihren Füßen standen eine Katzenbox aus Pappe, ein Korb und ein Katzenklo. Sie spürte schon, dass ihre Nase zu jucken begann, und sie meinte, gleich niesen zu müssen.

Die Geräusche in dem Schuppen verstummten. Die Tür wurde geöffnet, und Frank trat heraus.

»Tadaa!«, rief er in dem roten Anorak und mit den gelben Gummihandschuhen an den Händen. Er atmete schwer und schwitzte. Es war nicht ganz klar, ob er gerade einen Tapeziertisch aus dem Schuppen schleppte oder der Tisch ihn angefallen hatte. Frank hustete und fuhr sich mit den Händen durchs Haar. Staub, Spinnweben und Efeublätter fielen herunter.

»Ich hoffe, Sie haben Ihre Haarbürste mitgebracht«, sagte er.

Er erwartete, dass Kelly lachen oder applaudieren würde, aber das tat sie nicht.

»Das sollten Sie nicht tun«, sagte sie. »Sie haben sich gerade von einem schweren Unfall erholt.« Kelly schüttelte bestürzt den Kopf und drehte sich um. Sie stieg über das Zeug im Garten hinweg, schoss einen kaputten Fußball aus dem Weg und betrat das Haus durch die offene Tür.

Frank ließ den Tapeziertisch ins Gras fallen, woraufhin ein Klumpen getrockneter Tapetenkleister abplatzte und ihn an der Wange traf.

Am liebsten hätte Frank einen Zauberstab durch die Luft geschwenkt, um alles zurück in den Schuppen zu befördern. Er wünschte, er hätte am Fenster gesessen und James Stewart gespielt. Nachdem er auch gegen den kaputten Fußball getreten hatte, durchquerte er den Garten und stieg die Treppe hinauf. Kelly war in der Küche und füllte warmes Wasser in die Spülschüssel.

»Setzen Sie sich in Ihren Sessel«, forderte sie ihn auf. Frank ging ins Wohnzimmer und setzte sich in den Sessel. Kelly stellte die Schüssel mit dem Wasser vor ihn auf den Tisch. Sie bewegte sich für eine so kleine Wohnung viel zu schnell.

»Wollen Sie den Anorak nicht ausziehen?«, fragte sie. Frank musste an Janice denken. Ohne sich dessen bewusst zu sein, neigte er den Kopf zur Seite und schaute Kelly an wie ein junger Hund. Wollte sie, dass er den Anorak auszog? Sollte er ihn ausziehen? Frank wartete auf Anweisungen. Er wollte sie nicht noch mehr gegen sich aufbringen, indem er das Falsche tat. Ihr Gesicht sagte ihm, dass er seinen Anorak ausziehen sollte. Kelly nahm ihm den Anorak ab und legte ihn über die Sofalehne. Er wartete auf weitere Anweisungen.

»Ich weiß, es ist eine Spülschüssel«, sagte Kelly. »Aber Sie sollten trotzdem zuerst die Gummihandschuhe ausziehen.«

»Ja.« Frank kam sich vor, als würde er den unerotischsten Striptease aller Zeiten vorführen. Ihm fehlte die Kraft, die Gummihandschuhe auszuziehen. Von der Entschlossenheit, mit der er den Schuppen ausgeräumt hatte, war nichts mehr zu spüren. Mit einem Mal war Frank furchtbar müde. Kelly zog an dem ersten Gummihandschuh, bis er mit einem lauten Plopp von Franks Hand rutschte. Ein dumpfer Knall, der sich anhörte, als hätte Batman Joker einen Faustschlag verpasst. Sie zog ihm den anderen Gummihandschuh aus und knüllte sie zusammen. Da sie keine Lust auf Basketball hatte, legte sie die zusammengerollten Gummihandschuhe neben die Spülschüssel auf den Tisch.

»Legen Sie Ihren Arm ins Wasser«, sagte Kelly.

Frank legte den Arm in die Spülschüssel. Die Kratzer vom Efeu brannten. Er behielt es für sich, da Kelly offenbar nicht in der Stimmung war, Mitleid mit ihm zu empfinden.

»Bewegen Sie Ihren Arm hin und her.«

Frank bewegte seinen Arm über die Wasseroberfläche und verursachte dabei einen Tsunami in der Spülschüssel, sodass Wasser auf den Tisch spritzte.

»Langsam«, sagte Kelly.

Frank bewegte den Arm nun langsamer in der Schüssel hin und her.

»Was ist das für ein Gefühl?«

»Es tut ein bisschen weh. Es klopft.«

»Sie werden es überleben. Lassen Sie den Arm fünf Minuten im Wasser und bewegen Sie ihn. Das sollten Sie drei Mal täglich tun. Hat man Ihnen das im Krankenhaus nicht gesagt?«

»Ich glaube nicht.«

»Was haben sie denn gesagt?«

»Ich erinnere mich nicht. Ich habe ein Merkblatt bekommen, aber das habe ich wohl weggeworfen. Ich dachte, es wäre eine dieser Religionsschriften.« Frank erzählte Kelly von dem Krankenpfleger, der auf seiner Schwelle gestanden hatte. Er war sich nicht sicher, ob sie ihm glaubte. Sie ging in die Küche und wusch Franks Frühstücksgeschirr ab. Heute verursachte das Abwaschen mehr Lärm als sonst. Fast wie bei Janice. Das Fehlen der Spülschüssel zwischen dem Besteck, dem Geschirr und dem Spülbecken aus Metall trug natürlich noch dazu bei. Es war kein ohrenbetäubender Lärm. Gerade laut genug, um Frank mitzuteilen, dass Kelly nicht glücklich war.

Nachdem er seinen Arm fünf Minuten in dem warmen Wasser bewegt hatte, kam Kelly ins Wohnzimmer, nahm die Schüssel mit und füllte sie mit kaltem Wasser. Sie stellte sie auf den Tisch und sagte, Frank solle den Arm wieder in die Schüssel legen. Sie holte ein Geschirrtuch aus der Küche, faltete es einmal zusammen und legte es auf die Pfütze auf dem Tisch.

»Sie scheinen sauer auf mich zu sein.«

»Ich bin nicht sauer.« Kelly ging in die Küche, schaltete den Kessel ein und kehrte sofort wieder ins Wohnzimmer zurück. Sie baute sich vor Frank auf, als wollte sie ihm eine Strafpredigt halten.

»Sie müssen besser auf sich achten«, sagte sie. »Wenn Sie einen Gartenschuppen auseinandernehmen, kurz nachdem Ihr gebrochener Arm geheilt ist, bedeutet das, dass Sie nicht auf sich achten. Sehen Sie sich Ihre Arme an. Ich muss die Kratzer säubern. Das ist nicht meine Aufgabe.«

Frank schaute auf seinen zerkratzten Arm.

»Das war der Efeu«, sagte er.

Frank hasste es, ausgeschimpft zu werden. Er hasste es. In seinem Alter sollte niemand mehr ausgeschimpft werden. Es sollte einen festen Zeitpunkt geben, an dem das aufhörte. Dann, wenn es mit den kostenlosen Busfahrten und dem Gratis-Fernsehen anfing.

»Ich bin nicht sauer. Ich mache mir Sorgen um Sie.« Kelly setzte sich. Sie trocknete seinen Arm mit dem Geschirrtuch ab, nahm etwas Watte und eine Tube Salbe aus der Tasche und reinigte die tieferen Kratzer.

»Was haben Sie eigentlich da draußen gemacht?«, fragte sie. Frank erzählte ihr von seinem Traum, als würde er in *The X-Factor* auftreten.

Wie er schon immer von einem eigenen Heimkino geträumt und Pläne geschmiedet hatte, wie es aussehen und heißen sollte und welche Filme dort gezeigt werden sollten. Er erzählte, dass er den Schuppen schalldicht machen wollte, wie die roten Kinositze, die er noch kaufen musste, angeordnet werden sollten, von welchem Projektor er träumte. Dass Sheila die Rolle der Platzanweiserin übernehmen, die Tickets abreißen und die Besucher mit der Taschenlampe zu ihren Plätzen hätte führen sollen.

Frank ging ins Schlafzimmer und zog eine Kiste unter dem Bett hervor, in der die Zeichnungen lagen, die er von dem Kino angefertigt hatte. Er zeigte sie Kelly.

»Ohne Sheila verlor ich die Freude daran. Die Zeit verging, und nach und nach landete immer mehr Krempel in dem Schuppen.«

Sie sprachen eine Weile über Filme und wie sehr sich das Kino verändert hatte, seit Frank in Kellys Alter gewesen war.

»Ich gehe kaum noch ins Kino«, sagte Kelly.

»Sie könnten in mein Kino kommen.«

»Was wird gezeigt?«

»Ich würde etwas zeigen, was Ihnen gefällt. Was ist Ihr Lieblingsfilm?«

Darüber musste Kelly nicht lange nachdenken.

»*Dirty Dancing*.«

»Ah, der Film mit …« Frank wollte Patrick Swayze sagen. Er wusste, dass es der richtige Name war, aber er hatte Angst, sich lächerlich zu machen, falls er doch Bernard Swayze oder Patrick Snazeby hieß.

»Patrick Swayze«, sagte Kelly.

»… ayze«, sagte Frank gleichzeitig. »Ist der gut?«

»Sie kennen *Dirty Dancing* nicht?«, fragte Kelly, als hätte er gesagt, dass er noch nie Schnee oder einen Regenbogen gesehen hätte. Zehn Minuten lang sprach Kelly begeistert über den tollen Film und erzählte ihm, wann in ihrem Leben sie ihn gesehen hatte. Dann schaute sie plötzlich auf die Uhr. »Oh mein Gott! Ich habe nichts von dem getan, was ich eigentlich tun müsste. Entschuldigen Sie, jetzt muss ich aber los. Ich stehe hier rum und verplempere Ihre Zeit.« Sie stand auf und packte ihre Sachen in die Tasche.

»Es ist schön, jemanden zum Reden zu haben«, sagte Frank. Er stand ebenfalls auf und folgte Kelly in den Flur.

»Setzen Sie sich wieder hin und ruhen Sie sich aus«, sagte Kelly.

»Ich muss die Tür vom Schuppen noch zumachen.«

»Das kann ich doch machen.«

»Nein, ist schon okay.« Frank folgte ihr die Treppe hinunter zum Gartentor. Kelly starrte auf den Roller, der an der Hecke lehnte.

»Gehört der Ihrer Enkeltochter?«, fragte sie.

Frank schaute auf den Roller mit den rosaroten Bommeln am Lenker, die sich langsam in der Brise hin- und herbewegten.

»Er gehört mir. Ich habe ihn mir vor Kurzem gekauft.«

»Mr. Derrick, was soll ich nur mit Ihnen machen?« Kelly passierte das Tor, überquerte die Straße und ging auf ihr Auto zu. Sie öffnete die Tür, doch bevor sie einstieg, sagte sie noch. »Wenn ich Sie auf dem Roller sehe, ehe Ihr Arm wieder hundertprozentig in Ordnung ist, überfahre ich Sie persönlich noch einmal.«

Sie stieg ein, und als sie den Motor startete, ging die Musik an.

»Übrigens«, rief Kelly, nachdem sie das Fenster geöffnet hatte, »Ihre neue Brille gefällt mir!«

»Danke«, sagte Frank.

»Sie sehen fünf Jahre jünger aus!«

»Ich hätte mir Kontaktlinsen kaufen sollen. Dann würde ich bestimmt zehn Jahre jünger aussehen.«

»Sie haben sie schon kaputt gemacht.«

Frank strich über den linken Bügel. »Das war der Briefträger.«

»Der was?«

»Der Briefträger!«

Kurz ließ Kelly den Motor aufheulen, als wollte sie losfahren, doch dann fiel ihr noch etwas ein.

»Wir sollten nächste Woche mal zu dem großen Supermarkt fahren«, rief sie. »Und etwas anderes für Sie kaufen als Spaghetti in der Dose.«

»Der große Supermarkt? Da war ich noch nie«, sagte Frank.

Jetzt schrien sie beide, um den laufenden Motor und die Musik in Kellys Wagen zu übertönen. Es war wie ein Teekessel-Gespräch.

»Sie waren noch nie in einem Supermarkt?«

»Doch, nur nicht in dem großen. Ich bin mit dem Bus gefahren, aber nie bis zur Endstation. Ich bin wie Jim Lovell.«

»Wer?«

»Jim Lovell! Der einzige Mann, der zwei Mal zum Mond geflogen ist, ohne dort zu landen!«

»Wissen Sie viel über Raumfahrt?«

»Ich habe *Apollo 13* drei Mal gesehen.«

Der Motor heulte noch einmal auf. »Ich bin spät dran!«, schrie sie, dann fuhr sie vom Grünstreifen herunter auf die Straße. Frank – und mit Sicherheit alle Nachbarn, denn Frank und Kelly hatten wirklich sehr laut geschrien – sahen zu, wie der kleine blaue Wagen mit knirschendem Getriebe zuerst rückwärts fuhr und dann vorwärts, bis Kelly den richtigen Gang einlegte, auf die Hupe drückte und davonfuhr. Mit seiner neuen Brille konnte Frank den Wagen sogar noch am Ende der Straße sehen, bis Kelly rechts abbog und verschwand.

Frank hatte das Gefühl, dass er sie noch sehen konnte, nachdem sie um die Ecke gebogen war, wenn er ganz genau hinsah. Als hätte er Superkräfte. Frank Derrick Superman. Er war schneller als ein Geschoss und hatte mehr Kraft als eine Lokomotive. Der einzige Grund, warum er nicht über hohe Gebäude springen konnte, war die Tatsache, dass es hier nur Bungalows gab.

22

Albert Flowers war derjenige, der beim diesjährigen Wettbewerb »Blühende Dörfer« unbedingt den Namen Fullwind-on-Sea auf der Siegestrophäe sehen wollte. Und das war nicht sein Sioux-Name, weil Flowers Blumen liebte, obwohl er Blumen tatsächlich sehr liebte. Er war der Herausgeber des Fullwind-on-Sea-Käseblatts, besaß ein Blumengeschäft und trug immer geblümte Fliegen und eine Nelke oder Tulpe im Knopfloch seines Jacketts. Und Albert Flowers' Frau hieß Rose. Sein Name jedoch war reiner Zufall oder ein Glücksfall.

Es war Flowers gewesen, der Frank vor dem Wettbewerb im vergangenen Jahr diesen Brief wegen all der Kühlschränke in seinem Garten geschrieben hatte. Fullwind war Vierter geworden. Das sollte nicht noch einmal passieren. Dafür würde Albert Flowers sorgen. Als sich das Finale des Wettbewerbs näherte, spazierte Flowers fast den ganzen Tag durch das Dorf. Er kontrollierte die Gärten, machte Fotos und sprach auf sein Diktiergerät. Dann kehrte er nach Hause zurück und schrieb höfliche Briefe an Anwohner, in denen er sie darauf aufmerksam machte, dass ihr Rasen geschnitten werden musste und dass ihre Zypressen zu hoch waren.

Jetzt stand er auf dem Grünstreifen vor Franks Haus. Und allein die Tatsache, dass das Gras die Schrammen auf seinen Schuhen verdeckte, bewies ihm, dass es zu lang war. Gleich würde er Frank darauf ansprechen. Zuerst würde er ihn aber fragen, was der ganze Krempel in seinem Garten zu bedeuten hatte.

»Es wäre sehr gut, wenn Sie das Zeug so schnell wie möglich wegschaffen«, sagte Flowers und täuschte ein Lächeln vor.

Frank hob den Blick und versuchte, ihm durch ein unmerkliches Augenzwinkern zu signalisieren, dass er ihn verstanden hatte. Im Augenblick brauchte er seine ganze Kraft, um einen schweren Poller aufzurichten. Und er hatte das Gefühl, wenn er auch nur eine Augenbraue zu stark runzelte, würde er den schweren Betonklotz fallen lassen und sich noch einen Zeh brechen. Natürlich hatte Frank über genau diese Möglichkeit schon nachgedacht. Wenn er den Poller auf seinen Fuß fallen lassen und sich einen Zeh oder einen Mittelfußknochen brechen würde, müsste Beth das Geld für seine Haushaltshilfe noch ein paar weitere Monate aufbringen. Frank hatte auch schon mit dem Gedanken gespielt, vor den Milchwagen zu laufen oder die Treppe hinunterzufallen, wenn er die Zeitung holte. Er würde Beth erzählen, er habe die Zeitung heraufgeholt, um ebenso wie Ron in der Broschüre, die sie ihm geschickt hatte, das Datum auf der ersten Seite laut vorzulesen. Indirekt wäre es also Beths Schuld, und das wäre dann ein so schreckliches Gefühl für sie, dass sie das Geld irgendwie auftreiben würde.

Nachdem Kelly am Tag zuvor weggefahren war, hatte Frank kaum noch an etwas anderes gedacht als daran, wie er es schaffen könnte, dass sie wieder zurückkommen musste. Seitdem sie jeden Montag zu ihm kam, hatte er einen Grund, morgens aufzustehen. Sein Glas war immer noch nicht halb voll, aber definitiv weniger leer. Er irrte nicht mehr ziellos durch die Gegend und kam viel besser in die Gänge. Frank hatte das Gefühl, als könnte er wieder rennen oder jemandem einen Faustschlag verpassen oder auf einer Hüpfburg springen und dabei einen Maiskolben essen. Oder ein Kino aufbauen. Er könnte es sogar schaffen, Kaugummi zu kauen oder ein Twix zu essen oder – wer weiß – sogar ein Yorkie oder Toblerone. Er wollte nicht wieder an den Punkt zurück, an dem er mit seinem Spiegelbild gesprochen, den Schimmel von seinem Brot abgeschnitten und im Licht einer Taschenlampe Pipi gemacht hatte.

Die Frau von der Hotline von *Lemons Care* hatte ihm gesagt, was es kosten würde: 300 Pfund für weitere zwölf Hausbesuche seiner Haushaltshilfe, 600 Pfund für vierundzwanzig weitere Hausbesuche oder 1200 Pfund für ein ganzes Jahr. Zusätzlich fiele eine einmalige Gebühr von 125 Pfund an.

»*Lemons Care* bietet natürlich auch eine 24-Stunden-Versorgung an, dann wohnt die Pflegekraft bei dem Patienten«, sagte die Dame. »Dieser Service kostet 5500 Pfund für sechs Monate. Hinzu kommt die einmalige Gebühr von 125 Pfund.« Nachdem Frank das Wort »24-Stunden-Versorgung« gehört hatte, war er wie besessen von dem Gedanken, dass er 5625 Pfund brauchte. Der Betrag war eigentlich ziemlich egal. Frank hatte ihn nicht.

Seitdem er bei *Lemons Care* angerufen hatte, kam es ihm immer häufiger so vor, als würde er zwischen den einzelnen Sendungen vom Fernseher direkt angesprochen. »Haben Sie Schulden?«, fragte ihn der Fernseher. »Brauchen Sie dringend Geld?«

»Ja!«, schrie Frank. »Ja!«

»Haben Sie Geldprobleme?«

»Ja, habe ich!«, schrie er dem Fernseher zu. Wenn er die Zeitung morgens heraufholte, fielen kleine Werbeblätter heraus, die ihm erklärten, wie er an Geld kommen konnte. Sie boten ihm Geld für sein Gold an, Geld für Kleidung, Geld für seine Handys und für seine CDs und vieles mehr.

Um sich abzulenken, beschloss Frank, etwas von der Farbe, die er im Schuppen gefunden hatte, zu benutzen, um drei der Betonpoller auf dem Grünstreifen vor dem Haus anzustreichen. Zuerst musste er den Poller aufrichten, der dort lag, seitdem die Randalierer in Fullwind gewütet hatten. Selbst wenn sein Arm nicht eingegipst gewesen wäre, hätte er vor ein paar Wochen nicht die Kraft gehabt und es sich auch nicht zugetraut.

Da war er nur Clark Kent gewesen.

Frank versuchte sich an alles zu erinnern, was er in seinem Leben über das Hochheben schwerer Gegenstände gehört hatte. Zuerst stellte er die Füße links und rechts neben den Poller, ging in die Knie und achtete darauf, dass der Rücken gerade war. Dabei schaute er geradeaus, wie er es bei den Gewichthebern während der Olympiade gesehen hatte. Dann schlang er beide Arme um den Poller und atmete tief ein, als Albert Flowers plötzlich auftauchte.

»Der Wettbewerb steht vor der Tür. Die Mitglieder der Jury werden durch das Dorf gehen.«

Frank hob den Blick, ohne den Poller loszulassen. Vielleicht könnte er Flowers um ein Darlehen bitten. Ein kleines Honorar dafür, dass er seinen Garten in Ordnung brachte. Schmiergeld. Erpressungsgeld. Wie viel war die Siegestrophäe des Wettbewerbs Albert Flowers wert? Frank überlegte, was der Florist selbst wert war. Er versuchte, den Wert seiner Kleidung einzuschätzen, so, wie es die alten Frauen im Wohlfahrtsladen mit den Anzügen der toten Männer machten. Er trug einen Maßanzug. Aus Tweed. Sein Hemd stammte aus der Savile Row. Seine Schuhe waren zwar zerkratzt, aber teuer. Frank hätte Albert Flowers am liebsten überfallen.

Er ließ den Poller los und richtete sich auf. »Möchten Sie etwas davon kaufen?«

»Wie bitte?«, fragte Flowers.

Frank schwenkte den Arm durch die Luft und zeigte auf den Kram auf dem Rasen.

»Wie wäre es mit einem alten Fahrradrad? Der Reifen ist platt und abgefahren, und die Speichen sind verrostet, aber wie wäre es mit zehn Pfund? Kommen Sie. Was bieten Sie für die Tapetenreste oder ein Stück Teppichboden? Vielleicht ein Stück Gartenschlauch? Ein Gummistiefel? Ich sag Ihnen was. Da Sie es sind, gebe ich Ihnen alles zusammen für 5625 Pfund.«

»Ach, ist das ein Verkauf?«, sagte Flowers. »Ich glaube nicht, dass die Gemeindeordnung es zulässt, dass ...«

»Das ist kein Verkauf. Ich habe einen Scherz gemacht. Okay, ich hab zu tun. Sobald ich den Poller aufgerichtet habe, kümmere ich mich um den Garten.«

Flowers schaute auf den schweren Poller und überlegte, ob er seine Hilfe anbieten sollte, entschied sich aber dagegen. »Okay, dann lasse ich Sie mal arbeiten«, sagte er.

Frank verabschiedete sich von ihm. Er stellte die Füße wieder auf beiden Seiten des Pollers auf die Erde und bereitete sich darauf vor, ihn aufzurichten. Dann schlang er beide Arme um den Poller, zog ihn hoch und richtete ihn auf. Es war gar nicht so schwierig gewesen, wie er vermutet hatte. Langsam bewegte er ihn von einer Seite zur anderen, bis er genau an der richtigen Stelle stand. Noch bevor Frank durch die Gartenpforte ins Haus gegangen war, hatten sich die Asseln unter dem Poller schon wieder häuslich niedergelassen.

Nach dem Mittagessen öffnete er die Farbdosen, die er in dem Schuppen gefunden hatte. Die weiße Farbe war vollkommen vertrocknet, und so strich er die Poller sonnenblumengelb. Es war dieselbe Farbe wie die der Möbel in Beths ehemaligem Zimmer. Glänzender Lack. Jetzt hatte Frank die einzigen glänzenden sonnenblumengelben Poller in der Sea Lane. Sonnenblumengelb. Albert Flowers würde begeistert sein.

23

Indiana Jones und die Suche nach den Münzen unter den Kissen auf Sofa und Sessel war die schwächste Filmproduktion aller Zeiten und finanziell wenig erfolgreich. Frank fand acht Pence unter den Kissen im Wohnzimmer. Nachdem er in allen Hosen- und Jackentaschen gewühlt, all seine hohlen Porzellanfiguren geschüttelt, die Deckel von Teekannen hochgehoben und in Vasen gesehen hatte, hielt er insgesamt 1,07 Pfund in den Händen. Hätte er Batterien in den Taschenrechner aus der Küchenschublade eingesetzt, hätte er ausrechnen können, dass dieses Geld gerade ausreichte, um Kelly zwei Minuten und sechsundfünfzig Komma acht Sekunden zu bezahlen. Kaum genug Zeit, um den Schlüssel aus dem Schlüsselsafe zu nehmen und die Treppe hinaufzusteigen.

Frank wühlte in den Geschirrschränken und Schubladen und hoffte, irgendetwas zu finden, das aus Gold oder Silber bestand. Einige Dinge hielt er ins Licht, um nachzuschauen, ob sie gestempelt waren. Wenn Franks Wohnung einen Namen bekommen hätte, wäre es nicht Eldorado. Er hob die Deckel von zwei kleinen Schmuckdöschen auf dem Kaminsims hoch, doch sie enthielten keinen Schmuck. Frank fand nur zwei Knöpfe und eine Münze, die zu alt war, um noch als offizielles Zahlungsmittel zu gelten, aber noch nicht alt genug, um einen Sammlerwert zu haben. Er biss auf die Münze, um festzustellen, ob sie aus Gold bestand. Der Test bewies nur, dass er eine stärkere Haftcreme für sein Gebiss brauchte.

Anschließend setzte er sich an den Schreibtisch im Wohnzimmer und öffnete die Schublade. Er nahm Sheilas altes Portemonnaie heraus und öffnete es. In einem Fach steckte ein Fünf-Pfund-Schein. Damit hätte er die Zeit für ein Mal Haarebürsten bezahlen können, wenn es kein alter Schein gewesen wäre. Auch er war schon lange aus dem Verkehr gezogen, aber ohne Sammlerwert. Frank steckte den Fünf-Pfund-Schein wieder ins Portemonnaie und legte es in die Schublade. Irgendwie war er erleichtert, dass er das Geld seiner Frau nicht ausgeben konnte.

Er schaute auf die zusammengeknüllten Haare, die Kelly aus der Haarbürste gezogen hatte. Sie sahen auf dem hellbraunen Holz hinten in der Schreibtischschublade aus wie die Wurmröhren am Strand. Frank nahm die Haare heraus und legte sie auf seine Handfläche. Er starrte darauf, als würden sie sich gleich kringeln oder sich auf die eine oder andere Seite drehen wie einer dieser Wahrsager-Fische aus dünner Folie und ihm sagen, ob er eifersüchtig, launisch, romantisch oder doof sei.

Frank legte die Haare zurück in die Schublade.

Er zog die Broschüre eines Geldverleihers aus der Hosentasche, der versprach: »Sofort Bargeld. Kleinkredite in zehn Minuten«. Auf dem Prospekt war das Bild eines jungen Paares abgebildet. Der Mann telefonierte mit dem Geldverleiher. Seine Frau beobachtete ihn. Sie lächelten beide. Der Mann lachte sogar. Menschen mit Geldsorgen schienen noch glücklicher über eine Lösung ihrer Probleme zu sein als Gehbehinderte oder Todkranke über einen Treppenlift oder eine Beerdigung. Frank wählte die Nummer auf der Broschüre. Ein Mann meldete sich. Frank sagte ihm, dass er einen Kredit brauche.

»Wie hoch?«, fragte der Mann.

»Welches ist der höchste Betrag, den ich mir bei Ihnen leihen kann?«

»Fünfhundert Pfund.«

»Ach«, sagte Frank. Er hatte geglaubt, der Betrag wäre viel höher. »Könnte ich die fünfhundert Pfund bekommen?«

Der Mann schrieb Franks Daten auf, las ihm mit der Geschwindigkeit eines Viehauktionators eine lange Liste von Klauseln vor und sagte, er würde in zehn Minuten zurückrufen.

Frank wartete am Telefon.

Er hatte noch nie gut mit Geld umgehen können.

Als Sheila noch lebte, hatte sie immer die Rechnungen bezahlt. Sheila öffnete die Kontoauszüge und verglich die Kassenbons im Supermarkt mit den Einkäufen, ehe sie den Supermarkt verließ. Frank öffnete seine Rechnungen erst, wenn sie in roten Umschlägen kamen und eine Mahnung enthielten, und seine Kontoauszüge öffnete er gar nicht. Die Kassenbons zerknüllte er, ohne einen Blick darauf zu werfen. In den Geschäften schaute er nie auf die Preise, wenn er etwas kaufte. Er wusste weniger über den Preis von einem Liter Milch oder einem Brot als ein Richter am Obersten Gerichtshof.

Nachdem Sheila gestorben war, verlor Frank schnell den Überblick über seine Ausgaben. Er kaufte im Wohlfahrtsladen nutzlosen Kram und 16-mm-Filme, die er sich nicht ansehen konnte.

Als das Telefon klingelte und der Geldverleiher ihm mitteilte, dass sein Antrag abgelehnt worden war, wunderte er sich nicht. Er legte auf und schaute Nachrichten. Es ging wieder einmal nur um Rentner, Bewohner von Altenheimen, Demente und Arme, die ausgeraubt worden waren. Frank schaltete den Fernseher aus, machte sieben Liegestütze und fuhr mit seinem Roller davon.

Er raste die Sea Lane hinunter und schoss an *Der den Rasen mit einer Nagelschere schneidet* und *Der sein Auto zu oft wäscht* vorbei. Als er an *Die den Müll aufspießt* vorbeisauste, flog das Einwickelpapier eines Schokoriegels in die Luft, sodass sie es mit ihrer spitzen Stange nicht mehr aufspießen konnte. Auf dem leicht abschüssigen Weg zu den Geschäften nahm Frank richtig Fahrt auf, und die winzigen Räder leuchteten auf. Die Bommeln am Lenker wehten gemeinsam mit seinem langen weißen Haar in der Brise. Alle Menschen, an denen er vorbeikam, blieben stehen und schauten ihm nach.

»Was ist los? Haben Sie noch nie einen einundachtzigjährigen Mann auf einem Roller gesehen?«, rief Frank und lachte.

Nicht wirklich.

In Wahrheit gelang es Frank einfach nicht, beide Füße auf das Trittbrett des Rollers zu stellen, ohne dass dieser wackelte und kippte. Er schaffte auch die Meile pro Stunde nicht, um die Lichter an den Rädern zum Leuchten zu bringen. Den größten Teil des Weges trug er den Roller ebenso wie fast alle Eltern, deren Kinder ihre Roller mitgenommen hatten.

Er lehnte den Roller ans Schaufenster des Wohlfahrtsladens und ging hinein. In dem Geschäft waren zwei Kunden. Sie standen beide an der Theke, um zu zahlen. Frank sah sich ein wenig um. Er nahm ein Sparschwein in die Hand und schüttelte es leicht, aber es ertönte kein Geräusch. Dann suchte er auf der Unterseite einer Schnupftabakdose und auf der Rückseite einer Damenuhr nach Stempeln. Als die beiden Kunden bezahlt hatten und das Geschäft verließen, trat Frank an die Ladentheke.

»Ich habe den Zettel im Fenster gelesen«, sagte er zu der Frau, die kleine Preisschilder auf einen Stapel Weihnachtskarten klebte. »Dass Sie eine Aushilfe suchen.«

»June«, rief die Frau. »Der Herr hier fragt, ob er bei uns aushelfen kann.« Sie blickte zu Frank auf. »June kann Ihnen da besser helfen.« Sie klebte weiter Preisschilder auf die Weihnachtskarten.

»Danke«, sagte Frank.

Er hörte ein schrilles Lachen hinter dem Vorhang, der das Geschäft vom Lagerraum trennte. Im Wohlfahrtsladen arbeiteten viele Leute, allerdings zu unterschiedlichen Zeiten. Frank wurde selten zweimal von derselben Person bedient. Abgesehen von den beiden Chuckle-Brothers-Doppelgängern, die den Lieferwagen des Geschäfts fuhren, hatte er niemals männliche Mitarbeiter gesehen. Hier zu arbeiten wäre, als würde man acht Stunden am Tag ununterbrochen mit dem Bus hin- und herfahren, der zu dem großen Sainsbury's fuhr.

»Nur montagmorgens kann ich nicht«, sagte er zu der Frau hinter der Theke.

»June kann Ihnen da besser helfen«, sagte sie noch einmal und rief: »June! Der Herr kann aber nicht immer. Wann können Sie nicht, haben Sie gesagt?«

»Montags.«

»Montags kann er nicht!«

»Vormittags. Montagnachmittags schon.«

»Vormittags. Vormittags kann der Herr nicht arbeiten!«

»Montagmorgens. Nur montagmorgens nicht.«

Frank wartete. Kunden kamen und gingen. Allmählich fragte er sich, ob es June überhaupt gab. Wenn er den Vorhang aufzog, würde er vielleicht Junes Skelett in einem Schaukelstuhl entdecken.

»Ich suche eine Möglichkeit, ein bisschen dazuzuverdienen«, sagte Frank, um die peinliche Stille zu unterbrechen. Die Frau nickte und klebte wieder Preisschilder auf die Karten.

Frank sah sich um. Er fragte sich, ob in der orientalischen Vase, die in der Glasvitrine in der Mitte des Geschäfts stand, Münzen lagen. Wenn er hier arbeiten würde, könnte er die Vitrine öffnen, seinen Arm in die Vase stecken und es herausfinden.

»Ihnen ist aber schon klar, dass es hier um Wohltätigkeit geht, oder?«, fragte ihn die Frau hinter der Theke.

Ja, natürlich war es das. Ein Wohlfahrtsladen. Ehrenamt. Was für ein Idiot er war! Versuchte, in einem Wohlfahrtsladen einen bezahlten Job zu bekommen.

»June kommt gleich«, sagte die Frau, doch Frank ging bereits langsam auf die Tür zu.

»Ehrlich gesagt, muss ich jetzt gehen. Ich habe ganz vergessen, dass ich …« Frank fiel absolut nichts ein, was er jetzt angeblich so Dringendes zu tun hatte. »Ich komme wieder. Vielen Dank.« Er verließ das Geschäft, nahm seinen Roller mit, ging zu *Fullwind Food & Wine* und fragte, ob sie dort einen Job für ihn hätten.

»Sie müssten Ihren Lebenslauf hier abgeben«, sagte der Mann an der Kasse zu ihm.

»Meinen Lebenslauf? Ach so, ja, natürlich. Ich bringe ihn vorbei«, meinte Frank und kaufte zwei Rubbellose.

»Man muss investieren, wenn man Geld machen will«, sagte der Mann hinter der Kasse und schien sehr mit sich zufrieden, so als wäre er der erste Mensch, der das jemals gesagt hatte. Frank verließ das Geschäft, nahm seinen Roller mit und trug ihn nach Hause. Er ging an *Die den Müll aufspießt*, *Der sein Auto zu oft wäscht* und *Der den Rasen mit einer Nagelschere schneidet* vorbei. Alles Leute, die ihren Ruhestand geplant hatten. Frank hatte kein Auto. Sein Rasen war zu lang, um ihn mit einer Schere zu schneiden. Zudem war er mit Styroporkügelchen und anderem Krempel übersät, der zu groß war, um ihn mit einem spitzen Stock aufzuspießen. Hier wohnten pensionierte Hausbesitzer, die ihre Hypotheken vollständig abgezahlt hatten und Zahlungen aus ihren privaten Rentenversicherungen bezogen. Sie wussten vermutlich, wo und wie sie beerdigt werden wollten – schlicht, klassisch, gehoben oder royal. Sie brauchten keinen Lebenslauf zu schreiben. Welcher Mensch, der über siebzig war, hatte jemals einen Lebenslauf geschrieben?

Frank war zu einer Zeit in das Arbeitsleben eingetreten, als man einfach irgendeinen Job machte. Man ging zur Schule. Man verließ die Schule. Man begann zu arbeiten. In seiner aktiven Zeit hatte er eine Menge Jobs gehabt, aber niemals einen, der für ihn so etwas wie eine Berufung gewesen wäre. Kein Glaser, kein Maler, kein Tischler, kein Schuster und kein Schneider. Was sollte er in seinen Lebenslauf schreiben? Was würde der sarkastische junge Kassierer bei *Fullwind Food & Wine* von Franks Liste der wie erfunden klingenden Jobs bei Unternehmen halten, die es gar nicht mehr gab? Busschaffner bei *London Transport*. Telefonist bei den Gaswerken. Fernsehmechaniker bei *Radio Rentals*. Frank hätte genauso gut schreiben können, dass er als Hilfsschreiber auf dem Jupiter gearbeitet hatte.

Der sarkastische Mann und die Kasse, an der er arbeitete, würden auch bald auf der Liste stehen. Mit jeder neuen Selbstbedienungskasse, die in dem großen Supermarkt öffnete, rückten sie beide näher an den Zeitpunkt heran, an dem sie als vorsintflutlich galten. Dasselbe traf auf die Frauen in dem Wohlfahrtsladen und den Milchmann zu, der Frank überfahren hatte. Er und sein Elektroauto waren ebenfalls eine aussterbende Spezies. Und der Krankenpfleger, der den Gips durchgeschnitten und mit ihm über Gott gesprochen hatte – eine Maschine oder ein Computer könnten beides genauso gut übernehmen.

Kurz bevor Frank zu Hause ankam, sah er eine junge Frau auf sich zukommen, die den Namen *Die fünf verschiedene Hunde ausführt* verdient hätte. Als er zur Seite trat, um sie und ihre fünf verschiedenen Hunde vorbeizulassen, wich sie zur selben Seite aus. Die Hunde verloren sofort die Orientierung und liefen alle in verschiedene Richtungen, sodass sich ihre Leinen um Franks Beine und seinen Roller wickelten. Alle Hunde bellten. Die junge Frau, die sie ausführte, entschuldigte sich und versuchte, die Hunde zu beruhigen, damit sie Franks Beine von den Leinen befreien konnte. Frank kam sich vor wie ein Maibaum, und dabei war es Juni. Der Hund dieses Monats war ein Terrier. Bevor der Juli begann, Roystons Monat, dem von Flöhen zerbissenen und von der Räude befallenen Mischling, kam Kelly noch genau drei Mal.

Am Freitag schrieb Frank auf ein Blatt Papier: »Gartentrödel – heute 12 Uhr«, und klebte das Schild ans Tor.

Albert Flowers hatte ihn auf die Idee gebracht. Anstatt den ganzen Kram wieder in den Schuppen zu stellen, würde er ihn verkaufen. Das Zeug, das er garantiert nicht loswerden würde, räumte Frank aus dem Weg. Den Efeu harkte er neben dem Schuppen zu einem großen Haufen zusammen. Dort stellte er auch die Tüte mit den vergammelten Teppichbodenresten, den Nachttisch, den Shopper mit dem roten Schottenmuster und die Sonnenliegen hin. Den zerquetschten Pappkarton stopfte er in die Mülltonne, und den Gummistiefel warf er in das hohe Gebüsch, das neben dem Zaun zwischen seinem Garten und dem Nachbargrundstück wuchs. Die Leiter lehnte er an den Schuppen. Alles andere würde er zum Verkauf anbieten: die verrosteten Gartengeräte, die Golfbälle, das Bild mit dem Boot, die Fernsehantennen und die Fernbedienungen.

Frank baute den Tapeziertisch auf, und als er die Beine ausklappte, klemmte er sich die Finger in den Scharnieren. Den Tisch hatte er damals gekauft, um Beths Zimmer zu tapezieren. An beiden Rändern klebte noch Kleister. Er hatte den Raum nicht ausgemessen und zu viel Tapete gekauft. Als er fertig gewesen war, hatte er drei halbe Rollen übrig. Obwohl die Tapete jahrelang in dem dunklen Schuppen gelegen hatte, war sie praktisch so gut wie neu. Frank erinnerte sich, dass der Tisch ein weiteres Mal zum Einsatz gekommen war, als sie auf einer von Beths Geburtstagspartys das Büffet auf dem Tisch aufgebaut hatten.

Nachdem Frank alle Sachen aus dem Schuppen auf den Tisch gelegt oder danebengestellt hatte, ging er in seine Wohnung und sah sich nach Dingen um, die er ebenfalls verkaufen könnte. Schließlich entschied er sich für ein Teeservice, ein paar Weingläser, einige Bücher, eine Tischlampe, einen Teppichkehrer und einen Brotkasten. Er suchte die Videofilme heraus, die er inzwischen auf DVD hatte. Obwohl Frank keinen Videorekorder mehr besaß und die Filme auf DVD hatte, fiel es ihm schwer, sich von den Videofilmen zu trennen. Die kostenlosen Glühbirnen aus dem Küchenschrank packte er in eine Plastiktüte und brachte sie ebenfalls in den Garten. Er fand ein Paket neue Weihnachtskarten – das Geschenk einer gemeinnützigen Organisation – und legte sie auf den Tisch. In die Kaffeebecher von irgendwelchen Wohltätigkeitsorganisationen stellte er die Kugelschreiber von anderen Wohltätigkeitsorganisationen und schrieb auf ein Blatt Papier »Stück 10 Pence«. Wenn er mehr Zeit und einen Krug gehabt hätte, hätte er Limonade gemacht und sie verkauft, wie man es bei den kleinen Nachbarschaftströdeln im Fernsehen immer sah.

Um 11.50 Uhr band Frank sich eine grüne Küchenschürze um, auf die vorne eine Tasche aufgenäht war. Er dachte an Kelly in ihrem Affen-Sweatshirt. Mit Wechselgeld in der Schürzentasche nahm er seinen Platz hinter dem Tapeziertisch ein und bereitete sich auf den Ansturm vor.

Frank wurde schnell klar, dass er es hinter der Theke von *Fullwind Food & Wine* oder der des Wohlfahrtsladens nicht lange aushalten würde. Kunden waren doof. Meistens gingen sie einem einfach nur auf die Nerven. Kein einziger Kunde bei seinem Gartentrödel wollte für irgendetwas den vollen Preis zahlen. Sie glaubten alle, sie wären auf einem Bazar in einer Seitenstraße von Istanbul.

»Fünfzig Pence? Ich gebe Ihnen zwanzig Pence.«

»Kommen Sie! Machen Sie mir einen guten Preis. Ein Pfund für alles.«

Und die Fragen.

»Haben Sie auch Schläger?«

»Nein.«

»Nur die Golfbälle?«

»Ja.«

»Eigentlich suche ich einen Schläger. Was kosten die Bälle?«

»Zehn Pence pro Stück.«

»Ich gebe Ihnen fünfzig Pence für die ganze Kiste.«

»Haben Sie nur Videofilme? Keine DVDs?«

»Nur Videofilme.«

»Einen Videorekorder habe ich nicht mehr.«

»Funktioniert die Lampe?«

»Ja, ich glaube schon.«

»Sie glauben? Können Sie es mir zeigen?«

»Dann müssten wir in meine Wohnung gehen und es ausprobieren.«

»Kann ich sie mit nach Hause nehmen und zurückbringen, wenn sie nicht funktioniert?«

»Warum nicht.«

»Was ist das hier?«

»Ein Brotkasten.«

»Haben Sie auch Glühbirnen mit Bajonettfassung?«

Nach drei Stunden waren die Videofilme weg, und *Der den Rasen mit der Nagelschere schneidet* hatte die Grabegabel gekauft. Und er war sich sicher, dass er das zum Verkauf angebotene Teeservice im Wohlfahrtsladen abgegeben hatte, kaufte es aber dennoch. Hilary, die Leiterin der Nachbarschaftswache, kam vorbei, ohne etwas zu kaufen. Der Mann, der die Lampe mit nach Hause genommen hatte, brachte sie zurück, weil sie nicht funktionierte.

Schließlich nahm Frank das Schild vom Tor, beendete den Verkauf und zählte das Geld in seiner Schürzentasche. Es waren 26,19 Pfund. Allerdings musste er die drei Pfund Wechselgeld abziehen, die er sich zu Beginn eingesteckt hatte. Als großen Erfolg konnte man die Aktion nicht gerade bezeichnen. Es waren nicht genug Leute gekommen. Vermutlich wurde im Fernsehen Sport übertragen, oder es war zu heiß für einen Einkaufsbummel. Er hätte einen Krug Limonade machen sollen. Das Leben hatte ihm schließlich einundachtzig Jahre lang Zitronen gegeben. Fehlte nur noch der Krug.

24

Ein Mann ungefähr in Franks Alter stieg in den Bus zum großen Sainsbury's und begann den Spießrutenlauf zu den hinteren Plätzen. Die Türen wurden geschlossen, und der Bus fuhr weiter. Durch die Heckscheibe des Busses beobachtete Frank den Mann, der stumm um Hilfe schrie. Er sah aus wie das Plakat für eine Edvard-Munch-Retrospektive.

Frank saß in dem Auto, das dem Bus folgte. Im Autoradio begann gerade die laute Fünf-Minuten-Werbung. Frank hasste Werbung, vor allem laute. Mit verbundenen Augen fand er die Stummtaste auf seiner Fernbedienung, als wäre er ein Marine, der sein Sturmgewehr reinigte. Die laute Fernsehwerbung zielte sowieso nicht auf ihn ab. Er verpasste keine großartigen Angebote oder Wunderkuren, wenn er den Ton abstellte. Die Werbung, die das ansprach, was in Franks Leben fehlte – schuldenfrei zu sein, nicht unter Inkontinenz zu leiden und keine Hilfsmittel zu benötigen, um die Treppe hinauf- und hinunterzusteigen –, wurde leise gesprochen. Die laute Werbung, die aus dem Autoradio schallte, bewarb Haargel und Handys, Popmusik und Joghurt. Doch heute achtete Frank gar nicht darauf. Ehrlich gesagt konnte er sie gar nicht hören, weil ihm ein Lied durch den Kopf geisterte.

Ich sitze auf dem Vordersitz
Kelly und ich
Wir fahren, wir fahren ...

Frank sah, dass der Bus vor ihnen weiterfuhr und die Hula-Hoop-Tänzerin auf Kellys Armaturenbrett wieder zu tanzen begann. Das Schild »Pflegedienst im Einsatz« neben der Tänzerin war umgedreht wie ein »Geschlossen«-Schild an der Tür eines Geschäfts. Da Kelly diese Autofahrt mit Frank unternahm, war sie aber genau genommen im Einsatz. Als sie um die Ecke bog und die tief stehende Morgensonne ins Auto schien, schirmte Frank seine Augen mit der Hand ab. Kelly klappte die Sonnenblende auf seiner Seite herunter.

»Danke«, sagte er.

Auf der Rückseite der Sonnenblende war ein kleiner rechteckiger Spiegel. Frank betrachtete sich. Heute hatte Kelly ein kleines Brillen-Reparatur-Set mitgebracht. Mit dem kleinsten Schraubenzieher, den man sich vorstellen konnte, schraubte sie eine neue Schraube in den Bügel von Franks belgischer Architekten-Brille. Sie sprühte Glasreiniger auf die Gläser und polierte sie mit einem kleinen grauen Tuch.

Als sie am Greyflick House vorbeifuhren, hob Frank den Blick, um zu sehen, ob Smelly John an seinem Fenster saß. Er hätte sich gewünscht, dass John ihn mit Kelly im Auto sah. Doch das Fenster war zu weit entfernt, obwohl Frank die Plastiktüte mit der Hundescheiße im Baum vor seiner Wohnung sehen konnte.

Kelly bog wieder um die Ecke, woraufhin Frank das Schild sah, das auf den großen Supermarkt hinwies, der rund um die Uhr geöffnet hatte. Ein Stück weiter, an dem Schild vorbei, war rechter Hand das Tierheim. An der Abzweigung zum Sainsbury's hielt Kelly an, damit eine junge Familie die Straße überqueren konnte. Das ältere der beiden Kinder hielt eine Katzenbox aus Pappe in der Hand. Frank fragte sich, ob Bill vielleicht in der Kiste saß. Er versuchte sich vorzustellen, was für eine Familie Bills neue Familie war. War es die richtige Familie für ihn? Wenn Bill in der Katzenbox saß, hoffte Frank, dass er ein gutes neues Zuhause fand. Am liebsten wäre er aus dem Wagen gesprungen, um zu fragen, ob er einen Blick in die Box werfen dürfe. Dann würde er sofort wissen, ob die Familie sich ihrer Verantwortung als Katzenbesitzer bewusst war und wusste, dass eine Katze mehr war als ein Weihnachtsgeschenk, auch wenn erst Juni war. Die Familie überquerte die Straße. Kelly fuhr die Zufahrtsstraße zum Supermarkt hinunter, an der Tankstelle vorbei und in das Parkhaus, das über zwei Ebenen verfügte. Die untere Ebene war voll. Daher fuhr Kelly die Rampe hinauf und parkte den Wagen auf der oberen Ebene.

Während sie mit einem Mann sprach, der anbot, ihr Auto zu waschen, bemühte Frank sich, ohne Hilfe und ohne vor Schmerzen zu schreien, aus dem Wagen zu steigen. Heute Morgen war er mit starken Schmerzen in der Brust aufgewacht, und die Schmerzen hatten sich noch nicht gelegt. Zuerst dachte er, er hätte einen Herzinfarkt oder einen Schlaganfall erlitten. Sofort darauf schoss ihm durch den Kopf, dass er in beiden Fällen Unterstützung brauchen würde, um wieder auf die Beine zu kommen. Hätte es ihm wirklich gefallen, im Schlaf zu sterben? Er hob den Arm über die Bettdecke und sagte »Hallo«. Über Schlaganfälle wusste er eigentlich nur, dass man die Arme nicht mehr heben konnte und undeutlich sprach. Offenbar hatte er keinen Schlaganfall erlitten. Als Frank sich auf den Bettrand setzte und nicht kopfüber auf den Boden fiel, kam er zu dem Schluss, dass es auch kein Herzinfarkt gewesen war.

Vermutlich hatte er sich in der letzten Zeit etwas übernommen. Allein in dieser Woche hatte er schwere Betonpoller aufgerichtet und gestrichen, einen Gartenschuppen ausgeräumt, einen Roller zu den Geschäften und zurück getragen und als Maibaum für fünf verschiedene Hunderassen gedient. Hinzu kam noch der Gartentrödel. Nicht zu vergessen die sieben Liegestütze. So beschäftigt war er selten gewesen.

Kelly sagte »Nein danke« zu dem Mann, der anbot, ihr Auto zu waschen. Als Frank ihr durch das Parkhaus folgte, fragte er sich, ob er zu alt war, um im Parkhaus eines Supermarktes Autos zu waschen. Er versuchte, sich den Namen der Firma und die Telefonnummer auf der wasserdichten Jacke des Mannes einzuprägen. Dann konnte er später dort anrufen und fragen, ob es freie Stellen gab.

»Sechs zwei drei, vier fünf fünf sechs«, flüsterte er und versuchte, sich die Telefonnummer einzuprägen. »Drei zwei fünf.« Als sie in dem silbernen Aufzug standen, der sie zur unteren Ebene des Parkhauses fuhr, hatte er die Nummer wieder vergessen. Irgendetwas mit »Wäsche« war alles, was er auf der Jacke des Autowäschers gelesen hatte.

Kelly steckte eine Pfundmünze in den Schlitz eines Einkaufswagens und zog ihn heraus. Sie schob ihn mehrmals vor und zurück, um zu überprüfen, ob die Räder einwandfrei fuhren. Dann betrat sie mit Frank das große Sainsbury's.

Blade Runner.

Das hätte Frank gerne gesagt.

Es war wie in *Blade Runner*.

Der Supermarkt war riesengroß. Er war so groß, dass Frank gar nicht sehen konnte, wo er endete, falls es überhaupt ein Ende gab. Er stellte sich vor, dass die Größe in Fußballfeldern gemessen wurde und die Höhe in Doppeldeckerbussen. In der Mitte des Geschäftes führte eine Rolltreppe zu einer zweiten Ebene, wo Möbel, Elektrogeräte und Spielzeug verkauft wurden. Das Geschäft war hell erleuchtet, und überall hingen bunte Schilder, die auf Aktionspreise, Schnäppchen und Sonderangebote hinwiesen. Zwischen den Durchsagen lief Musik oder umgekehrt. Die Werbung und die Durchsagen für die Kunden waren lauter und länger als die Musik – genauso wie die Werbung in Kellys Autoradio. Frank interessierte das nicht. Er hatte einen neuen Song.

Wir sind im großen Sainsbury's
Kelly und ich
Wir shoppen, wir shoppen ...

»Bitte ein Mitarbeiter in Gang siebzig den Boden aufwischen«, klang es durch die Lautsprecher.

Siebzig Gänge!, dachte Frank. Siebenundsechzig mehr als in dem Geschäft, in dem er normalerweise einkaufte. Und es waren breite Gänge, so breit wie zwei Doppeldeckerbusse, breiter als das ganze *Fullwind Food & Wine*. Es gab eine Feinkosttheke und eine Fischtheke. Einen Metzger, einen Bäcker, und wahrscheinlich verbarg sich irgendwo auch noch ein halber Öko-Bauernhof. In einer Apotheke in demselben Gebäude saß eine Frau auf einem Hocker und ließ sich von einer anderen Frau in einem weißen Kittel die Augenbrauen zupfen.

Heute Morgen hatte Frank auch seine Augenbrauen gezupft. Nie im Leben hätte er gedacht, dass er das eines Tages tun würde. Er wusste nicht einmal, ob Sheila es gemacht hatte. Und er musste häufiger niesen als beim Ausreißen der Nasenhaare vor ein paar Wochen. Die Frau auf dem Hocker in der Apotheke nieste nicht. Wahrscheinlich gehörte mehr dazu, als nur ein Haar mit der Pinzette zu fassen und dann zu hoffen, dass alles gut ging.

Sie betraten das Geschäft, gingen an den Zeitungen, Zigaretten und Blumen vorbei und gelangten in den ersten der drei Obst- und Gemüsegänge.

»Obst?«, fragte Kelly. »Äpfel? Apfelsinen?«

»Hm …«

Die Auswahl war einfach zu groß. Einige der Obst- und Gemüsesorten kannte Frank gar nicht. Sie sahen aus wie Requisiten für einen Science-Fiction-Film, der auf einem anderen Planeten spielte. Frank legte einen Beutel Apfelsinen in den Wagen. Kelly legte sie sofort wieder zurück auf den Haufen und nahm Apfelsinen, die weiter hinten und unten lagen. Sie zeigte Frank das Etikett.

»Zwei Tage frischer.«

In dem Gang, in dem unter anderem Konserven mit Bohnen und Erbsen standen, nahm Frank eine Dose Spaghetti aus dem Regal.

»Dosenspaghetti?«, fragte Kelly. Es schien sie zu enttäuschen, dass Frank dieselben Sachen auswählte wie in dem kleinen Geschäft in Fullwind. »Essen Sie auch Fish and Chips, wenn Sie in Spanien Urlaub machen?«

»Ich war noch nie in Spanien.«

Kelly nahm die Spaghetti aus dem Wagen und stellte sie zurück. »Dann achten Sie wenigstens darauf, dass Sie etwas Geld sparen«, sagte sie und nahm eine Vierer-Packung aus dem Regal. Sie zeigte Frank den Preis, stellte die Dosen in den Einkaufswagen und nahm noch eine Vierer-Packung aus dem Regal.

»So gerne esse ich Spaghetti auch wieder nicht«, sagte Frank.

»Wenn man eine Vierer-Packung kauft, ist eine Dose umsonst.«

Sie gingen durch den riesigen Laden, und Kelly zeigte Frank die Angebote und Aktionspreise. Sie erklärte ihm, dass er immer zuerst auf die Angaben auf der Rückseite schauen müsse, ehe er sie in den Wagen legte. Sie zeigte ihm die Nährwertangaben, den Fettgehalt, das Ampelbewertungssystem und alle künstlichen Zutaten und Vitamine, von denen er nie zuvor etwas gehört hatte.

Frank legte Fertiggerichte aus Italien, Indien und China in den Einkaufswagen und eine Packung Couscous. Woher das kam, wusste Frank nicht, und auch nicht, was es überhaupt war. Kelly meinte, er solle es mal probieren. Je voller der Wagen wurde, desto sicherer wurde Frank. Er wählte ein Müsli aus, weil es ihn an den Werbeslogan einer alten Fernsehwerbung erinnerte, den er Beth früher vorgesungen hatte. Frank nahm das größere Paket, weil es im Vergleich günstiger war. Kurz darauf legte er drei Päckchen Oreos in den Wagen, obwohl er sie gar nicht so gerne aß, aber er brauchte nur zwei der Pakete zu bezahlen. Er wollte auch Schinken und Tomatenketchup kaufen, alles in den Kühlschrank legen und Beth davon erzählen, wenn er das nächste Mal mit ihr telefonierte.

Die große Pizza, die Frank kaufte, war viel zu breit für seinen Kühlschrank. Er kaufte Kuchen und so viele Teebeutel, dass sie reichen würden, den Atomkrieg zu überstehen, der unmittelbar bevorstand, wie ihm gestern Abend jemand im Fernsehen erzählt hatte. Frank hoffte, dass Fullwind-on-Sea an einem Montag atomar verseucht werden würde, sodass er den nuklearen Winter nicht alleine überstehen müsste.

In der DVD-Abteilung entdeckte er *Dirty Dancing*, der nur 2,99 Pfund kostete. Frank legte die DVD in den Einkaufswagen.

»Wenn Ihnen der Film gefällt, könnten Sie sich anschließend *Footloose* anschauen«, meinte Kelly.

Ein Mann ging an ihnen vorbei. Als er Frank sah, nickten die beiden Männer einander kurz zu.

»Wer war das?«, fragte Kelly.

»Fat Pat.«

»Fat Pat?«

»Ja.«

»Ein Freund von Ihnen?«

»Ich habe nur einmal mit ihm gesprochen.«

»Offenbar lang genug, um ihm diesen liebenswerten Spitznamen zu geben. Ich hoffe jedenfalls, er ist liebenswert gemeint.«

»Ich habe auch einen Freund, der Smelly John heißt.«

»Das ist aber jetzt ein Scherz.«

»Nein.«

»Und wer bin ich? Smelly Kelly?«

»Nein. Jedenfalls nicht in der negativen Bedeutung.«

Frank streckte den Arm aus, um eine *Dick und Doof*-DVD aus dem Regal zu nehmen. Nach den zahlreichen Aktivitäten in der letzten Woche war sein Arm ganz steif. Am liebsten hätte er Pat eingeholt, seine Ärmel aufgerollt und gesagt: »Sehen Sie. Straffe Haut. Und jetzt stechen Sie mir einen Schmetterling, Fettsack.«

Hinter einem kleinen hohen Tisch stand eine Frau, die Käsestücke zum Probieren anbot. Frank nahm eins und fragte dann, ob er wohl ein zweites Stück haben könne.

»Haben Sie Hunger?«, fragte Kelly ihn. »Hier gibt es ein Restaurant.«

»Verspäten Sie sich dann nicht bei Ihrem nächsten …?« Kunden? Patienten? Was war er eigentlich genau?

»Ich kann auch jetzt meine Mittagspause machen.«

Sie stellten sich an der Kasse mit der kürzesten Schlange an und legten alles aufs Kassenband. Anschließend packten sie alles in Plastiktüten und stellten diese in den Einkaufswagen. Als Frank die Summe auf dem Display sah, dachte er, er würde in Ohnmacht fallen. Die Frau an der Kasse fragte ihn, ob er eine Treuekarte habe.

»Ähm … nein.«

»Möchten Sie eine Treuekarte?«

»Ähm.«

»Ich gebe Ihnen eine Broschüre mit, dann können Sie sich später entscheiden.«

Sie gab Frank die Broschüre, die dieser zusammenfaltete und in seine Hosentasche stopfte. Er nahm sich vor, unglaublich treu zu sein. Sie wären schon genervt, wenn sie ihn nur sahen. Frank bezahlte die Einkäufe mit seiner Bankkarte. Da die Karte akzeptiert wurde, nahm er an, dass seine Rente überwiesen – und soeben wieder abgebucht – worden war. In dem Restaurant des Supermarktes setzte Frank sich an einen Tisch und stellte den Einkaufswagen mit den Einkaufstüten neben sich. Kelly ging zur Theke. Im Gegensatz zu den Gästen im Strandcafé brauchten die Gäste in diesem Restaurant keine Spekulationen darüber anzustellen, in welchem Verhältnis Kelly und Frank zueinander standen. An Kellys Dienstkleidung konnten sie leicht ablesen, dass sie Franks Pflegekraft war und er ihr Patient oder ihr Kunde. Sie war da, um ihn zu versorgen. Vermutlich hatten sie ein wenig Mitleid mit ihm. Diese Trottel.

Kelly brachte Frank ein Käsesandwich und eine Orangenlimonade und fragte ihn dann nach Fat Pat und Smelly John. Er erklärte ihr, dass John nicht roch, jedenfalls ebenso wenig schlecht roch wie sie. Frank erzählte ihr, dass John gerne Brettspiele spielte und sich gerne über andere Leute lustig machte. Als er die Geschichte zum Besten gab, wie er Smelly John kennengelernt hatte, schaute Kelly ihn ungläubig an.

»Haben Sie mal *Panzerkreuzer Potemkin* gesehen?«, fragte Frank.

»Nein. Ist das ein Film?«

»Ja, ein alter Stummfilm. Es gibt eine berühmte Szene auf einer Treppe, die man so schnell nicht vergisst. Ein Kinderwagen rollt ungebremst eine Treppe hinunter. In *Die Unbestechlichen* gibt es eine Hommage an diese Szene. Haben Sie den Film gesehen?«

»Ich glaube nicht. Wer spielt da mit?«

»Alle. Kevin Costner, Sean Connery, Robert De Niro.«

»Wahrscheinlich habe ich ihn gesehen. Ich kann mich an Filme nie gut erinnern.«

»Und in einem *Dick und Doof*-Film kommt auch so eine Szene vor. Als ein Klavier, das sie ausliefern, eine steile Treppe hinunterrollt.«

»Ich mag *Dick und Doof*-Filme nicht«, sagte Kelly. »Mein Vater hat sich früher ständig diese Filme angesehen. Mich macht es wütend, wenn immer alles schiefgeht und man vorher schon weiß, dass es so kommt. Ich würde sie am liebsten anschreien, nicht immer wieder denselben Fehler zu machen. Aber was hat das alles mit Smelly John zu tun?«

»Kennen Sie den steilen Hang, der hinter dem Krankenhaus zum Meer führt?«

»Ja, ich glaube schon.«

»Da habe ich ihm das Leben gerettet.«

»Sie haben ihm das Leben gerettet?«

»Er war in seinem Rollstuhl eingeschlafen, und der Rollstuhl rollte den Hang hinunter und wurde immer schneller. Ich kam gerade vorbei und habe den Rollstuhl angehalten.«

Kelly sagte nichts. Sie starrte Frank nur an, und es sah so aus, als glaubte sie ihm nicht.

»Es stimmt. Er war ohnmächtig geworden oder so was. Ich habe den Rollstuhl angehalten und den Hang hinaufgeschoben. Das war ganz schön anstrengend. Dann habe ich John nach Hause gefahren.«

»Wirklich?«

»Ja. Er hat ein Apartment in einem Haus für betreutes Wohnen, und da habe ich ihn hingebracht.«

»Sind Sie sicher, dass das nicht nur eine Szene aus einem *Dick und Doof*-Film ist?«

»Nein, es stimmt. Wenn Sie wollen, können Sie ihn kennenlernen. Sie müssten aber mit zu ihm kommen. Er geht nicht raus.«

»Ich denke, Sie haben ihn draußen kennengelernt.«

»Er geht nicht *mehr* raus. Er hat MS. Habe ich das schon erwähnt? Darum sitzt er im Rollstuhl. Sein Apartment ist im ersten Stock. Der Aufzug ist dauernd kaputt, aber ihm scheint das zu gefallen. Er lässt sich dann vom Heimleiter die Treppe rauf- und runtertragen. Das scheint für ihn so eine Art Rache zu sein.«

»Wofür?«

»Er sagt, der Heimleiter hat ihn auf dem Kieker. Weil er ein Rassist ist.«

»Smelly John ist ein Rassist?«

»Nicht John. Der Heimleiter. Der Heimleiter ist ein Rassist.«

»Hat er ihn angezeigt?«

»Ich glaube nicht.«

»Er sollte ihn anzeigen«, meinte Kelly.

»Ich glaube nicht.«

»Es gibt keinen Grund, so etwas zu tolerieren. Möchten Sie, dass ich mit ihm spreche?«

»Und wenn es gar nicht stimmt?«

»Aber Ihr Freund meint doch, der Heimleiter wäre ein Rassist, oder?«

»Ja.«

»Dann sollte er ihn anzeigen.«

»Ich bin mir nicht sicher, ob er ein Rassist ist«, sagte Frank.

»Sie sind aber auch nicht sicher, dass er es *nicht* ist, oder?«

»Nein, aber die Sache ist komplizierter.«

»Warum?«

»Ich bin mir nicht sicher, ob Smelly John schwarz ist.«

»Was?«, sagte Kelly und spuckte beinahe ihren Kaffee aus. »Sie sind sich nicht sicher?«

»Ja. Nein. Ja. Er sieht nicht besonders schwarz aus.«

Kelly war wie vor den Kopf geschlagen.

»Nicht besonders?«

»Eigentlich gar nicht.«

»Haben Sie ihn gefragt?«

»John gefragt, ob er schwarz ist?«

»Ja.«

»Wir haben darüber noch nie gesprochen. Wenn ich das Thema jetzt anschneide, könnte er sich wundern. Er könnte glauben, dass ich ebenso wie der Heimleiter ein Rassist bin.«

»Der vermutlich gar kein Rassist ist«, sagte Kelly.

»Ja.«

»Weil John gar nicht schwarz ist?«

»Ja.«

»Ich weiß wirklich nicht, was ich dazu sagen soll. Und was ist mit Fat Pat? Was ist sein Geheimnis?«

»Er ist nur fett.«

Kelly fuhr Frank nach Hause. Sie half ihm, die Einkaufstüten die Treppe hinaufzutragen und alles wegzupacken. Als sie ging, schaute Frank auf die Uhr. Kelly hatte über zwei Stunden mit ihm verbracht. Eine Stunde pro Woche reichte ab sofort definitiv nicht mehr aus.

25

Frank mochte *Dirty Dancing* nicht. Und die zahlreichen Unterbrechungen während des Films machten es auch nicht besser. Der Vorspann war noch nicht einmal vorbei, als das Telefon klingelte. Er stellte den Film auf Pause und nahm ab.

»Hallo. Könnte ich bitte Mr. Watson sprechen?«

»Tut mir leid. Sie müssen sich verwählt haben.«

Die Frau am anderen Ende der Leitung las Franks Telefonnummer vor.

»Das ist meine Nummer«, sagte Frank. »Aber nicht mein Name.«

»Seltsam. Das ist die Nummer, die wir haben.«

»Darf ich fragen, wer Sie sind?«

»Mein Name ist Angela. Ich rufe von *Lemons Care* an.«

Mr. Watson war der Name, den Frank an dem Tag genannt hatte, als er sich als Amerikaner ausgab, um sich bei *Lemons Care* nach den Kosten für die Versorgung seines Vaters zu erkundigen. Mit einem Rückruf hatte er überhaupt nicht gerechnet.

»Hier wohnt niemand mit diesem Namen. Sie müssen sich verwählt haben.«

»Tut mir leid«, sagte Angela. »Entschuldigen Sie die Störung.«

Frank verabschiedete sich und legte auf. Angela würde seine Nummer mit Sicherheit irgendwann noch einmal wählen, vielleicht jetzt sofort. Dann erwartete sie, am anderen Ende der Leitung eine amerikanische Stimme zu hören. Frank überlegte, ob er sich als Mr. Watson melden und sagen sollte, dass er nicht mehr interessiert sei oder es sich nicht leisten könne. Er könnte auch sagen, dass sich der Zustand seines kranken Vaters, Mr. Watson senior, plötzlich verschlechtert hatte und er leider verstorben sei.

Er drückte erneut auf die Pausentaste des DVD-Players, um den Film weiterzusehen, aber er war zu abgelenkt. Immer wieder schaute Frank zum Telefon hinüber und erwartete, dass es im nächsten Augenblick klingelte. »Hallo«, sagte er laut zu niemandem und übte seinen amerikanischen Akzent. »Hallo. Hier ist Mr. Watson. Was kann ich für Sie tun?« Frank hatte vergessen, mit welchem Akzent Mr. Watson gesprochen hatte. Während er darüber nachdachte, verpasste er die Story des Films.

Etwa eine halbe Stunde später klingelte das Telefon erneut. Dieses Mal ließ Frank den Film weiterlaufen und stellte nur den Ton ab.

»Hallo«, sagte er.

»Ist dort Mrs. Sharpes?«, fragte eine Männerstimme.

»Nein. Ich glaube, Sie haben sich verwählt.«

»Sind Sie der Hausbesitzer?«

»Nein. Wer ist denn da?«

»Hier ist die Firma Kredite und Schuldenberatung und Kreditschuldenberatung.«

»Nein danke. Ich bin nicht interessiert.«

»Hat man Ihnen eine falsche Versicherung aufgeschwatzt?«

»Nein danke.«

Der Mann sprach immer weiter, als spielte Frank in dem Gespräch keine Rolle.

»Heißen Sie Janice?«, fragte Frank.

»Wie bitte?«

»Ach nichts.«

»Sie haben unbeabsichtigt eine viel zu teure Versicherung abgeschlossen.«

»Nein, habe ich nicht.«

»Als Sie Ihre Hypothek beantragt haben …«

»Ich habe keine Hypothek.«

Frank schaute auf den Fernseher und versuchte, wenigstens so viel von dem Film mitzubekommen, dass er ihn sich nicht noch einmal von Anfang an ansehen musste.

»Könnte ich mit dem Hausbesitzer sprechen?«

»Der Hausbesitzer ist nicht da.«

Der Mann sprach immer weiter. Er nannte Zahlen und Prozentsätze und sprach dann in Großbuchstaben, UM ZU BETONEN, WIE WICHTIG ES WAR, WAS ER SAGTE, *UND AB UND ZU WARF ER AUCH ETWAS IN KURSIV EIN, UM FRANK ZU ERLÄUTERN, WAS ER ALLES TUN UND LASSEN SOLLE.* Als er kurz Luft holte, sagte Frank:

»Ich weiß gar nicht, worüber Sie sprechen.«

»Sind Sie der Hausbesitzer?«

»Nein.«

»Könnte ich mit dem Hausbesitzer sprechen?«

»Nein, hier können Sie nicht mit dem Hausbesitzer sprechen.«

»Wann ist er erreichbar?«

»Ich weiß es nicht. Er wohnt nicht hier.«

»Würden Sie mir Ihren Namen nennen?«

»Nein.«

Der Mann sprach wieder über Versicherungen. In *Dirty Dancing* regnete es heftig, und Patrick Swayze schien sich über etwas aufzuregen. Da der Ton abgestellt war, wusste Frank nicht, worüber er sich aufregte. Swayze trat gegen einen weißen Holzpoller. Er hat Glück, dass er aus Holz ist, dachte Frank. Swayze riss den Poller heraus und zerschmetterte damit ein Autofenster. Frank wartete darauf, dass Albert Flowers in der nächsten Szene auftauchte, um mit Swayze darüber zu sprechen.

»Nein danke«, sagte er zu dem Mann am Telefon. »Ich habe wirklich kein Interesse. Auf Wiederhören.« Frank legte auf, während der Mann weiterredete. Er würde sich Franks Telefonnummer bestimmt aufschreiben. Eines Tages würde er sich mit all den anderen Mitarbeitern von Callcentern und Vertretern, die Frank irgendwann einmal abgewimmelt, über die er Scherze gemacht oder denen er die Tür vor der Nase zugeschlagen hatte, zusammentun und mit ihnen bei ihm auf der Matte stehen. Sie würden ihn niederknüppeln und ihm dann eine beitragsfreie Unfallversicherung aufschwatzen, die in keinem Schadensfall zahlte.

Frank drückte wieder auf Pause und kochte sich eine Tasse Tee. Er wusste nicht, worum es in dem Film ging, aber er hatte keine Lust, ihn noch einmal von vorne anzusehen. Zehn Minuten hatte es allein gedauert, bis die Hinweise zum Urheberrecht und die Raubkopiewarnungen in sieben verschiedenen Sprachen durchgelaufen waren. Er würde sich den Rest des Films ansehen und hoffentlich genügend mitbekommen, um sich eine Meinung zu bilden und mit Kelly über den Film sprechen zu können.

Der Film war fast zu Ende, als Frank ein Quietschen hörte. Zuerst glaubte er, es sei die DVD. Er versuchte das Quietschen zu ignorieren, doch es hörte nicht auf. Das war nicht die DVD. Es quietschte hinter ihm. Frank drehte sich um. Hinter seinem Fenster stand ein Mann. Er hatte Haare wie Art Garfunkel. Das fiel Frank zuerst auf. Dann erst sah er, dass der Mann sein Fenster putzte. Frank hatte keinen Fensterputzer bestellt. Das konnte er sich nicht leisten. Wenn die Fenster zu schmutzig waren, lehnte er sich, so weit er konnte, hinaus und putzte den Teil der Fensterscheibe, den er erreichte, ohne hinauszufallen. Seine Fenster waren nie ganz sauber, aber auch nie ganz schmutzig. Optimisten und Pessimisten hatten unterschiedliche Meinungen von seinen Fenstern.

Jedenfalls hatte er ganz sicher keinen Fensterputzer.

Frank beobachtete den Mann mit dem gelockten Haar. Dieser nickte und putzte weiter. Frank überlegte, ob er das Fenster öffnen und ihn wie in einer Sitcom von der Leiter stoßen sollte.

»Was wollen Sie?«, fragte Frank.

»Was?«, sagte der Mann.

»Was wollen Sie?«

Art Garfunkel hielt inne, strich die Locken zur Seite, legte eine Hand hinters Ohr, aber anstatt lauter zu sprechen, flüsterte er: »Ich verstehe Sie nicht.«

Um ein weiteres Teekessel-Gespräch zu vermeiden, erhob Frank sich aus dem Sessel und trat ans Fenster. Es war verschlossen, und er wusste nicht, wo der Schlüssel war.

»Eine Minute«, sagte er.

Der Fensterputzer legte wieder eine Hand hinters Ohr und flüsterte: »Was?«

»Ich muss den Schlüssel suchen«, sagte Frank und machte eine Bewegung, als würde er das Fenster aufschließen. Er ging ins Badezimmer und fand dort den Fensterschlüssel, kehrte zurück und öffnete das Fenster neben dem, das der Mann putzte.

»Ich dachte, Ihre Fenster könnten vielleicht mal geputzt werden«, sagte der Mann. »Hier in der Straße putze ich alle Fenster. Es ist mal etwas anderes, wenn ich meine Leiter benutzen muss.«

»Ich kann mich nicht erinnern, darum gebeten zu haben«, erwiderte Frank.

»Es hat niemand aufgemacht.« Der Mann sah an Frank vorbei auf den Fernseher. »Meine Frau liebt diesen Film.«

Frank drehte sich um. Patrick Swayze setzte Jennifer Grey nach einer Hebung vor ihm auf dem Boden ab. Frank hatte die berühmteste Szene des Films verpasst.

Wenn er sich *Dirty Dancing* jemals noch einmal ansehen würde, würde diese Szene eine besondere Bedeutung für ihn haben. Damit meinte er nicht die Szene, in der Patrick Swayze Jennifer Grey wieder auf den Boden stellt, sondern wie Art Garfunkel seine Fenster putzte. Auch andere Filme erinnerten ihn oft an Dinge, die nichts mit dem Film zu tun hatten. Es ging entweder um den Zeitpunkt oder den Ort, an dem er den Film gesehen hatte, oder noch häufiger um etwas, das passiert war, als er sich den Film zum ersten Mal angesehen hatte. Er erinnerte sich dann jedes Mal daran, wenn er den Film anschaute, ohne dass er etwas dagegen tun konnte. Eine zusätzliche Dimension der Geschichte, die sich der Kontrolle des Regisseurs entzog.

Vor vielen Jahren hatte Frank sich *Wild Wild West* angesehen. Mitten in der Szene mit den furzenden Cowboys rief das Krankenhaus an und sagte ihm, dass er am besten so schnell wie möglich kommen solle. Seitdem konnte Frank sich den Film *Wild Wild West* nicht mehr ansehen. Er würde immer wieder darauf warten, dass das Telefon klingelte und ein Arzt ihm mitteilte, dass seine Frau im Sterben lag. Viele traurigere Filme, die viel mehr mit Sheilas Sterben zu tun hatten – *Philadelphia* oder *Love Story* –, konnte er sich hingegen ansehen. Er fand sie nicht annähernd so traurig wie die Szene mit den Cowboys, die an einem Lagerfeuer saßen und furzten.

Von diesem Augenblick an würde seine lebhafteste Erinnerung an *Dirty Dancing* jedenfalls nicht die Szene sein, in der Patrick Swayze Jennifer Grey wie ein Kanu über seinen Kopf hob – diese Szene hatte er nicht einmal gesehen –, sondern der Anblick von Art Garfunkel vor seinem Wohnzimmerfenster.

»Warum putzen Sie meine Fenster?«, fragte Frank ihn.

»Sie sind sehr schmutzig.«

»Ich mache das selbst.« Wenn er in einem Auto an einer Ampel gestanden und der Mann ohne Aufforderung begonnen hätte, seine Windschutzscheibe zu putzen, hätte er sich nicht besonders gewundert. Das kam häufiger vor. Aber ein Fensterputzer, den man nicht bestellt hatte, das war etwas ganz Neues.

»Ich habe geklingelt«, sagte der Fensterputzer. »Ich glaube, die Klingel funktioniert nicht.«

»Tut sie auch nicht.«

Vor ein paar Tagen hatte Frank einem jungen Mann die Tür geöffnet, der lächelnd vor ihm gestanden und ihm ein Plastikschild gezeigt hatte, das an einer Kette um seinen Hals hing. Auf dem Schild stand nur der Name des Mannes. Er hieß Tony. Weitere Informationen lieferte das Schild nicht. Wie hatte es je dazu kommen können, dass ein laminiertes Stück Pappe so zuverlässig Vertrauen herstellte? Jeder konnte mit seinem Handy ein Foto von sich selber machen und es unter seinem Namen auf ein Stück Pappe kleben. Man konnte beides zu Hause ausdrucken. Ein Laminiergerät kostete nicht die Welt. In der Bücherei stand auch eins.

Tony hob den Zeigefinger, um Frank zu signalisieren, dass er warten und gut aufpassen solle. Dann drückte er auf Franks Klingel.

»Sehen Sie!«, sagte Tony.

»Was?«, sagte Frank.

Tony drückte wieder auf die Klingel. Dieses Mal länger. Er verzog das Gesicht und schüttelte den Kopf.

»Das hört sich nicht gut an, nicht wahr?«, sagte Tony.

Er hatte doch tatsächlich versucht, Frank eine Türklingel zu verkaufen.

Nachdem er Tony endlich wieder losgeworden war, hatte er seine Klingel abgestellt. Niemand, den er nicht wirklich gerne sehen wollte, klingelte bei ihm. Smelly John verließ das Greyflick House nie. Der Briefträger klopfte immer, und Kelly hatte die Kombination zu dem Safe, in dem sein Schlüssel lag. Jetzt musste Frank also Fensterläden anbringen und die Fassade mit Anti-Kletter-Farbe streichen. Denen fällt doch tatsächlich immer was Neues ein, dachte er.

»Das war's«, sagte der Fensterputzer. Frank nahm an, dass er mit dem Fenster fertig war, doch der Mann zeigte mit einem schmutzigen gelben Fensterledertuch ins Wohnzimmer. Frank drehte sich um und sah den Abspann von *Dirty Dancing*, der über seinen Bildschirm lief. Dann schaute er durch das offene

Fenster hinunter. In seinem Alter würde ein Sturz ihn umbringen. Wenn er aber versuchte, auf dem Busch zu landen, könnte dieser den Sturz gerade so weit abfedern, dass er sich die Beine oder einen Arm brach. Dann müsste Kelly noch eine Weile zu ihm kommen. Wenn er die Flugbahn richtig einschätzte, müsste es ihm gelingen, Art Garfunkel mitzureißen.

Auf der Rückseite der DVD-Hülle von *Dirty Dancing* war zu lesen: »Filmlänge: ca. 96 Minuten«. Frank hatte ca. 197 Minuten gebraucht, um den Film bis zum Ende zu schauen. *Dirty Dancing* hatte ihm nicht gefallen. Aber er beschloss, Kelly zu sagen, dass er ihn mochte.

26

Frank fegte mit den Händen die Spinnweben von dem Shopper mit dem roten Schottenmuster. Anschließend schüttelte er ihn, bis die Spinne ins Gras fiel. Dann nahm er den Shopper mit in seine Wohnung, wo er ihn mit einem feuchten Tuch auswischte und alle Dinge aus seiner Wohnung hineinlegte, die er glaubte verkaufen zu können. Er nahm ein paar Deko-Gegenstände vom Kamin – Eulen und Schweine und eine kleine Vase. Die zwölf Giraffen wickelte er in Zeitungspapier und legte sie in den Korb. Aus der Küchenschublade nahm er zwei winzige Silberlöffel und legte sie in den Korb. Es dauerte eine halbe Stunde, um ein paar DVDs aus seiner Sammlung herauszusuchen, deren Verlust er verschmerzen konnte. Das war schlimmer für ihn, als die Videofilme zu verkaufen. Allein ein Blick auf die Rückseiten der Filmhüllen, die er sich erst einmal angesehen hatte und die er sich vermutlich auch nie wieder anschauen würde, weckte in ihm den Wunsch, die Aktion sofort zu stoppen und sich die Filme auf der Stelle anzusehen. Frank versuchte, zehn DVDs nach dem Zufallsprinzip auszuwählen, ohne hinzusehen, doch am Ende nahm er sie alle wieder aus dem Korb. Der Gedanke, seine Lieblingsfilme zu verhökern, war ihm unerträglich.

Als der Shopper voll war, rumpelte er mit ihm die Treppe hinunter und schob ihn zur Bushaltestelle. Eines der beiden Räder quietschte, und Frank war froh, als er das Ende der Sea Lane erreichte, wo mehr Verkehr war, der das Quietschen übertönte.

Als der Bus kam, senkte der Fahrer den Wagen ab, damit Frank den schweren Shopper in den Bus ziehen konnte. Er spürte, dass die alten Frauen im Bus die Köpfe schüttelten und sich fragten, warum der Fahrer für ihn den Bus absenkte. Es sah nicht so aus, als hätte er irgendeine Behinderung. Für sie senkte der Fahrer den Bus nie ab, wenn sie mit ihren Shoppern einstiegen. Ob sein Shopper wohl voll war? Aber wer fuhr schon mit einem vollen Shopper zum Supermarkt? Typisch Männer, diese Faulpelze.

Als Frank den Shopper zum hinteren Teil des Wagens schob, blieb er mit einem Rad am Shopper einer alten Dame hängen. Der Kampf der Schottenmuster. Das grün-blaue Schottenmuster des Shoppers der alten Dame gegen Franks rotes Schottenmuster. Es war dasselbe rote Schottenmuster wie auf den Einbänden seiner Fotoalben und auf der Decke von Bills Katzenkorb. Frank kannte den Clan nicht und wusste nicht einmal, ob das Schottenmuster zu einem Clan gehörte. Es war wohl einfach nur ein Karomuster. Frank entschuldigte sich und löste die Räder voneinander. Er setzte sich hin und starrte aus dem Fenster wie auf einem neuen Poster für eine weitere Edvard-Munch-Retrospektive.

Der Bus hielt am Krankenhaus an, um einen Fahrgast einsteigen zu lassen. Frank ergriff die Gelegenheit, um auszusteigen. Der Fahrer war sauer, weil er nicht am Supermarkt ausstieg, und senkte den Bus daher nicht ab. Frank zog seinen Shopper auf den Bürgersteig und bedankte sich dennoch beim Fahrer.

Er ging mit dem Shopper um das Krankenhaus herum durch das Gewerbegebiet, bis er die heruntergekommene High Street erreichte. Frank kam an den Döner- und Pommesbuden vorbei und watete durch eine kniehohe Schicht aus Teilen von Geflügelkörpern und weggeworfenem Dönersalat. Das Schaufenster des Sexshops sah heute anders aus. Zu den drei Schaufensterpuppen hatte sich eine vierte gesellt. Sie trug von Kopf bis Fuß schwarze Lackkleidung, und an ihrer Taille hing ein stattlicher Plastikpenis. Frank fühlte sich alt.

Die Pfandleihe schien geschlossen zu sein. Die BARGELD-FÜR-ALLES-Leuchtreklame war ausgeschaltet. Frank spähte durch das schmutzige Fenster. Es bewegte sich nichts, und er sah nur zwei blinkende Schilder. Auf einem stand SCHECKS und auf dem anderen BARGELD. Frank wünschte sich, er hätte sein Scheckheft mitgenommen. Wenn jemand einen seiner Schecks akzeptierte, würde das alles vereinfachen. Aber natürlich wäre er nicht gedeckt.

Frank versuchte, die Tür zu öffnen und stellte überrascht fest, dass sie nicht verschlossen war. Ein lautes Summen erklang, das erst verstummte, als er seinen schweren Shopper hineingezogen hatte und die Tür schloss. Als das Summen verstummt war, herrschte Stille im Geschäft, und das quietschende Rad von Franks Shopper klang unglaublich laut, als er den Wagen zur Ladentheke zog.

An allen Wänden standen Glasvitrinen und Regale mit Stereoanlagen und DVD-Playern, mit Spiele-Konsolen, mit Computern und E-Gitarren. Drei Schlagzeuge wurden zum Kauf angeboten. Typisch. Zuerst wartet man eine Ewigkeit, dass man irgendwo günstig ein Schlagzeug kaufen konnte, und genau in dem Moment, wo man gerade überhaupt kein Geld hat, tauchen gleich drei Stück auf. Frank ging auf die Ladentheke zu. Er fragte sich, wie viel BARGELD er für ALLES bekommen würde. Wenn er genug dafür bekam, würde er von dem Geld, das übrig blieb, eines der Schlagzeuge kaufen.

Die Frau hinter der Theke legte ihre Zeitschrift aus der Hand.

»Ja?«

»Hallo. Ich habe hier einige Dinge, die ich verkaufen möchte.«

»Was haben Sie denn?«

Frank nahm die Sachen nacheinander aus dem Shopper und legte sie auf die Theke.

»Nein«, sagte die Frau. Frank stellte die Vase auf die Theke. »Nein«, sagte sie immer wieder. Sie drückte sich nie anders aus, sie sagte einfach immer nur Nein. Sobald Frank etwas aus dem Shopper nahm, sagte sie »Nein«. Er nahm ein in Zeitungspapier eingewickeltes Päckchen aus dem Korb und wickelte es auf der Theke aus. Als die Frau die erste Porzellangiraffe sah, wollte sie schon Nein sagen, aber als sie sah, dass er mehr Giraffen auspackte – eine Sammlung sozusagen – schwieg sie. Nachdem Frank die zwölfte Giraffe ausgepackt hatte, sagte sie »Nein«. Er sah, dass seine Porzellantiere – abgesehen von einem lebensgroßen Leoparden in einer Ecke – die einzigen in der Pfandleihe waren. Er war in das falsche Geschäft gegangen.

Ein bisschen mehr Interesse zeigte die Frau an Franks Armbanduhr. Sie hielt sie in der Hand um das Gewicht zu überprüfen, und schaute eine Weile auf den Sekundenzeiger. Sie sagte nicht Ja, legte die Uhr aber auf eine Seite der Theke. Ebenso wie eine kleine silberne oder zumindest silberfarbene Dose und einen der kleinen Löffel. Frank nahm an, dass das der »Vielleicht-Haufen« war. Dort lagen fünf Dinge. Alles andere lag auf dem »Nein-Haufen«.

»Passen Sie auf«, sagte die Frau. »Zwanzig.«

»Zwanzig?«

»Für alles. Hören Sie auf jetzt. Zwanzig Pfund. Fünfundzwanzig. Dann müssen Sie nicht alles aus dem Shopper Ihrer Mutter auspacken, es auf die Theke legen, alles wieder einpacken und nach Hause verfrachten.«

Fünfundzwanzig Pfund. Frank malte sich aus, wie Kelly nach ihrem letzten Besuch aus dem Haus gehen würde und er sie nicht auf dem Schlagzeug begleiten konnte. Am liebsten wäre er einfach aus dem Geschäft gerannt und hätte sich vor einen Bus geworfen. Doch der fuhr erst in einer halben Stunde am großen Sainsbury's ab.

»Ich habe auch ein paar DVDs«, sagte Frank und schickte sich an, sie auszupacken.

»Die Leute laden sich heute alles runter«, sagte die Frau.

Frank baute fünf kleine Stapel auf der Theke auf.

»Oder sie sehen sich die Filme im Netz an. Keiner will mehr DVDs. Ich könnte sie Ihnen für zehn Pfund abnehmen.«

»Pro Stück?«

»Für alle zusammen. Dann brauchen Sie sie nicht nach Hause zu schleppen.«

Frank schaute auf die DVDs. Er hätte sich all diese Filme gerne sofort angesehen. Bevor er sie auf die Theke gelegt hatte, hatte er nicht gewusst, wie gerne er sich all diese Filme genau in diesem Augenblick ansehen wollte. Für ihn waren es die besten Filme aller Zeiten.

»Manche davon sind Klassiker«, erklärte er ihr.

»Ja, kann sein, aber wie schon gesagt, laden die Leute sich die Filme heutzutage alle runter. Und morgen gibt es wieder was Neues. Fernsehen in der Brille oder so was. Videoimplantate im Gehirn. Diese Filme haben nicht einmal einen nostalgischen Wert. Dann würden sie mich eventuell interessieren. Diese Filme sind einfach alt. Nicht mehr aktuell. Könnte sein, dass sie etwas wert sind, wenn Sie in fünfzig Jahren wiederkommen. Zwanzig Pfund plus fünfundzwanzig für alles andere. Damit Sie nicht alles wieder nach Hause schleppen müssen. Fünfundvierzig Pfund. Haben Sie einen Ausweis dabei?«

»Einen Ausweis?«

»Ich muss Ihren Ausweis sehen. Immerhin möglich, dass das ganze Zeug gestohlen ist. Oder zumindest die Rechnung eines Energieversorgers und ein Ausweis mit einem Foto«, sagte die Frau und fügte hinzu: »Mit Ihrem Foto«, weil er alt und daher vermutlich ein Idiot war. Sie zeigte auf den Aushang an der Wand, auf dem das alles erläutert wurde. »Das Gesetz schreibt es so vor. Einen Führerschein oder einen Reisepass.«

Ich bin einundachtzig, dachte Frank. Warum sollte er einen Führerschein oder einen Reisepass dabeihaben?

»Ich habe mein Seniorenticket bei mir.« Er nahm sein Seniorenticket aus der Tasche. Die Busfahrt zum großen Sainsbury's war kostenlos. Es war das erste Mal, dass er das Ticket wirklich benutzte.

»Sind Sie das?«, fragte die Frau, als sie auf das Foto schaute.

Frank starrte auf das Foto, als wäre er sich selbst nicht sicher.

»Ja, da war ich noch jünger.«

Die Frau sah aus, als wollte sie sagen, nein, waren Sie nicht. Sie waren alt. Jetzt sind Sie noch älter.

»Und die Rechnung eines Energieversorgers.«

»Ich kann eine Rechnung besorgen.« Frank wusste, dass zu Hause in dem Stapel Zeitungen neben dem Sessel im Wohnzimmer mindestens zwei Stromrechnungen in roten Umschlägen lagen – ungeöffnet und unbezahlt.

»Hören Sie«, sagte die Frau. »Ich gebe Ihnen vierzig Pfund. Für die DVDs und die Uhr und die Löffel und das andere Zeug, und ich vergesse, dass Sie mir keine Stromrechnung vorgelegt haben.«

Frank wusste, dass sie ihn übers Ohr hauen wollte, aber das war er gewohnt. Nachdem er eher der Form halber ein wenig gefeilscht und der Frau einen kurzen Vortrag über die historische Bedeutung seiner Filmsammlung gehalten hatte, verließ er das Geschäft mit 25 Pfund und einem Metalldetektor.

Der Kassierer von *Fullwind Food & Wine* hatte recht.

Man musste investieren, wenn man Geld machen wollte.

Auf dem langen Weg zum Greyflick House wollte Frank einen Bogen um die antisoziale Wohnsiedlung machen, indem er ein paar Straßen früher von der High Street abbog. Doch jedes Mal gelangte er entweder zu einer anderen Wohnsiedlung oder einem anderen Teil der Siedlung. Und hier war es noch unheimlicher. Ein paar Männer hatten sich um einen abgestorbenen Baum versammelt. Ein Pitbull hing an dem Baum und hatte sich an einem Ast festgebissen. Die Männer feuerten einen anderen Hund an hochzuspringen, um den Hund, der dort hing, zu beißen. Sie warfen Steine auf die Hunde und lachten. Frank nahm an, dass beide Hunde sich glücklich schätzen könnten, wenn sie in dem Tierheim hinter dem Sainsbury's oder auf seinem Kalender an der Wohnzimmerwand endeten. Er versuchte, an den Männern vorbeizugehen, ohne ihre Aufmerksamkeit zu erregen.

Wenn die Leute meinten, früher sei alles besser gewesen, dass Verbrechen und Armut heute viel schlimmer seien, widersprach Frank immer. Früher sei alles genauso schlimm gewesen, sagte er dann. Hatten die Leute denn Charles Dickens nicht gelesen? (Frank hatte Charles Dickens nicht gelesen, aber eine Menge Verfilmungen gesehen.) Aber während er durch diese Siedlung ging, änderte er seine Meinung. Heute war es schlimmer als jemals zuvor. 1940 auf einem holländischen Ozeandampfer torpediert zu werden war ein Picknick im Vergleich dazu, als Kind hier aufzuwachsen.

Mit einem roten Shopper, aus dem ein Metalldetektor herausguckte, schnell und leise durch diese Siedlung zu gehen, konnte man als echte Herausforderung betrachten – vor allem, wenn ein Rad quietschte wie eine Sirene. Die 25 Pfund in der Innentasche seiner Jacke glühten wie ein Signalfeuer. Frank legte eine Hand auf diese Tasche. Es war dieselbe, in der er seine imaginäre Waffe hatte.

Er trug sich in das Besucherbuch im Greyflick House ein und fuhr mit dem Aufzug in den ersten Stock. Die Türen öffneten sich langsam und knarrend, Frank stieg aus. Auf dem Flur roch es stark nach den Drogen, die John rauchte. Frank klopfte an seine Tür.

»Komm rein.« Es hörte sich an, als würde John tief ausatmen. Als hätte er den Atem während des Sprechens angehalten und darauf gewartet, dass jemand klopfte, um auszuatmen.

Langsam öffnete Frank die Tür. Er erwartete beinahe, dass

John mit mehreren Prostituierten unter seidenen Decken in einem Bett lag, während ein alter Chinese seine nächste Opiumpfeife vorbereitete. Stattdessen saß John in einem gepolsterten Stuhl mit einem Metallrahmen und sah fern. Er rauchte aber tatsächlich einen Joint. Nie zuvor hatte Frank sich in einem Raum mit einer Person aufgehalten, die Drogen konsumierte. Er setzte sich auf den einzigen anderen freien Platz in diesem Raum, und das war Johns Rollstuhl. In der Sendung wurden entfernte Verwandte von Leuten aufgespürt, die gestorben waren, ohne ein Testament zu hinterlassen, sodass sie jetzt in den Genuss eines unerwarteten Erbes kamen. John bot Frank den Joint an.

»Oh, nein danke. Danke, John. Ich glaube, ich bin zu alt, um jetzt noch damit anzufangen.«

Eine Frau in der Sendung hatte Mühe, ihre unterschiedlichen Gefühle zu verarbeiten. Zuerst erfuhr sie, dass ein Cousin zweiten Grades gestorben war, und dann, dass sie nun um fünf Riesen reicher war.

»Warst du einkaufen?«, fragte John und zeigte auf den Shopper.

»Nein, im Gegenteil. Ich habe versucht, ein paar Sachen zu verkaufen.« Frank schaute auf den Fernseher. Er wünschte sich, einer seiner Cousins würde noch leben, sodass er sterben und ihn um fünf Riesen reicher machen könnte. »Dann gib mal her«, sagte er.

»Was denn?«

»Das Ding da.« Er zeigte auf Johns Hand.

John hielt den Joint hoch. »Das?«

Frank nickte.

John reichte Frank den Joint.

»Was muss ich tun?«

»Hast du mal geraucht?«

»Nur Zigaretten.«

»Tu so, als wäre es eine Zigarette.«

Frank zog zögernd an dem Joint.

»Du musst den Rauch tief inhalieren und dann die Luft anhalten«, sagte John.

Frank nahm noch einen Zug. Diesmal inhalierte er tiefer. Wenn er gestanden hätte, wäre er umgefallen. Er wartete, dass der Schwindel vorüberging. Ihm wurde heiß, und er zog an seinem Hemdkragen, um ihn zu lockern.

»Warum verkaufst du dein Zeug?«, fragte John.

»Weil ich Geld brauche. Ich habe ein paar meiner Filme verkauft. Ich glaube, ich habe einen großen Fehler gemacht. Fühlst du dich manchmal einsam, John?«

»Ja.«

Frank wunderte sich, dass John die Frage so schnell beantwortete. Er hatte nicht eine Sekunde darüber nachgedacht. John musste lange darauf gewartet haben, dass ihn jemand danach fragte. Frank gab John den Joint zurück und fragte sich, ob er jetzt drogenabhängig war.

»Du hast nicht zufällig Geld übrig, oder?«, fragte Frank ihn.

John antwortete mit einem kurzen, lauten Lachen.

»Ich kann mir noch nicht mal einen Pisspott leisten.«

»Du hättest was sagen sollen. Ich habe gerade einen verkauft.«

Smelly John machte Vorschläge, wie Frank seiner Meinung nach schnell an Geld kommen könnte. Frank wies sie ebenso einsilbig zurück, wie die Frau in der Pfandleihe seine Giraffen und Eulen zurückgewiesen hatte.

»Nacktmodell?«

»Nein.«

»Strichjunge.«

»Nein.«

»Du könntest ein paar Organe verkaufen.«

»Nein.«

»Kaufen die noch Sperma?«

»Wer?«

»Ich weiß nicht. Beim Blutspendedienst.«

»Da kaufen sie Blut.«

»Dann die Spermaleute. Die Samenbank.«

»Ich glaube, mein Sperma hat sein Haltbarkeitsdatum überschritten.«

Beide Männer erschauerten bei dem Gedanken.

John zog sich aus dem Stuhl hoch und ging an einem Handlauf entlang zu einem Schrank. Er öffnete ihn und wühlte in einer Schachtel mit Briefen und Umschlägen. Als er die Postkarte fand, die er gesucht hatte, gab er sie Frank. Frank schaute auf die Postkarte, auf der John als junger Punk zu sehen war. Smelly John stand zwischen einem Polizisten und einer roten Telefonzelle und grinste in die Kamera.

»Du könntest dir deine langen Haare zu einem Iro frisieren lassen, Francis, und für die Touristen posen. Englands ältester Punkrocker.«

»Ich dachte, das ist dein Titel.«

Auf der Postkarte hatte John sein grünes Haar zu einem Irokesen mit fast dreißig Zentimeter hohen Stacheln frisiert. Er trug eine Lederjacke mit silbernen Nieten, und an seinem Ohrläppchen hing der Verschluss einer Trinkdose. Franks Blick wanderte zwischen der Postkarte und John hin und her, und er verglich die beiden Männer. Den Ohrring und den Irokesen hatte John nicht mehr. Er war jetzt fast ebenso kahlköpfig wie Franks Vater, und er trug keine Lederjacke mit Nieten mit der Aufschrift »Verpiss dich!« auf dem Rücken. Und doch handelte es sich um denselben Mann. Er verglich die Farbe von Johns Haut auf der Postkarte mit seiner jetzigen Hautfarbe. Wenn man den Alterungsprozess und die verblassten Farben auf der Postkarte berücksichtigte, war kaum ein Unterschied zu erkennen. Ungefähr zwei Töne auf einer sehr nuancierten Farbskala. Er konnte sich gerade noch zurückhalten, die Postkarte neben Johns Gesicht zu halten.

Als John zu dem gepolsterten Stuhl zurückkehrte, fiel sein

Blick auf den Metalldetektor, der aus Franks Shopper herausragte.

»Steh auf«, sagte er und schnippte mit den Fingern, um die Dringlichkeit seiner Worte zu unterstreichen. Frank stand aus dem Rollstuhl auf, und John setzte sich hinein.

»Alte Leute lassen ständig Geld fallen, Francis. Bequeme Hosen.« Er setzte seinen Filzhut auf. »Tiefe Sessel. Komm. Graham hat eine Metallschraube im Bein.«

Im Aufzug auf dem Weg nach unten nahm John den Metalldetektor aus dem Shopper.

»Hier«, sagte er und reichte Frank den Detektor. »Probier das mal an meinem Prinz Albert aus.«

»Nein danke.«

John schaltete den Detektor ein. Das Geräusch, das das Gerät machte, als es das Metall auf dem Boden und den Wänden des Aufzugs registrierte, war in diesem kleinen Raum ohrenbetäubend. Frank steckte sich die Finger in die Ohren, bis John den Detektor ausschaltete. Die beiden Männer lachten. Frank nahm an, dass das an den Drogen lag. Er stellte sich vor, wie er auf dem Weg nach Hause Schokoriegel kaufte, die er mit seinem Gebiss normalerweise nicht essen konnte. Sein durch die Drogen vernebeltes Gehirn gaukelte ihm vor, dass es vielleicht doch klappen könnte.

Der Metalldetektor lag auf Johns Schoß, als er in den Eingangsbereich fuhr, wo Graham mit Angehörigen eines Bewohners sprach. Er drehte Frank und John den Rücken zu. Als Smelly John an ihm vorbeifuhr, schaltete er den Metalldetektor ein. Er begann zu surren und zu pfeifen, als hätte er den *Schatz der Sierra Madre* im Bein des Heimleiters entdeckt. Frank hatte tatsächlich Mitleid mit dem Mann.

Sie gingen den Flur hinunter zum Aufenthaltsraum. John in seinem Rollstuhl mit dem surrenden Metalldetektor auf dem Schoß und Frank, der den Damenshopper mit dem quietschenden Rad über den klebrigen Teppichboden schob. Von hinten und in Zeitlupe gefilmt hätte es super ausgesehen. Wäre es der erste Sonntag im Monat gewesen, hätte Alice Melodien aus den Zwanzigerjahren auf dem Klavier gespielt und vermutlich aufgehört, sobald die beiden wie zwei Cowboys die Tür zum Aufenthaltsraum aufgestoßen hätten.

27

Als Frank alles wieder in den Gartenschuppen räumte, war es fast so, als ob er am Ende eines Urlaubs den Koffer packte. Nicht alles passte hinein, obwohl er so viel Efeu weggeschnitten, eine Grabegabel verkauft und allerhand Zeug in die Mülltonne geworfen hatte. Jetzt musste er auch noch all die Dinge, die er für den Gartentrödel aus seiner Wohnung geholt hatte, im Schuppen unterbringen.

Während er alles in den Schuppen stellte, tauchte Albert Flowers auf, um Frank darum zu bitten, alles wieder in den Schuppen zu stellen. Er erkundigte sich auch nach der Farbe der Poller.

»Sonnenblumengelb«, sagte Frank.

»Normalerweise sind sie alle weiß.«

»Ich hatte keine weiße Farbe.«

»Es ist ziemlich viel Farbe auf dem Gras gelandet.«

»Sie war doch nicht so tropffrei, wie auf der Dose stand.«

»Vielleicht könnten Sie den Rasen schneiden.«

»Ich habe keinen Rasenmäher.«

»Ich kann Ihnen einen sehr guten Gärtner empfehlen.«

»Ich bin im Augenblick ziemlich knapp bei Kasse.«

»Er hat vernünftige Preise.«

»Ich bin ziemlich knapp bei Kasse.«

Und so ging es eine Weile hin und her.

»Es wäre gut, wenn Sie Ihren Garten ein bisschen aufräumen würden.«

»Ich bin gerade dabei. Ich war gerade dabei, bis Sie gekommen sind und mich darum gebeten haben, den Garten aufzuräumen.«

Und so ging es weiter.

Nachdem Flowers gegangen war und Frank alles in den Schuppen gestellt hatte, setzte er sechs neue Batterien in den Metalldetektor ein. Er piepte, und oben am Griff leuchtete eine Anzeige auf, die Frank nicht verstand. Er überlegte, was wohl hier im Garten vergraben sein könnte. Die ältesten Dinge, die in Fullwind-on-Sea jemals gefunden worden waren, stammten aus der Bronzezeit, als es noch mehr Fullwind und weniger Sea gegeben hatte. Vielleicht würde er etwas aus Bronze finden. Ziemlich in der Nähe hatte einst ein römisches Badehaus gestanden. Die Römer hatten immer schon Goldmünzen zurückgelassen. Bestimmt hatten damals ein paar römische Rentner mit weiten Hosen ein paar Münzen fallen lassen, ehe sie ein Bad nahmen.

Frank wusste nicht, wie gut der Metalldetektor war. Aber so, wie er da an der Wand der Pfandleihe gehangen hatte, hatte er ihn beeindruckt. Jetzt sah er eher wie ein teures Spielzeug aus. Die Stühle mit den Metallrahmen im Greyflick House und Grahams kaputtes Bein hatten gezeigt, dass er funktionierte. Würde er aber auch Dinge aufspüren können, die vor mehr als tausend Jahren unter Franks Garten vergraben worden waren? Der Gedanke daran, was alles im Boden unter ihm liegen könnte, versetzte ihn in Aufregung. Selbst wenn es nur ein paar Münzen wären, die die Bauarbeiter verloren hatten, als das Haus in den Fünfzigern gebaut worden war.

Warum war der Metalldetektor eigentlich im Pfandleihhaus gelandet?, fragte Frank sich. Hatte der Besitzer mithilfe des Detektors ein so großes Vermögen gefunden, dass er nicht gierig erscheinen und auch jemand anderem eine Chance geben wollte, indem er das Gerät in dem Laden abgab? Oder hatte der Metalldetektor dermaßen versagt, dass der Besitzer nur noch die Möglichkeit gesehen hatte, ihn zu verkaufen, um wenigstens zu etwas Geld zu kommen?

Frank begann in der Nähe des Schuppens mit der Suche. Der Metalldetektor piepte unaufhörlich, um anzuzeigen, dass er nichts fand. Frank schwenkte den Detektor über den Rasen.

Er konnte sich wirklich nicht mehr über Langeweile beschweren.

Durchs Dorf zu laufen, Poller umzuwerfen und auf Straßenschildern herumzuschmieren wäre verglichen hiermit einfach nur sinnloser Vandalismus. Frank konnte sich nicht erinnern, jemals so beschäftigt gewesen zu sein. Schon seit einer Ewigkeit hatte er keine Zeit mehr gehabt, seine Werbepost zu öffnen. Passanten, die durch die Lücken in der Hecke vor seinem Garten spähten, dachten bestimmt, dass Frank nun endlich ein Hobby gefunden hatte. So wie Hilary sich die Zeit damit vertrieb, ihre Nachbarn zu bespitzeln. Und auch *Der den Rasen mit der Nagelschere schneidet, Der sein Auto zu oft wäscht* und *Die den Müll aufspießt* hatten alle etwas gefunden, womit sie sich bis ans Ende ihres Lebens beschäftigen konnten. Sogar Albert Flowers, der seinen Wettbewerb hatte – den Fullwind durch Franks Schuld sicherlich verlieren würde –, und die Frauen im Wohlfahrtsladen. Endlich hatte Frank ein Hobby gefunden. Nie zuvor war er so beschäftigt gewesen und so sehr in seiner Rolle als Rentner aufgegangen.

Der Metalldetektor begann zu pfeifen. Frank schwenkte ihn hin und her, bis er wieder pfiff, dann schwenkte er ihn in immer kleineren Kreisen über den Boden, bis er die Quelle des Geräusches fand. Schließlich legte er den Detektor auf den Boden und begann zu graben, zuerst mit einem scharfen Küchenmesser und dann mit einem Suppenlöffel. Etwa zwei Zentimeter unter der Oberfläche fand er eine Haarnadel.

Nachdem Frank eine Stunde lang Metall im Boden aufgespürt hatte, schmerzte sein Arm höllisch. Allmählich wurde es dunkel, und überall im Garten waren Löcher. Er hatte zwei

Haarnadeln gefunden, eine Batterie, den Verschluss eines Hundehalsbandes, einen Haustürschlüssel, der nicht in seine Haustür passte, einen zerbrochenen Bohrer, die winzige Schraube von dem linken Bügel seiner alten Brille, fünf Pence in sehr kleinen Münzen und ein rundes silberfarbenes Namensschild, in das der Name *Bill* eingraviert war.

Frank, der das Gefühl hatte, eine Glückssträhne zu haben, ging in seine Wohnung und schrieb seinen Lebenslauf. Er beförderte sich nachträglich vom Busschaffner zum Busfahrer und vom Telefonisten zur Fachkraft für Telekommunikation, obwohl er gar nicht wusste, ob es diese Berufsbezeichnung überhaupt gab. Unter dem Punkt *Hobbys und Interessen* schrieb er: berühmte Persönlichkeiten parodieren (Michael Caine, James Stewart, Tommy Cooper und den Premierminister). Vielleicht fand er eher einen Job, wenn er den Eindruck vermittelte, dass es Spaß machte, mit ihm zusammenzuarbeiten.

Am nächsten Morgen tippte Frank den Lebenslauf an einem Computer in der Stadtbücherei. Den Punkt *Erfahrung* ergänzte er um »Überlebender einer See-Evakuierung«, in der Hoffnung, die Neugier potenzieller Arbeitgeber zu wecken, sodass sie ihn wenigstens danach fragten. Dann könnte er eine abenteuerliche, heldenhafte Geschichte erzählen und gleichzeitig Churchill und Hitler parodieren. So würde er den Job letztendlich bekommen.

Frank druckte fünf Kopien des Lebenslaufes aus und gab der Bibliothekarin auch eine. Als er die Bücherei verließ, bedauerte er augenblicklich, dass er seine Fähigkeit, DVDs alphabetisch zu ordnen, nicht erwähnt hatte.

Bei *Fullwind Food & Wine* kaufte er ein paar Lebensmittel. Er schaute sich die Preise und die Nährwertangaben auf den Verpackungen an. Allerdings hatte er Kelly nicht aufmerksam genug zugehört, um zu verstehen, was das alles bedeutete. An der Theke kaufte er zwei Rubbellose und füllte einen Lottoschein aus, auf dem er Zahlen ankreuzte, die in Filmtiteln vorkamen: *Die drei Tage des Condor, Die Glorreichen Sieben, Zehn – Die Traumfrau, Die zwölf Geschworenen, Catch-22 – Der böse Trick* und *Sommer '42*.

»Investieren«, sagte er zu dem Mann an der Kasse und gab ihm ein Exemplar seines Lebenslaufs.

Im Wohlfahrtsladen plante er einen Raubüberfall.

Er stellte sich vor, dass sein Komplize – er brauchte einen Komplizen – ihn durch ein Loch in den Styroporplatten an der Decke herunterließ, dass er die Glasvitrine in der Mitte des Geschäftes öffnete und die orientalische Vase stahl. Am nächsten Morgen würden die alten Frauen die Tür des Geschäfts öffnen und stunden- oder sogar tagelang nicht bemerken, dass die Vitrine leer war. Und wenn sie es bemerkten, würden sie sich fragen, ob überhaupt jemals eine Vase dort gestanden hatte. Sie würden annehmen, dass sie allmählich den Verstand verloren, und die Broschüre mit dem amerikanischen Ron zurate ziehen.

Niemand rechnete mit einem Einbruch in einem Wohlfahrtsladen, dessen gesamte Einnahmen gemeinnützigen Projekten zugutekamen.

Mit der Hand an der Waffe in seiner Jackentasche könnte Frank zur Theke gehen und die Frau leise auffordern, ihm das Geld aus der Kasse zu geben. Die alten Frauen würden den Polizisten eine Beschreibung von Frank geben. Er hatte wie ein alter Mann ausgesehen, würden sie sagen. Für uns sehen die alle gleich aus. Doch dann würden sie überlegen und sagen, dass ihnen irgendetwas an ihm bekannt vorgekommen sei. Und nachdem die Polizei gegangen war, mit aufgerissenen Mündern auf eine Figur aus *Mein kleines Pony* zeigen, die auf einem Regal mit Spielzeugen stand.

Frank lief eine Weile durch die Gänge, dann steckte er eine Brosche in die Tasche und verließ das Geschäft wieder. Wenn es eine Grenze zwischen Gut und Böse gab, dann lag sie auf der Schwelle des Wohlfahrtsladens, und die hatte er gerade überschritten.

28

Die Busfahrt zur BARGELD FÜR ALLES-Pfandleihe war noch anstrengender als sonst. Frank hatte Mühe, mit dem Shopper und dem Kinderroller in den Bus zu steigen. Er musste sich den Weg zu den hinteren Sitzen bahnen, ohne jemandem mit dem Roller die Augen auszustechen oder ihn auf jemanden fallen zu lassen. Er kam sich vor wie ein *Buckaroo!*-Esel.

Die Frau in der Pfandleihe war an der gestohlenen Brosche nicht interessiert. Für den Roller bot sie ihm erst fünf Pfund, nachdem Frank mehrmals durch das Geschäft gefahren war, um zu demonstrieren, dass die Lichter an den Rädern aufleuchteten.

»War das alles?«, fragte die Frau.

Frank griff in den Shopper und packte seine Sammlung 16-mm-Filme aus. Ihm wurde wieder übel. Als er auf der Hockerleiter gestanden und den Kopf in den Speicher gesteckt hatte, musste er an Morgan Freeman in *Die Verurteilten* denken. Es war die Szene, in der er sein Taschenmesser aufklappte und offenbar mit dem Gedanken spielte, sich aufzuhängen, ehe er seinen Namen und die Worte »war hier« in das Deckenholz ritzte. Woher sollte jemals irgendjemand erfahren, dass Frank hier gewesen war? Er hatte nicht einmal ein Taschenmesser.

Er griff in den Speicher, zog langsam die schwere Kiste zu sich heran und nahm die Filmdosen nacheinander heraus. Frank musste immer wieder die Leiter hinauf- und hinuntersteigen, um die Dosen im Flur abzulegen. Anschließend setzte er sich auf den Teppich und schaute sie sich an. Einige waren flach, viereckig und aus Pappkarton, bei den anderen handelte es sich um runde Silberdosen. War es wirklich realistisch zu glauben, dass er sich jemals einen dieser Filme ansehen oder ihn zeigen würde? Er hatte nicht einmal einen Projektor.

Zögernd legte Frank die Filme auf die Theke. Die Frau drehte sich weg und tippte etwas in den Computer ein.

»Was braucht man, wenn man sie sich ansehen möchte?«, fragte sie ihn.

»Einen 16-mm-Projektor.«

»Haben Sie einen?«

Frank sah sich in dem Geschäft um. Es musste hier doch wenigstens einen Filmprojektor geben. Dort standen stapelweise DVD-Player und vier oder fünf verschiedene Spielekonsolen, auf denen man sich auch DVDs anschauen konnte, aber kein einziger Projektor.

»Ich persönlich nicht. Nein«, sagte er.

»Hmhm«, murmelte die Frau und starrte auf den Monitor.

»Das sind Sammlerstücke … mit Nostalgiewert«, fügte Frank hinzu, als er sich daran erinnerte, was sie über seine DVDs gesagt hatte.

Sie drehte sich wieder zu ihm um und wollte eine der Filmdosen öffnen.

»Vorsichtig!«, schrie Frank und erklärte ihr dann in einem etwas weniger hysterischen Ton: »Der Film könnte sich abwickeln.«

Die Frau öffnete die Filmdose. »Ich will nur überprüfen, ob wirklich Filme in den Dosen sind«, sagte sie und schloss die Dose wieder.

»Ich habe eine Gasrechnung mitgebracht.« Frank zeigte ihr noch einmal sein Seniorenticket und die Gasrechnung in dem roten Umschlag.

»Die werden Ihnen das Gas abstellen. Ist das der Grund, warum Sie alles verkaufen?«

Frank sagte Ja, weil er sich schämte, die Wahrheit zu sagen. Was würde sie von ihm denken?

Als sie eines Nachmittags im Aufenthaltsraum des Greyflick House eine Partie *Schiffe versenken* gespielt hatten, zeigte Smelly John ihm die Bewohner, die seiner Meinung nach an Demenz litten, und erklärte ihm, wie sich das bemerkbar machte. Frank fühlte sich nicht wohl dabei, über etwas zu lachen, das ihm seine Frau genommen hatte. Er hasste den Gedanken, dort zu sitzen und zu lachen, nachdem er Sheila die Namen *Die nicht mehr weiß, wozu eine Tasse da ist* und *Die glaubt, ihr Mann wolle sie vergiften* gegeben hatte. Dennoch hatte er mit John gelacht und allen im Aufenthaltsraum Sioux-Namen verpasst. *Der die Namen berühmter Leute durcheinanderwirft, Der mit dem Linksdrall geht, Die unsichtbare Dinge sieht, Der keine Körperhygiene mag, Alter Griesgram, Der nachts durch die Gegend irrt, Der sich leicht ablenken lässt.* Einer der Männer, sagte Smelly John, würde sich in der Öffentlichkeit ausziehen und habe seine sexuellen Hemmungen verloren. Er glaube, alle jungen Frauen, ob sie vom Besuchsdienst waren, vom Pflegepersonal oder Angehörige eines Bewohners, fänden ihn attraktiv. Zeigte sich genau auf diese Weise auch Franks Demenz? Dass er glaubte, er sei Peter Stringfellow?

Frank verließ BARGELD FÜR ALLES mit einem leeren Shopper, mit 75 Pfund und einer gestohlenen Brosche. Er besuchte Smelly John, und als John im Badezimmer war, klaute er ihm die Hälfte von seinem Dope.

29

Kellys elfter Besuch war perfekt. Sie kam zehn Minuten früher mit einem Zitronenbaiserkuchen, und Frank gab ihr spontan frei. Sie setzte sich neben ihn aufs Sofa, und gemeinsam aßen sie den Kuchen und schauten *Singin' in the Rain*.

»Ca. 103 Minuten« lang klingelte das Telefon nicht. Niemand versuchte, Frank eine Versicherung oder eine Türklingel anzudrehen. Niemand klopfte an die Tür, um mit ihm über das Leben nach dem Tod zu sprechen, kein Dachdecker rief an, um ihm Kostenvoranschläge zu unterbreiten, um die er nicht gebeten hatte. Kein Londoner Art Garfunkel erschien in der Szene vor seinem Fenster, in der Gene Kelly im Regen sang. Wenn Frank den Film in Zukunft ansah, würde er also immer daran denken können, wie er mit Kelly auf dem Sofa gesessen und Zitronenbaiserkuchen gegessen hatte. Das wäre von nun an sein Director's Cut.

»Das konnte ich früher auch«, sagte Frank, als Donald O'Connor an einer Wand hochlief, sich in der Luft überschlug und wieder auf den Füßen landete.

Kelly lächelte. »Wirklich?«, fragte sie ihn.

»Wussten Sie«, sagte Frank, »dass Donald O'Connor nach dieser Szene drei Tage im Krankenhaus lag?«

»Wow.«

»Er sagte, es wäre ein Gefühl gewesen, wie von einem Milchwagen überfahren worden zu sein«, fuhr Frank fort.

»Von einem Milchwagen? Können Sie sich das vorstellen?«

»Ich weiß. Hollywood eben.«

Sie hielten den Film an, als Kelly für jeden eine Tasse Tee kochte, dann setzte Frank seine DVD-Kommentare fort.

»Diese Szene mit Gene Kelly wurde nur einmal gedreht«, sagte er, während die bekannte Tanznummer zum Titelsong lief. »An dem Tag war das Wasser in der Stadt knapp. Das Drehbuch orientierte sich an den Songs, wissen Sie. Es ist ein typisches Jukebox-Musical. Ich weiß gar nicht genau, was ein Jukebox-Musical ist, aber ich habe mal gehört, dass jemand im Fernsehen es so genannt hat.«

»Woher wissen Sie das alles?«, fragte Kelly.

»Ich habe viel Zeit.« Frank hob seinen Fuß hoch. »Seit ich mich beim Fußballspielen verletzt habe.«

Kurz vor dem Ende des Films, als Gene Kelly dem Theaterpublikum mitteilt, dass Debbie Reynolds der wahre Star ist, und sie zu weinen beginnt, sagte Frank: »Sie musste sich Zwiebeln in die Augen reiben, wissen Sie.«

Nach dem Film spülte Kelly die Tassen und Teller ab. Den Rest des Zitronenbaiserkuchens stellte sie neben die ungeöffneten Packungen Oreos, die Erdbeermarmelade und die Tomatensauce in den Kühlschrank.

Kurz darauf verabschiedete sie sich mit den Worten: »Sie müssen gut auf sich achtgeben, bald komme ich nicht mehr, um mich um Sie zu kümmern.«

30

Am Dienstagmorgen hingen dunkle Wolken über Fullwind, und es sah nach Regen aus. Frank hoffte, es würde tatsächlich regnen. Auf dem Weg zu den Geschäften würde er Gene Kelly parodieren, in Pfützen herumspringen und Laternenpfähle umarmen. Er würde sich unter die undichte Dachrinne vor dem Wohlfahrtsladen stellen und aus voller Kehle singen, bis Maureen – Fullwinds Hilfspolizistin – ihn auffordern würde, aufzuhören und nach Hause zu gehen.

Frank hatte das Gefühl, wieder eine Glückssträhne zu haben. Zwei Zahlen auf seinem Lottoschein waren gezogen worden, und als er in das Geschäft gehen wollte, um seinen Gewinn abzuholen, fand er eine Pfundmünze im zerrissenen Futter seiner blauen Jacke.

Mit einem schwarzen Taschenschirm in der Jacke machte sich Frank auf den Weg. Er war enttäuscht, dass es nicht regnete. Es waren nur dunkle Wolken am Himmel, und ein Wind wehte, der stark genug war, um seinen Schirm umzuklappen und zu zerreißen, wenn er ihn aufgespannt hätte. An gewissen Tagen machte Fullwind seinem Namen alle Ehre. Hätte Gene Kelly in Fullwind im Regen gesungen, er wäre den halben Tag lang in der Church Road hinter seinem Filzhut hergejagt.

Frank betrat *Fullwind Food & Wine*. Er gab dem Mann hinter der Ladentheke seinen Lottoschein, der ihn in eine Maschine steckte. Diese begann zu surren, verglich die Zahlen und rechnete Franks Gewinn aus.

Frank und Smelly John sprachen oft darüber, was sie tun würden, wenn sie im Lotto gewonnen hätten. John würde sein Geld mit vollen Händen ausgeben. Er träumte davon, sich ein Rennboot und einen Hubschrauber zu kaufen, auf einer Insel in der Karibik zu leben, sich mit hübschen Frauen zu umgeben und Champagner aus Schuhen zu trinken.

»Sie haben gewonnen«, sagte der Mann hinter der Ladentheke. Er öffnete die Kasse und zahlte Frank seinen Gewinn aus. *Catch-22 – Der böse Trick* und *Die Glorreichen Sieben* hatten ihm einen Gewinn von 2,40 Pfund eingebracht. Der Betrag war so unbedeutend, dass es ein schlimmeres Gefühl war, als gar nicht zu gewinnen. Frank war es beinahe peinlich, das Geld entgegenzunehmen. Er hatte nicht einmal Lust auszurechnen, wie viele zusätzliche Kelly-Minuten ihm der Gewinn einbringen würde. Als er das Geschäft verließ, brach er sofort das Versprechen, das er Smelly John gegeben hatte. Er kaufte sich von seinem Lottogewinn kein Anwesen in Beverly Hills mit einem riesigen Art-déco-Kino im Garten. Frank ging in den Wohlfahrtsladen nebenan und verprasste dort den gesamten Gewinn. Er kaufte sich eine kleine Porzellaneule.

Auf dem Weg nach Hause prallte Frank beinahe gegen eine Telefonzelle, weil sein Blick auf der Suche nach Münzen ständig über den Bürgersteig glitt. Er durchsuchte auch die Telefonzelle nach heruntergefallenen Münzen. So etwas hatte er nicht mehr getan, seit er ein kleiner Junge gewesen war. Frank fragte sich, ob er Kelly nach ihrem letzten Besuch in der nächsten Woche jemals wiedersehen würde. Es würde Kelly Christmas' zwölfter Besuch sein (oder der elfte, wenn er die schreckliche Stunde mit Janice nicht berücksichtigte). Frank begann *The Twelve Days of Christmas* … zu singen, in dem in jeder Strophe eine genaue Anzahl von Geschenken aufgezählt wurde. Das Lied ging ihm nicht mehr aus dem Kopf. Er überlegte den ganzen Tag, wie viele Schwäne es waren, wovon neun Dinge verschenkt wurden, was diese neun Dinge taten, und auch, wie gut er jetzt fünf goldene Ringe hätte gebrauchen können.

Frank musste den Shopper gewaltsam aus dem Efeu herausziehen, der innerhalb weniger Tage schon wieder alles in seinem Gartenschuppen überwuchert hatte.

Er ölte das quietschende Rad. Das Quietschen war jetzt etwas leiser, aber um diese Zeit am frühen Morgen klang es wie eine piepsende Trompete. Frank schob den Shopper ganz langsam. Dadurch wurde das Geräusch nicht leiser, doch zumindest quietschte das Rad seltener. Er ging auf dem Grünstreifen, der auf beiden Seiten der Straße verlief, um das Quietschen zu dämpfen. Ab und zu endete der Grünstreifen jedoch. Dann musste er mit dem Shopper auf der Straße gehen, und das Quietschen wurde wieder lauter. Frank spannte seine Kiefer an, um den Blutfluss zu den Ohren zu blockieren. Aber es war natürlich Unsinn zu glauben, dass andere das Quietschen nicht mehr hören würden, wenn er es nicht mehr hörte.

Frank hatte seine dunkelsten Kleider und Schuhe mit einer weichen Sohle angezogen. Zuerst hatte er mit dem Gedanken gespielt, sich Schuhcreme ins Gesicht zu schmieren. Dann fiel ihm aber wieder ein, wie Smelly John gesagt hatte, dass man immer saubere Unterwäsche tragen müsse, falls man eines Tages überfahren wird. Frank hatte sich überlegt, dass es noch schlimmer war, mit schwarzer Schuhcreme im Gesicht ins Krankenhaus gebracht zu werden als mit schmutziger Unterwäsche.

Allerdings war es eher unwahrscheinlich, um drei Uhr nachts in der Sea Lane überfahren zu werden. Es fuhren keine Autos. Die Straßenbeleuchtung war ausgeschaltet, und als die Sicherheitsleuchte vor seiner Haustür ausging, wurde Frank augenblicklich in Dunkelheit gehüllt. Der Himmel war so dunkel wie der auf einer Kinderzeichnung. Schwarzes Papier, auf das Sterne geklebt worden waren. Frank schaltete die rote Taschenlampe ein, die Sheila in ihrer Rolle als Platzanweiserin zugedacht gewesen war. Es passierte nichts. Erst als er sie schüttelte, leuchtete zögernd ein mattes gelbes Licht auf. Frank meinte, Popcorn zu riechen.

Nach etwa zehn Metern blieb er stehen, um sich zu orientieren. Er richtete die Taschenlampe auf das Gartentor vor ihm. Auf dem Schild an dem Tor stand *Three Chimneys*. Frank versuchte sich zu erinnern, ob der Bungalow tatsächlich drei Schornsteine hatte. Warum brauchte ein Bungalow so viele Schornsteine? Er wollte die Taschenlampe nicht auf das Dach des Hauses richten, um es zu überprüfen, weil er Angst hatte, jemanden in einem Schlafzimmer unter dem Dach aufzuwecken.

Plötzlich hörte Frank ein Geräusch ganz in der Nähe. Er erstarrte und schaltete die Taschenlampe aus. Das Geräusch verstummte. Er hielt den Atem an und hörte es erneut. Es schien von weiter unten an der Straße zu kommen. Ein Rascheln. Langsam drückte Frank auf den Schalter der Taschenlampe, um sie wieder einzuschalten. Als das matte Licht anging, verstummte das Rascheln. Frank erstarrte. Seine Nase juckte, aber wenn er jetzt schniefte, um das Jucken zu vertreiben, würde er ganz Fullwind aufwecken. Das Rascheln setzte wieder ein. Langsam hob Frank den Arm und richtete die Taschenlampe in die Richtung, aus der es kam.

Ein Fuchs starrte ihn an. Diesen Blick kannte Frank. Es war derselbe ausdruckslose und enttäuschte Blick wie der von Bill, als er im Tierheim durch die Schwingtür getragen worden war. Derselbe Blick, mit dem die Schauspieler auf den DVD-Hüllen ihn ansahen, als er sie auf die Theke der Pfandleihe legte.

»Ich stehle nicht«, hätte Frank am liebsten zu dem Fuchs gesagt. »Wenn man Sachen aus Spendentüten nimmt, die bei den Leuten vor der Tür stehen, ist das kein Diebstahl. Der Name des Wohltätigkeitsvereins auf den Tüten ist vermutlich sowieso falsch. Es gibt ihn gar nicht. Jeder weiß, dass die Sammelaktionen mit den Spendentüten ein ausgemachter Betrug sind. Jeder.

Und selbst wenn sich in diesem besonderen Fall herausstellt, dass die Aktion legal ist, werden alle Tüten, die nicht als Mülltüten benutzt wurden – und die du in Zukunft nach Essensresten durchwühlen wirst –, in ein paar Stunden von einem Mann mit einem Transporter abgeholt. Er fährt sie zu einer Lagerhalle, wo der Inhalt der Plastiktüten sortiert wird. Kleider und Schuhe, Bett- und Tischwäsche, Gardinen, Oberbetten, DVDs und CDs, Bücher, Spielzeug, Schmuck, Uhren, Gold und Silber und so weiter.

Anschließend wird alles noch einmal sortiert. Dieses Mal nach Zustand und Wiederverkaufswert. Dann wird die Spreu vom Weizen getrennt. Die DVDs von den Videokassetten. Ein Teil der Sachen wird recycelt oder sofort zur Mülldeponie gebracht. Alles andere wird wieder in Transporter geladen und zu Wohlfahrtsläden gebracht. Alte Frauen müssen stundenlang im Internet oder in Bestellkatalogen recherchieren, um herauszubekommen, wie viel welcher Artikel neu gekostet hat. Ausgehend von dieser Information schreiben sie Preisschilder und kleben sie auf die Sachen. Dann warten sie auf Kunden, die in die Geschäfte kommen und sie kaufen. Der Erlös, der nach Abzug der Kosten für die Herstellung und die Beschriftung der Spendentüten, den Lohn für den Fahrer des Transporters und das Benzin, die Preisetiketten und Verschiedenes anderes mehr übrig bleibt, kommt den Nutznießern der gemeinnützigen Projekte zugute, in diesem Fall den Älteren. Also mir.«

So sieht es aus, Basil Brush. Frank übersprang nur eine Zwischenstufe. Im schlimmsten Fall war es so, als würde er mit einem Kugelschreiber, der ihm von einem Wohltätigkeitsverein zugeschickt worden war, einen Lottoschein ausfüllen oder aus seinem Fair-Trade-Kaffeebecher Nescafé trinken.

Der Fuchs schüttelte den Kopf, seufzte, verzog missbilligend das Gesicht, drehte sich um und trottete mit einem Hühnerknochen im Maul die Straße hinunter. Kurz darauf verschluckte ihn die Dunkelheit. Der Fuchs begab sich auf die

Suche nach weiteren Essensresten – ein paar Pommes, die gut zu dem Hähnchen gepasst hätten, oder etwas zum Nachtisch, vielleicht einen Espresso. Vielleicht suchte er auch nur einen Ort, wo er in Ruhe fressen konnte, ohne dass ihm ein alter Mann, der um diese Zeit im Bett liegen sollte, eine Platzanweiser-Taschenlampe ins Gesicht hielt.

Frank hatte eine Reihe von Filmen gesehen, in denen der Held oder die Heldin nach dem großen Coup Hunderte von Dollarscheinen oder Pfundnoten in die Luft geworfen hatte, die wie Konfetti auf die Erde regneten. Wenn Frank die Beute seines Spendentütendiebstahls in die Luft werfen und das ganze Zeug auf ihn niederregnen würde, würde die große Flasche Parfum ziemlich wehtun. Und die goldene Jugendstil-Reiseuhr würde ihn umbringen.

Die Polizei, die in dem rätselhaften Tod ermittelt hätte, hätte gesagt: »Zumindest kennen wir den genauen Todeszeitpunkt. Er starb um drei Uhr fünfunddreißig. Und was ist das für ein herrlicher Duft?«

Frank legte seine Diebesbeute auf den Wohnzimmerteppich. Um die Wohltätigkeit der Einwohner von Fullwind war es offenbar nicht mehr besonders gut bestellt. Da lagen in seinem Schuppen bessere Sachen. Er betrachtete die kaputte Reiseuhr und fragte sich, wie spät es hier und wie spät es in Los Angeles war. Es könnte der ideale Zeitpunkt sein, um Beth anzurufen.

Er nahm sein Adressbuch aus der Schreibtischschublade und wählte ihre Nummer.

»Hallo?«

»Beth? Wie geht es dir?«

»Wie spät ist es?«

Ihre Gespräche drehten sich immer zuerst um die Uhrzeit.

»Oh, ich weiß nicht. Jedenfalls ziemlich spät«, sagte Frank. »Oder ziemlich früh. Wie man's nimmt.«

Beth hörte an Franks Stimme, dass irgendwas nicht stimmte.

»Ist alles in Ordnung, Dad?«

»Ja sicher. Es ist alles gut. Wie geht es euch? Und Laura und Jimmy?«

»Ihnen geht es gut, Dad.«

Um diese Uhrzeit war es in seinem Wohnzimmer furchtbar still. Seine einsame Stimme klang wie das quietschende Rad seines Shoppers auf der verlassenen Straße draußen. Frank schien es, als würde er in den Hörer schreien. Er nahm die Fernbedienung vom Tisch und schaltete den Fernseher ein, um die Stille zu vertreiben. Die *Antiques Roadshow* ging gerade zu Ende. Der Ton war mitten in der Nacht ungeheuer laut.

»Oh nein!«, rief Beth. »Diese Musik!« Sie lachte. »Läuft die Sendung immer noch? Ich habe das Gefühl, ich muss morgen früh in die Schule.«

Frank lachte und stellte den Fernseher auf lautlos.

»Für mich war es immer *Last of the Summer Wine*«, sagte Frank. »Sobald ich die Titelmusik hörte, musste ich unaufhörlich daran denken, dass am nächsten Morgen eine neue Arbeitswoche begann.«

»Darüber brauchst du dir jetzt jedenfalls keine Sorgen mehr zu machen.«

»Das sind die Freuden des Ruhestandes.«

»Was hast du gemacht? Irgendetwas Schönes?«

»Ach, dies und das. Ich war im Supermarkt.«

»Sag bloß«, erwiderte Beth und bedauerte augenblicklich ihren Sarkasmus.

»Nicht in dem normalen«, erklärte Frank ihr. »In dem großen mit den zwei Etagen. Dir käme er im Vergleich zu euren Supermärkten bestimmt winzig vor. Wie ein Tante-Emma-Laden.«

»Ich glaube, heutzutage gibt es zwischen den Supermärkten bei uns und bei euch keinen großen Unterschied mehr.«

»Ich war auch am Strand.«

»Schwimmen?«

»Nein, diesmal nicht. Ich war schon seit Jahren nicht mehr am Strand.«

»Hat sich etwas verändert?«

»Nicht viel. Noch immer derselbe Sand und dieselben Steine und viel Salzwasser. Das Café ist neu gestrichen worden. Du kannst dir nicht vorstellen, was die kleinen Strandhäuschen kosten.«

»Ich freue mich, dass du deinen Ruhestand endlich richtig genießt. Du siehst viel zu viel fern. Du musst mehr rausgehen. Erinnerst du dich, wie wir früher am Strand Drachen steigen ließen?«

»Natürlich. Die Narbe habe ich noch.« Frank hob eine Hand, schaute sich die Finger von allen Seiten an und dann die der anderen Hand, ohne die Narbe zu finden. Beth hatte damals den Drachen losgelassen, und als Frank versuchte, ihn festzuhalten, schnitt er sich den Finger an der Leine.

»Ich frage mich, ob der Drachen jemals wieder heruntergekommen ist«, sagte Beth.

»Ich glaube, er ist noch immer irgendwo da oben. Schwimmst du noch?«

»Ehrlich gesagt, nicht oft. Als ich Laura das Schwimmen beigebracht habe, bin ich oft geschwommen. Sie schwimmt wie ein Fisch. Wie Mama. Ich weiß noch gut, wie sie meilenweit aufs Meer hinausgeschwommen ist. Das mochte ich nie. Als ich dich gefragt habe, wohin Mama schwimmt, hast du immer gesagt, nach Frankreich. Du hast gesagt, sie kauft Baguette, und ich habe dich gefragt, wie sie es trocken zurückbringt. Ich weiß nicht mehr, was du darauf geantwortet hast.«

»Sie hält es über den Kopf.«

Wenn der Fensterputzer ihn nicht davon abgehalten hätte, sich diese Szene in *Dirty Dancing* anzusehen, hätte Frank jetzt Patrick Swayze vor sich gesehen, wie er Jennifer Grey wie ein Baguette über seinen Kopf hält.

»Was hast du heute vor?«, fragte Beth.

»Das Übliche.«

»Sofort, mein Schatz«, rief Beth jemandem zu. »Ich muss Schluss machen, Dad. Ich rufe dich bald an.«

»Grüß Laura und Jimmy von mir.«

»Mach ich. Hab dich lieb.«

Frank legte auf. Im Fernsehen lief eine weitere Folge der *Antiques Roadshow*. Ein Mann starrte den Experten mit offenem Mund an und sagte vermutlich: »Was, so viel?« Dann würde er dem Experten vorlügen, dass er es niemals verkaufen würde, weil es schon seit vielen Jahren im Besitz der Familie war.

Anschließend warf Frank einen Blick auf die Dinge auf dem Teppich, die er aus den Spendentüten der Nachbarn gestohlen hatte. Beeindruckend war das nicht. Er hätte die Sea Lane in die andere Richtung hinuntergehen sollen, dorthin, wo das Meer war und wo die größeren Häuser standen.

Frank legte eine DVD ein und schlief im Sessel ein. Als er aufwachte, machte er sich auf den Weg zu den Geschäften. Im Wohlfahrtsladen stahl er einen kleinen Teller und einen Ring und versuchte, das Schloss der Glasvitrine in der Mitte des Ladens zu öffnen, in der die vermeintlich teure orientalische Vase stand. Dann ging er nebenan zu *Fullwind Food & Wine*. Als das Spiegelbild des Mannes hinter der Theke in dem großen, runden Überwachungsspiegel in die andere Richtung schaute, steckte er zwei Batterien und eine Tüte Bonbons in seine Tasche und verließ das Geschäft.

Den Rest des Tages verbrachte Frank damit, im Garten noch einmal nach vergrabenen Schätzen zu suchen. Er fand fünf Pence und eine Heftzwecke. Als es dunkel war und keine Autos mehr auf der Sea Lane fuhren, setzte er neue Batterien in die Taschenlampe der Platzanweiserin ein, steckte sie in die Tasche seines Anoraks und zog wieder mit seinem Shopper los. Dieses Mal ging Frank die Sea Lane in die andere Richtung hinunter, in Richtung Eldorado und Xanadu.

Als der Shopper voll war, setzte er den Weg fort, bis er am Strand ankam. Frank war so müde, dass er praktisch schlafwandelte. Er setzte sich auf eine Bank. Die Ebbe hatte eingesetzt, und das Ufer war weiter entfernt als an dem Tag, als er mit Kelly hier gewesen war. Frank saß auf der Bank und sah zu, wie die Sonne am Horizont aufging. Er hielt nach Beths Drachen Ausschau und suchte auf seinen Händen die Narbe, die die Leine damals hinterlassen hatte. Allmählich bekam er Hunger. Am liebsten hätte er ein Eis gegessen. Vielleicht auch Eier mit Speck, aber das Strandcafé öffnete erst in drei Stunden.

Plötzlich überkam Frank das starke Bedürfnis zu weinen, aber es gelang ihm nicht. Er fühlte sich, als müsste er weinen, und zwang sich, an die traurigen Zeiten seines Lebens zu denken. Er stellte sich Sheila in ihrem Krankenhausbett vor, als sie nicht mehr wusste, wer er war, und glaubte, er wolle sie umbringen. Wie durch ein Wunder war ihr im Krankenhaus zwei oder drei Mal das Leben gerettet worden. Allerdings ging es ihr jedes Mal, wenn sie das Krankenhaus verließ, etwas schlechter als bei ihrer Aufnahme. Frank schaute aufs Meer hinaus und erinnerte sich an die Zeit, als Sheila so weit hinausschwamm, dass er sie nicht mehr sehen konnte. Er dachte an den Tag, als er Beths Füße zum allerersten Mal ins Wasser gehalten hatte. Sie strampelte mit den Beinen und zog sie hoch, als könnte sie sie in ihrem Körper verschwinden lassen, so, wie das bei der Leiter seines Küchenhockers möglich war. Schon kurze Zeit später konnten sie sie nicht mehr überreden, aus dem Wasser herauszukommen, so sehr liebte sie es. Frank dachte an die furzenden Cowboys am Lagerfeuer und an Debbie Reynolds, die sich in *Singin' in the Rain* Zwiebeln in die Augen gerieben hatte. Frank saß eine halbe Ewigkeit auf der Bank und versuchte, wie ein Schauspieler an traurige Dinge zu denken, um weinen zu können. Aber es floss keine einzige Träne. Als das erste Flugzeug des Tages über seinen Kopf hinwegflog, ging er nach Hause.

31

An diesem Tag verschlief Frank. Abgesehen von seinem Krankenhausaufenthalt hatte er nie länger als bis 11.00 Uhr im Bett gelegen, jedenfalls, so weit seine Erinnerungen zurückreichten. Seit Beginn der Aufzeichnungen, wie sie im Fernsehen immer sagten.

Der Ladendiebstahl und die Plünderung der Spendentüten in der Nachbarschaft hatten ihn erschöpft. Er hatte geschlafen, während zwanzig oder dreißig Flugzeuge über sein Haus hinweggeflogen waren, ein heftiges Gewitter getobt hatte und wer weiß wie viele Firmen bei ihm angerufen hatten, um ihm irgendetwas anzudrehen.

Frank wusste, dass es schon spät war, aber er wusste nicht, wie spät. Er griff auf den Nachttisch, um auf seine Armbanduhr zu schauen, und erinnerte sich, dass er sie im Pfandhaus zu Geld gemacht hatte. Wenn er nicht jeden seiner Schritte bis zu dem Punkt zurückverfolgte, der ihm sagte, was für ein Tag gestern gewesen war, würde er nicht herausfinden, welcher Tag heute war. Es war befreiend.

Frank blieb im Bett liegen und überlegte, was gestern Abend im Fernsehen gelaufen war. Snooker und eine Gartensendung, ein Kriegsfilm und eine Pannenshow, die *Antiques Roadshow*.

»Scheiße!«

Frank sprang aus dem Bett, als würde es brennen. Er verrenkte sich den Hals und knickte beinahe um. Für solch abrupte Bewegungen war er zu alt. Seine Füße kribbelten. Er stampfte mit den Füßen auf den Boden, bis es aufhörte. Dann zog er die Vorhänge so hastig auf, dass sie beinahe von der Stange rutschten. Ein weißes Plastikröllchen flog durchs Schlafzimmer.

»Scheiße!«

Draußen war es hell. Autos fuhren die Sea Lane hinunter. Der kostenlose Bus zum großen Sainsbury's fuhr vorbei. Wäre das Fenster geöffnet gewesen und hätte der Wind aus der richtigen Richtung geweht, hätte Frank gehört, wie die alten Frauen kicherten und dem Briefträger nachpfiffen, als der Bus ihn auf seinem roten Fahrrad überholte.

»Nein!«

Es war Montag, und Frank hatte Kelly verpasst.

Er würde sie heute zum letzten Mal sehen, und da lag er im Bett und schlief. Unfassbar! Ja, in dem Schlüsselsafe an der Mauer lag ein Schlüssel, aber da die Kette vorgelegt war, konnte Kelly die Tür nicht öffnen. Sie hatte bestimmt durch den Spalt zwischen Tür und Türrahmen gerufen. »Frank? Hallo?« Dass seine Klingel abgeschaltet war, wusste Kelly nicht. Darum hatte sie mit Sicherheit geklingelt und anschließend angerufen. Das Klingeln des Telefons hätte er doch sicher gehört, oder etwa nicht? Er hatte sehr tief geschlafen. Stehlen war anstrengend. Möglicherweise hatte er auch das Telefon nicht gehört.

Als Frank ins Wohnzimmer ging, sah er das Chaos. Der Shopper mit dem roten Schottenmuster stand mitten im Raum, umgeben von den Spenden der Bürger von Fullwind. Überall auf dem Teppich lagen DVDs, denen das Schicksal erspart geblieben war, in der Pfandleihe verhökert worden zu sein. Frank schaute auf die Uhr über dem Kamin. Es war fünfundzwanzig Minuten nach elf. Auf der Küchenuhr war es neunundzwanzig Minuten nach elf, und auf dem DVD-Player blinkte eine Reihe von Achten.

Er hatte sich angezogen ins Bett gelegt. Im Grunde war er gar nicht richtig zu Bett gegangen. Frank hatte sich nur kurz hingelegt und musste dann wohl in einen tiefen Schlaf gesunken sein. Er konnte sich nicht daran erinnern, ob er geträumt hatte. Vielleicht war das hier ein Traum. Er war Judy Garland, und er war nicht mehr in Kansas. Er zog seine roten Pantoffeln an und stieg die Treppe hinunter. Die Zeitung lag auf der Matte. Der Zeitungszusteller steckte sie immer nur in den Briefschlitz. Frank nahm an, dass Kelly die Zeitung hindurchgeschoben hatte, damit sie durch den Schlitz schauen konnte. Mit Sicherheit hatte sie sich überzeugen wollen, dass er nicht unten an der Treppe zusammengebrochen war. Bestimmt hatte sie auch seinen Namen durch den Schlitz gerufen. »Mr. Derrick?«

Frank ging den Gartenweg hinunter. Im ersten Moment wunderte er sich über die vielen Löcher im Rasen. Er steckte seine Hand in die Tasche und spürte die fünf Pence in kleinen Münzen, die Haarspangen, Bills Namensschild und die Brosche, die er im Wohlfahrtsladen gestohlen hatte. Tief unten in den Flusen der Baumwolltasche steckte die winzige Schraube seiner Brille.

Er stand auf dem Grünstreifen vor dem Gartentor und blickte auf der Suche nach Kellys kleinem blauen Auto die Straße in beide Richtungen hinunter. Das Gras war nass, aber da er von dem Gewitter nichts mitbekommen hatte, nahm er an, dass es sich nur um besonders starken Tau handelte. Von Kellys Auto war nirgendwo etwas zu sehen, und daher machte sich Frank auf zu den Geschäften. Er nahm die Brille ab und rieb sich die Augen, denn er war noch immer nicht ganz wach. Vielleicht sollte er laufen. Frank fragte sich, ob er noch wusste, wie das ging. Wenn er zuerst einen etwas schnelleren Gang einlegte und dann immer einen Gang höher schaltete, könnten seine Beine unter ihm zusammenbrechen, noch bevor er tatsächlich lief.

Der sein Auto zu oft wäscht wusch sein Auto und begrüßte ihn. Frank erwiderte nichts und zwang sich zu einem Lächeln. Er erinnerte sich vage, dass er in der zweiten Nacht seines Spendentütendiebstahls das Auto auf einer Seite mit dem Schlüssel zerkratzt hatte. Vorsichtig tastete er in seiner Tasche nach der Tatwaffe – Haarspange, Münze, Brosche, Bills Namensschild ... Der Schlüssel. Frank hatte keinen Schlüssel bei sich. Der Schlüssel lag in seiner Wohnung. Er hatte sich ausgesperrt. Und wenn er sich nicht mehr an seinen Geburtstag erinnerte, um den Schlüsselsafe zu öffnen?

Nachdem Frank die Straße etwa zehn Meter hinuntergegangen war, sah er ein Auto, das in seine Richtung fuhr. Es hatte dieselbe blaue Farbe wie Kellys Auto. Frank wollte schon winken, war sich aber nicht sicher, ob es ihr Wagen war. Er wollte nicht mit dem Sioux-Namen *Der Fremden winkt* enden. Als der Wagen näher kam, erkannte er zwei Personen in dem Wagen. Kelly saß am Steuer, und auf dem Beifahrersitz – seinem Platz! – saß ein Mann. Plötzlich riss Kelly das Steuer herum und fuhr genau auf Frank zu. Er war sich sicher, dass sie ihn gleich überfahren würde, absichtlich oder versehentlich. Sie war wirklich eine miserable Autofahrerin. Dürfte Kelly überhaupt noch als Pflegekraft bei ihm arbeiten, wenn sie ihn überfuhr und damit der Grund für seine Pflegebedürftigkeit war?

Frank trat ein paar Schritte zurück, bis er fast gegen den Zaun des Bungalows prallte, an dessen Gartentor er neulich den Namen *Three Chimneys* gelesen hatte. Er drehte sich zu dem Haus um und sah, dass es tatsächlich drei Schornsteine hatte. Warum brauchte ein Haus drei Schornsteine?, fragte er sich erneut. Vielleicht war das Haus so gebaut worden, dass es zu dem Schild am Tor passte. Wenn er nicht so müde gewesen wäre, wäre er vielleicht darauf gekommen, dass es in dem Haus vermutlich drei Kamine gab.

Kelly hielt am Rande des Grünstreifens an und öffnete das Fenster. Frank ging auf den Wagen zu und beugte sich zu ihr hinunter.

»Die Kette war vorgelegt«, sagte Kelly. »Daher wusste ich, dass Sie zu Hause sein müssen. Ich habe geklingelt und angerufen. Ist alles in Ordnung?«

»Ich habe verschlafen«, sagte Frank. Er erkannte an Kellys besorgtem Blick, dass er furchtbar aussehen musste. Genau der Mann, den sie vor drei Monaten zum ersten Mal gesehen hatte, als er durch das Chaos in seiner Wohnung und durch sein ungepflegtes Äußeres seinem stillen Protest Ausdruck verliehen hatte. Frank schwitzte und war außer Atem. Er hatte Schatten unter den Augen. Sein Haar war total zerzaust. Seit ein paar Tagen hatte er sich nicht rasiert, und aus seinen Nasenlöchern guckten Haare heraus. Er musste unbedingt in seinen Lebenslauf schreiben, dass er Denis Healey parodieren konnte.

Der Mann auf dem Beifahrersitz war Franks Bildnis des Dorian Gray. Er war jung – ungefähr in Kellys Alter oder vielleicht ein bisschen älter. Der junge Mann hatte einen gepflegten Kurzhaarschnitt wie ein Soldat oder ein Polizist. Seine Bartstoppeln sahen aus, als wäre mit einer Spritzpistole eine gleichmäßige Schicht auf sein Gesicht aufgetragen worden, vermutlich von kleinen Elfen.

»Oh, Verzeihung«, sagte Kelly. »Das ist Sean.« Und an Sean gewandt: »Das ist Mr. Derrick.«

»Frank«, sagte Frank. »Mr. Derek war Basil Brushs Partner.« Weder Kelly noch Sean wussten, worüber Frank sprach. Auch seine Aussprache war sonderbar. Er hatte keine Zeit gehabt, die Zähne einzusetzen. Aufgrund ihrer Erfahrung könnte Kelly vermuten, dass er einen Schlaganfall erlitten hatte. Sie würde sein Gesicht und seinen Körper bestimmt ganz genau ansehen, um herauszufinden, ob er weitere Symptome aufwies. »Basil Brush«, sagte Frank. »Der Fuchs aus der Kinderserie. Er hatte immer einen Menschen an seiner Seite. Mr. Roy, Mr. Rodney oder eben Mr. Derek. Mein Name wird aber anders geschrieben.«

»Sollen wir reingehen? Dann können wir über alles sprechen«, schlug Kelly vor. Sie sprach ganz ruhig mit ihm, als wollte sie einen Selbstmörder überreden, vom Fenstersims herunterzusteigen. Frank fragte sich, wen sie meinte, als sie fragte: *Sollen wir reingehen?*

Sie drehte sich zu Sean um und sprach mit ihm. Frank versuchte, von den Lippen abzulesen, was sie sagten. Aber dann konnte er ihre Lippen nicht mehr sehen, als Kelly sich zu Sean hinüberbeugte und ihn küsste. Sie öffnete die Tür und stieg aus.

»Sean fährt zurück zur Arbeit«, sagte sie, als sie ausstieg. »Ich nehme später den Bus und hole den Wagen ab.«

Sean rutschte auf den Fahrersitz.

»Hat mich gefreut, Sie kennenzulernen, Mr. Derrick«, sagte er und fügte an Kelly gewandt hinzu: »Bis später.« Sie schlug die Tür zu. Sean wendete und fuhr davon.

Als er weg war, fragte Kelly Frank: »Haben Sie Maulwürfe?«

»Was?«

»Kommen Sie, wir gehen ins Haus.« Sie gingen auf das Haus zu. »Jemand hat Ihren Garten umgegraben. Als ich das gesehen habe und die Tür nicht öffnen konnte, war ich ein wenig beunruhigt. Ich wollte nicht sofort die Polizei oder die Feuerwehr rufen. Hätte ja sein können, dass Sie noch im Bett liegen oder sich im Badezimmer aufhalten. Ich hatte Sean gerade hier in der Nähe abgesetzt, wo er gerade arbeitet. Also bin ich zurück zu ihm, damit er die Kette abschraubt. Er hat sein Werkzeug immer bei sich. Vermutlich war das nicht die cleverste Idee. Eingangstüren zu demontieren gehört sicherlich nicht zum Aufgabenbereich der Mitarbeiter von *Lemons Care*.«

»Ich habe verschlafen«, sagte Frank noch einmal.

Sie gingen durch das Gartentor in den Garten. Frank war sich gar nicht bewusst gewesen, wie viele Löcher er gegraben hatte. Jetzt überlegte er, wie er Kelly am besten erklärte, was passiert war. Die Wahrheit war nicht gut genug. Maulwürfe als Sündenböcke vorzuschieben schien ihm keine schlechte Idee zu sein, aber stattdessen sagte er, er habe den Garten auf Vordermann bringen wollen, und das sei nicht gerade seine Stärke. Er zeigte Kelly seine Daumen.

»Sie sind definitiv nicht grün.« Sie gingen auf die Haustür zu. »Ich habe meinen Schlüssel vergessen«, sagte Frank.

Kelly nahm den Schlüssel aus dem Safe und schloss die Tür auf. Frank trat ein. Er hob die Zeitung und die Post vom Boden auf, und Kelly folgte ihm die Treppe hinauf. Frank dachte an das Chaos im Wohnzimmer, wo die gestohlenen Spendentüten und sein Shopper standen. Er dachte angestrengt nach, wie er Kelly das erklären sollte. Das konnte er nicht den Maulwürfen in die Schuhe schieben. Konnte er das den Maulwürfen in die Schuhe schieben?

Oben an der Treppe erhaschte er einen Blick auf sein Spiegelbild und fragte sich, wann er dieses Bild von einem alten Landstreicher aufgehängt hatte.

Und dabei sollte alles doch ganz anders ablaufen.

Er hatte vorgehabt, an diesem Morgen früh aufzustehen. Oder sogar überhaupt nicht ins Bett zu gehen, damit er genügend Zeit hatte, um sich für Kellys letzten Besuch fein zu machen. Frank wollte ein Vollbad mit viel Blubberbad nehmen und dabei den Werbesong singen. Er wollte sich mit dem Rasierer mit den vielen Klingen rasieren und sein Gesicht mit Aftershave einreiben, bis es brannte.

Frank hatte sich vorgenommen, sein buntestes Hemd anzuziehen, die Haare an Ohren, Nase und Augenbrauen zu zupfen, bis er niesen musste und mit dem Kopf gegen den Spiegel schlug. Nach der gründlichen Morgentoilette hatte er eine Schale von dem Müsli essen wollen, das er gekauft hatte, weil es ihn an den Song aus der Fernsehwerbung erinnerte. Nach jedem Löffel wollte er ihn singen. Anschließend wollte er die Zeitung lesen, ein bisschen Frühstücksfernsehen gucken und dabei das Wohnzimmer aufräumen, ehe er seinen Platz am Fenster einnahm. Dann hätte er sich umgedreht, sein Haar zerzaust und James Stewart nachgeahmt, bis sie kam.

Doch er hatte verschlafen und nichts von alldem getan.

Als er in den Spiegel oben an der Treppe schaute, konnte

er das Kindergekritzel, das ihn da anschaute, nicht erkennen. Sein Gesicht war nur noch ein schmutziger Fleck auf dem Glas. »Was macht Ihr Freund beruflich?«, fragte er Kelly.

»Er ist Dachdecker.«

Natürlich.

Kelly fragte ihn nach dem Chaos auf dem Wohnzimmerboden, und Frank sagte, er hätte seine Wohnung ausgemistet und wollte das ganze Zeug spenden. Er musste dem Mann hinterherlaufen, der die Plastiktüten verteilte, erklärte er ihr, um mehr Tüten zu bekommen, damit alles hineinpasste. Als Kelly ihn nach den fehlenden Figuren auf dem Kaminsims fragte, sagte er, dass er sie ins Gästezimmer gestellt hatte. Es war das erste Mal, dass er Beths Zimmer als Gästezimmer bezeichnete.

Kelly begann aufzuräumen und packte die gestohlenen Sachen wieder in die Spendentüten. Sie war jetzt seine Komplizin.

Sie hob eine Handtasche vom Boden auf.

»Ich glaube, das war einmal ein Alligator«, sagte Kelly und kräuselte die Nase, denn die Handtasche roch unangenehm. Sie hielt sie auf Armlänge von sich weg, ehe sie sie in eine Spendentüte fallen ließ. »Oh, Frank. Es tut mir leid. Ich wollte nicht unhöflich sein. Gehörte die Tasche Sheila?«

»Ja«, sagte Frank. »Ich glaube allerdings, es war ein Krokodil«, fügte er hinzu, um die Lüge etwas runder zu machen. Als drei Spendentüten voll waren, nahm Kelly zwei in eine Hand und eine in die andere, so wie der Milchmann, der ihn überfahren hatte, wodurch er überhaupt erst in den Genuss von Kellys Besuchen gekommen war.

»Ich bringe die Tüten raus«, sagte sie.

»Das kann ich doch nachher machen.«

Kelly war schon im Flur und brachte die Tüten hinunter. Dinge erledigen, die erledigt werden müssen. So war Kelly. Er würde sie vermissen. Frank stellte sich ans Fenster und beobachtete Kelly, als sie die Spendentüten auf den Grünstreifen vor dem Gartentor stellte. Sie nutzte die Gelegenheit, die Mülltonnen gerade hinzustellen. Anschließend hob sie ein Stück Papier auf, das von der Straße auf den Grünstreifen geflogen war, und warf es in eine der Mülltonnen.

Wenn sie in die gelbe Tonne geschaut hätte, hätte sie gesehen, dass sie fast voll war. Frank hatte vergessen oder sich einfach nicht darum gekümmert, die gelbe Tonne am richtigen Tag rauszustellen. Er erledigte die Dinge nicht, die erledigt werden mussten. So war Frank. Er vergaß, die Mülltonnen rauszustellen und bezahlte seine Rechnungen nicht. Der Rasen musste gemäht werden, der Garten war eine Katastrophe, und aus seinem Kino würde nie etwas werden.

All die Dachdecker, die auf seiner Schwelle erschienen. Sie hatten recht. Auf seinem Dach *waren* Dachpfannen lose. Sie mussten befestigt werden. Die Schuldenberater, die bei ihm anriefen, um ihn als Kunden zu gewinnen, hatten sich nicht verwählt. Er brauchte eine Beratung, um seine Schulden loszuwerden. Falls Frank jemals Batterien für seinen Kassettenrekorder kaufen würde, um den Spanischkurs zu beginnen, würde er nicht weiterkommen als bis »Hola, mi nombre es Frank Derrick«. Wenn er sich ein Schlagzeug gekauft hätte, hätte er niemals gespielt.

Wenn Frank nicht vom Milchmann überfahren worden wäre, hätten die Lebensmittel in seinem Kühlschrank das Haltbarkeitsdatum noch weiter überschritten. Der umgekippte Poller wäre auf der Erde liegen geblieben und niemals gestrichen worden, bis das Gras ihn überwuchert hätte. Frank hätte ferngesehen, Hose und Hemd über den Pyjama gezogen, in seiner Wohnung DVDs und wertlose Nippesfiguren aus dem Wohlfahrtsladen angehäuft. Das Zeug hätte auf dem Regal herumgestanden und wäre verstaubt. Ebenso wie Frank. Er saß nur rum und verstaubte. Und er erledigte die Dinge nicht, die erledigt werden mussten.

Frank beobachtete Kelly, die die Spendentüten herausbrachte und die Mülltonnen gerade hinstellte. Sie riss die Spitzen einiger wild wuchernder Pflanzen ab und warf sie in die Mülltonne. Und dann sprach sie mit jemandem. Es war Albert Flowers. Er sagte etwas zu ihr, worauf sie sich umdrehte, zum Garten schaute und sich wieder zu ihm umdrehte. Vermutlich hatte er sie nach den Löchern im Garten gefragt. Die beiden unterhielten sich. Frank versuchte, an den Lippen abzulesen, was sie sagten. Es sah aus, als würde Kelly etwas wie ›Maulwürfe‹ sagen. Frank hoffte, dass Kelly am Ende Albert Flowers nicht küsste, wie sie es bei Sean gemacht hatte. Sie nickte und hob den Blick zu seiner Wohnung. Frank trat schnell vom Fenster zurück. Als er wieder auf die Straße schaute, waren sie verschwunden.

»Frank!«, rief Kelly von der Treppe aus. »Albert möchte mit Ihnen sprechen.«

Frank hörte, dass Kelly nicht alleine die Treppe hinaufstieg.

Kelly hatte Flowers in die Wohnung gebeten.

Wie einen Vampir.

Frank sah sich schnell in der Wohnung nach zwei Gegenständen um, die er wie ein Kreuz vor sich halten könnte. Hätte er doch bloß die Löffel nicht verkauft. Vielleicht wäre der Silbergehalt der Löffel hoch genug gewesen, um Albert Flowers zu töten, wenn er sie ihm ins Herz stieß.

Kelly und Albert Flowers betraten das Wohnzimmer. Frank wusste, dass das Wohnzimmer Flowers völlig unbeeindruckt lassen würde. Der verrostete Shopper mit dem roten Schottenmuster und die leeren Spendentüten auf dem Boden. Die DVDs, die verstreut auf dem Teppich herumlagen, und der fast leere Kaminsims. Flowers fielen sofort die blinkenden Zahlen an dem DVD-Player auf. Wahrscheinlich dachte er, was für ein alter Dummkopf Frank doch sein musste, wenn er nicht in der Lage war, eine einfache Digitaluhr zu programmieren. Frank malte sich aus, wie Flowers ihn gleich wegen des bevorstehenden Wettbewerbs »Blühende Wohnzimmer« zurechtweisen würde.

Hinter Flowers' kaum versteckter Abscheu erkannte Frank Freude. Freude, in der Wohnung eines anderen zu sein und festzustellen, dass es nirgendwo auch nur annähernd so schön war wie bei ihm zu Hause. Er schaute auf den Blumenstrauß, den Kelly ihm vor Kurzem mitgebracht hatte. Die Blumen hingen über dem Rand der mit stinkendem Wasser gefüllten Vase. Verwelkte Blumen. Frank wünschte sich, Flowers' Ende würde ebenfalls nahen.

»Ich lasse Sie beide dann mal allein«, sagte Kelly.

Sie wusch das Geschirr ab und räumte die Wohnung auf, während Albert Flowers sich über die Löcher im Garten und die kleinen Schaumstofffetzen auf dem Rasen ausließ. Er sprach Frank noch einmal auf die Farbe der Poller und auf das Gras an, das ringsherum wuchs und sie bereits überwucherte. Er sagte, er würde gerne seinen Gärtner beauftragen, das Gras auf dem Grünstreifen zu mähen und die Poller neu zu streichen.

»Er hat sehr vernünftige Preise.«

»Nein danke, das ist nicht notwendig.«

»Hm«, sagte Flowers. »Vielleicht darf ich Sie darauf hinweisen, dass es als vorübergehende Lösung sehr hilfreich wäre, wenn Sie das Gartentor geschlossen halten könnten. Natürlich nur, bis der Wettbewerb zu Ende ist.«

Kelly war im Badezimmer. Sie faltete Handtücher zusammen und wechselte das Wasser in dem Glas, in das Frank immer sein Gebiss legte. Anschließend ging sie in die Toilette, hängte eine neue Rolle Toilettenpapier auf und faltete das erste Blatt zu einer Spitze wie das Zimmermädchen eines Nobelhotels. Frank hätte Albert Flowers am liebsten aufgefordert, den Mund zu halten, damit er Kelly singen hören konnte.

»Wenn wir vorübergehend etwas vor das Tor stellen könnten, damit man nicht direkt auf Ihren Garten schaut«, sagte Flowers.

»Was? Ja. Okay«, erwiderte Frank und schaute auf die Uhr. Kelly würde gleich wieder gehen. Das lief nicht gut. Zuerst verschlief er, dann traf er auf Sean, und jetzt stand dieser Idiot in seinem Wohnzimmer. So hatte er sich Kellys letzten Besuch nicht vorgestellt. So stand es nicht im Drehbuch.

Kelly sang noch immer, als sie an der Tür vorbeikam und in die Küche ging.

»Soll ich also mit meinem Gärtner über den Grünstreifen und die Poller sprechen?«, fragte Flowers.

»Den Grünstreifen?«, fragte Frank.

»Und die Poller.«

»Okay. Ja.« Nie zuvor war Frank so abgelenkt gewesen.

»Möchten Sie eine Tasse Tee?«, rief Kelly aus der Küche. Sie sprach ihn nicht mit Namen an, aber sie meinte mit Sicherheit Albert Flowers.

Flowers schaute auf seine Uhr. Sie sah sehr teuer aus. Eine Uhr, die die BARGELD-FÜR-ALLES-Frau, ohne zu zögern, auf den Ja-Haufen gelegt hätte. Frank hätte am liebsten Flowers' Hand abgehackt, um an seine Uhr zu kommen und den Ehering gleich mitzunehmen. Der Verkauf würde ihm bestimmt genug Geld einbringen, um Kelly weitere zwölf Monate zu bezahlen.

»Ein bisschen Zeit muss ich tatsächlich noch totschlagen«, sagte Flowers. Totschlagen, dachte Frank. Und dann rief Flowers Kelly zu: »Gerne. Eine Tasse Tee wäre reizend.« Er lächelte Frank zu. Frank hätte ihm am liebsten die Zähne ausgeschlagen, die Goldfüllungen verkauft und das Geld in eine neue Zahnprothese investiert. Er hätte Albert Flowers am liebsten hier auf dem Wohnzimmerteppich inmitten der Spendentüten aufgehängt, ihm den Bauch aufgeschlitzt und ihn gevierteilt. Und ihn dann unter den sonnenblumengelben Pollern vergraben.

Kelly kochte Tee, und sie setzten sich alle drei im Wohnzimmer an den Tisch. Sie plauderte mit Albert Flowers, bis ihre

Arbeitszeit bei Frank herum war. Frank sagte fast kein Wort. Er wollte das Gespräch nicht auch noch in die Länge ziehen, indem er sich daran beteiligte. Warum unterhielt sie sich mit Flowers? Beth hatte viel Geld für ihre Besuche bezahlt, und sie konnte es sich kaum leisten. Jimmy hatte den Auftrag nicht bekommen. Beth würde es gar nicht gefallen, dass Jimmys schwer verdientes Geld für Small Talk mit Albert Flowers verschwendet wurde. Er besaß ein Blumengeschäft. Er trug ein teures Jackett und teure Schuhe. Und eine schicke Uhr. Er konnte sich eigene Hausbesuche leisten. Warum verschwand er nicht endlich? Hau ab, Albert Flowers, hau ab.

Es dauerte zwanzig Minuten, bis er endlich ging. Er streckte die Hand aus, um sich von Frank zu verabschieden. Frank reichte ihm die Hand. Er hätte sie gerne zerquetscht. Als Beth noch ein Kind war und Frank sie morgens weckte, sagte Frank oft zu ihr: »Mach eine Faust.« Beth lag im Bett und versuchte, eine Faust zu machen, aber sie war noch zu müde, um es richtig zu schaffen. Und genau so eine Faust machte Frank jetzt zu jeder Tageszeit. Er hatte die Kraft eines soeben aufgewachten kleinen Mädchens. Wenn er Albert Flowers' Hand so fest drückte, wie er konnte, würde Flowers vermutlich noch nicht einmal bemerken, dass jemand seine Hand festhielt.

Frank begleitete Flowers in den Flur.

»Bestellen Sie Ihrer Pflegerin herzliche Grüße«, sagte Flowers und sah sich um. »Eine hübsche Wohnung. Treppen in Fullwind. Was kommt als Nächstes?« Frank hätte ihn gerne die Treppe hinuntergestoßen. »Wir müssen auch die Spendentüten woanders hinstellen«, fügte Flowers hinzu.

»Es kommt jemand, der sie einsammelt«, erwiderte Frank.

»Ja, sicher. Wissen Sie, dass einige dieser gemeinnützigen Organisationen, die Spenden sammeln, gar nicht gemeinnützig sind?« Er senkte die Stimme, um anzudeuten, dass sein Rassismus durchaus ernst gemeint war. »Osteuropäer. Okay. Auf Wiedersehen.« Endlich ging er.

Frank kehrte ins Wohnzimmer zurück. Kelly zog ihren Anorak an und machte ihre Tasche zu.

»Jetzt sind Sie wieder ein freier Mann.« Sie reichte Frank ein paar Formulare und einen Kugelschreiber. »Ich brauche nur noch Ihre Unterschrift.« Frank starrte auf den Kugelschreiber. Er hatte dieselbe blaue Farbe wie Kellys Auto, und auf der Seite befand sich das Logo von *Lemons Care*. Die Spitze des Stiftes war ein wenig zerkaut.

»Ich will nicht, dass Sie gehen«, sagte Frank. Er hatte einen Kloß im Hals.

»Was?«

»Gehen Sie nicht. Ich will nicht, dass Sie gehen.«

Kelly schaute auf die Uhr.

»Aber …«

»Ich bin noch nicht wieder richtig fit.«

»Doch, Frank, Ihnen geht es gut. Sie sind in besserer Verfassung als die meisten Männer, die nur halb so alt sind wie Sie.«

»Noch nicht. Ich bin noch nicht wieder richtig fit.«

Im nächsten Moment spürte Frank, dass ihm die Tränen, die er am Strand hatte vergießen wollen, in die Augen stiegen. Es war, als würde ein Damm brechen.

»Sie haben gesagt, Sie kümmern sich um mich«, sagte Frank.

»Das habe ich doch auch getan.« Kelly kontrollierte, ob sie alles eingepackt hatte, damit kein Zweifel daran aufkam, dass sie gleich gehen würde.

»Bin ich Ihnen denn ganz gleichgültig?«

»Frank, wenn es so wäre, hätte ich mir einen anderen Job ausgesucht. Sie sind mir nicht gleichgültig. Genauso wenig wie all die anderen Herren …«

»Davon will ich nichts wissen.«

»Oh, Frank.«

Obwohl der Zeitpunkt ungünstiger nicht hätte sein können und er kurz vor einem Zusammenbruch stand, hatte Frank Lust, sich umzudrehen, seine Haare zu zerzausen, eine Perücke aufzusetzen, mit den Schultern zu wackeln und zu sagen: »Mmm, Betty.«

»Ich muss gehen«, sagte Kelly.

»Warum?«

Kelly warf noch einen Blick auf die Uhr.

»Ich bin spät dran.«

»Was soll ich jetzt machen?«, fragte Frank.

»Frank. Seien Sie nicht albern.«

»Was soll ich machen?«

»Wie meinen Sie das?«

»Ohne Sie.«

»Ohne mich?«

»Ja.«

Kelly seufzte. »Was haben Sie denn vorher gemacht?«

»Vorher?« Frank schüttelte den Kopf. »Nichts.«

»Nein, das stimmt nicht. Was ist mit Ihren Filmen? Sie lieben doch Filme.«

Frank schaute auf seine dezimierte DVD-Sammlung. Er versuchte, sich zu erinnern, welche Filme er in der Pfandleihe verkauft hatte. Er dachte an seine geliebte Sammlung 16-mm-Filme, die er ebenfalls verhökert hatte und die vermutlich auf dem Weg zu einem Sammler in Japan war, der Tausende von Pfund dafür bezahlt hatte.

»Ihr Kino. Was ist mit Ihrem Kino?«, fragte Kelly, als könnte sie seine Gedanken lesen.

»Das ist ein Gartenschuppen. Ein Gartenschuppen voller Krempel.«

Kelly setzte sich hin, doch nur auf die Sofalehne, um zu signalisieren, dass sie zwar nicht sofort gehen, aber auch nicht bleiben würde. Sie schwieg, damit Frank sagen konnte, was er auf dem Herzen hatte. Sie gab ihm die Chance, die Situation zu kontrollieren. Kelly, die Rentnerflüsterin.

»Der Tag heute sollte ganz anders ablaufen. Ich hatte alles geplant. Es sollte niemand anderes dabei sein. Und jetzt.«

Frank spähte auf sein nacktes Handgelenk, als hoffte er, die Uhrzeit dort ablesen zu können. »Ich habe das Gefühl, ich sehe Sie nie wieder«, fügte er seufzend hinzu.

»Oh, da würde ich an Ihrer Stelle nicht drauf wetten«, entgegnete Kelly. »Die Welt ist klein. Und dieser Ort ist noch viel kleiner. Es wird schon wieder alles gut werden, nicht wahr, Frank?« Wieder eine dieser rhetorischen Fragen. Ein Befehl. »Und ich möchte nicht, dass Sie den ganzen Tag hier herumsitzen. Okay?«

Frank nickte.

»Da draußen wartet eine große bunte Welt auf Sie.«

»Gerade haben Sie noch gesagt, die Welt ist klein.«

»Das habe ich wohl. Hm. Nun, ob groß oder klein, Ihnen gehört die ganze Welt. Sie stehen noch mit beiden Beinen im Leben, Mr. Derrick. Erinnern Sie sich?«

Frank lächelte verhalten.

»Ja, das haben Sie gesagt, als wir das Eis gegessen haben.«

»Ich hätte das niemals gelernt, wenn Sie nicht gewesen wären, Frank. Ich werde mein Eis nie mehr so wie früher essen.«

Eine ganze Weile sprachen sie kein Wort, und dann zeigte Kelly auf den DVD-Player. »Hat er Ihnen gefallen? Ich habe ganz vergessen zu fragen.«

Frank schaute auf die Hülle von *Dirty Dancing*, die geöffnet und leer neben dem DVD-Player lag. Er stellte fest, dass er sich nicht an eine einzige Szene erinnern konnte.

»Er war gut«, sagte er.

»Jetzt muss ich aber wirklich los.« Kelly stand auf. »Machen Sie sich darum keine Sorgen.« Sie steckte die Formulare und Stundenzettel, die Frank nicht unterschrieben hatte, in die Tasche. »Ich regle das schon. Den Stift können Sie behalten. Dann können Sie nicht behaupten, ich hätte Ihnen nichts gegeben. Jetzt muss ich aber wirklich los. Ich muss den Wagen noch holen. Sean wird sich wundern, wo ich bleibe.«

Frank ging zu seinem DVD-Regal.

»Ich kann Ihnen diesen Film hier leihen.« Er reichte Kelly die DVD von *Ich tanz' mich in dein Herz hinein*. »Mit Fred Astaire und Ginger Rogers.«

»Ich komme nicht mehr zu Ihnen.« So leicht würde er Kelly nicht austricksen können, sie würde nicht noch einmal wiederkommen, um die DVD zurückzubringen.

»Sie können mir den Film auch schicken«, schlug Frank vor.

»Ich weiß nicht, ob ich wirklich ...«

»Behalten Sie ihn. Ich habe ihn schon hundert Mal gesehen. Und ich habe ihn zwei Mal.«

Kelly bedankte sich bei ihm und steckte die DVD in die Tasche.

»Okay. Auf Wiedersehen, Frank. Und passen Sie auf, dass Sie nicht noch einmal von einem Milchwagen überfahren werden.«

Mit diesen Worten ging sie davon.

Frank stand am Fenster und sah Kelly nach, als sie den Weg hinunterging. Sie öffnete das Tor. Vielleicht würde sie sich noch einmal umdrehen und zu ihm hochschauen, dachte Frank. Sie ging durch das Tor und schloss es hinter sich. Sie drehte sich nicht um und schaute nicht zu ihm hoch. Das hier war kein Film.

Er sah ihr nach, wie sie die Sea Lane hinunterging. Alle anderen James Stewarts beobachteten Kelly mit Sicherheit auch. Hilary würde in ihre Kladde für besondere Vorkommnisse schreiben: »Kein Auto.«

Frank schaute Kelly so lange hinterher, wie es seine belgische Architektenbrille, der Winkel des Fensters und die Biegung der Straße erlaubten. Von seinem Fenster im ersten Stock konnte er sie besser und viel länger sehen als alle anderen neugierigen Nachbarn in ihren Bungalows mit den Blumenampeln, den Schornsteinen und den Sioux-Namen über den Haustüren. Frank war froh, dass er ein Stockwerk höher wohnte als alle anderen. Kelly folgte der Straßenbiegung, und dann verlor er sie aus dem Blick. Frank schaute auf die Spendentüten auf dem Grünstreifen. Er musste sie in seine Wohnung holen, bevor ein Passant an den Umrissen in einer Tüte einen Gegenstand wiedererkannte, den er gespendet hatte.

32

In den nächsten Tagen rief *Lemons Care* vier Mal an. Sie wollten mit Mr. Watson sprechen. Frank sagte, sie hätten sich verwählt. Beim nächsten Anruf sagte er, Mr. Watson sei nicht da. Beim dritten Anruf ahmte er wieder den Akzent von Ron, dem Amerikaner, nach, der seine Gehirnzellen in Schwung hielt, und teilte der Dame am Telefon mit, dass sein Vater leider verstorben sei. Sie war sehr mitfühlend und freundlich, rief aber dennoch einen Tag später wieder an und bat, mit Mr. Watson sprechen zu dürfen. Diesmal erklärte Frank ihr, sie habe die falsche Nummer, und legte auf. Er wusste, dass sie irgendwann wieder anrufen würden. *Lemons Care* gehörte nun auch zu den Unternehmen, die seine Telefonnummer in ihrem System gespeichert hatten.

Frank sah fern, aß schlecht und unregelmäßig und stand auf, lange nachdem die Flugbegleiterinnen die Frühstückstabletts abgeräumt und die leeren Plastiktassen eingesammelt hatten. Etwas, was er jetzt nicht mehr machte.

Am ersten Montag nach Kellys letztem Besuch wirkte es, als hätte Frank vergessen, dass sie nicht kommen würde. Er stand zeitig auf, wusch sich, rasierte sich, zog ein buntes Hemd an, setzte sich ans Fenster und wartete auf sie. Aber Frank hatte nicht vergessen, dass Kelly nicht kommen würde. Er wünschte, er hätte es vergessen können.

Der Shopper mit dem roten Schottenmuster stand noch immer im Wohnzimmer, und die von den Nachbarn gestohlenen Spendentüten standen im Flur. Vielleicht hätte Frank nie wieder das Haus verlassen, wenn er in dem Anzeigenblättchen nicht einen Veranstaltungshinweis gelesen hätte: *RIESIGE! GIGANTISCHE! BRETTSPIELE IM PARK!* Buckaroo! *Ein Esel so groß wie ein Esel!* KerPlunk *mit fußballgroßen Murmeln!* Jenga *so groß wie ein Haus!* Mausefalle *und viele, viele andere!*

Das war genau die Ablenkung, die er brauchte. Er würde Smelly John besuchen und ihn damit überraschen, dass er ihn mit in den Park nahm, um dort Riesen-*KerPlunk!* und *Vier gewinnt* zu spielen. Der Park war eine Meile vom Greyflick House entfernt. Sie würden mit dem Bus fahren. Der Fahrer müsste den Bus absenken, damit John in seinem Rollstuhl einsteigen konnte, und niemand im Bus würde sich beklagen. Es wäre das erste Mal, dass mehr als ein männlicher Fahrgast im Bus saß. Die alten Damen würden glauben, die *Chippendales* oder die Darsteller von *Ganz oder gar nicht* wären gerade zugestiegen.

Frank und Smelly John würden auf den Knopf drücken, damit der Bus am Park hielt. Der Fahrer würde den Bus wieder absenken, damit sie aussteigen konnten. Er würde nicht wie sonst, wenn Frank vor der Endstation aussteigen wollte, missbilligend das Gesicht verziehen und stöhnen. Nicht, wenn ein schwarzer Mann in einem Rollstuhl aussteigen wollte.

Sie würden in den Park gehen und eine riesige Maus in die Mausefalle sperren. Die Vier würde gewinnen, und sie würden beim Riesenjenga Türme bauen, die höher waren als die meisten Gebäude in der Sea Lane. Wenn die Türme umfielen, würde Smelly John lauter »Jenga!« rufen als jemals zuvor.

Frank zog sich an und stellte die Spendentüten in den Shopper mit dem roten Schottenmuster. Er dachte an den Tag, an dem Kelly ihn mit einem Ausflug ans Meer überrascht hatte. Er stellte sich Johns Miene vor, wenn er unangekündigt bei ihm aufkreuzen und ihm den Veranstaltungshinweis für die Riesenbrettspiele zeigen würde. John würde das Greyflick House zum ersten Mal wieder verlassen, seit Frank seinen Rollstuhl gestoppt hatte, als dieser den Hang hinunterrollte und ins Meer zu stürzen drohte.

Vorher ging Frank in die Bücherei und ließ den Shopper draußen stehen. Er ging hinein und lieh sich das Buch mit dem Bild aus, auf dem er an Deck des holländischen Ozeandampfers stand. Es war eine Ewigkeit her, dass er sich ein Buch ausgeliehen hatte. Er würde Smelly John ganz genau erzählen, was er im Krieg gemacht hatte.

Im Wohlfahrtsladen nahm Frank die Spendentüten aus dem Shopper und spendete sie. Als er sie hinten im Geschäft auf dem Boden ausschüttete, sagte eine Frau, sie hätte das Gefühl, einige der Dinge wiederzuerkennen. Sie glaubte sogar, dass sie die Sachen schon einmal verkauft hatten. Frank fragte sie, ob sie seinen Shopper ebenfalls haben wollten. Sie sagte Nein.

Frank wollte den Wohlfahrtsladen soeben verlassen, als er eine CD der Sex Pistols entdeckte. Er kaufte sie und steckte sie in die Außentasche des Shoppers mit dem Reißverschluss, in dem schon das Buch steckte. Dann ging er zur Bushaltestelle.

Im Bus setzte er sich hinter eine Frau, die viel jünger war als all die alten Schachteln. Sie hatte ein kleines Kind bei sich. Das Kind stand auf dem Sitz und starrte Frank an. Er wusste nicht, wohin er gucken sollte. In öffentlichen Verkehrsmitteln und in der Warteschlange in Geschäften starrten ihn die Kinder immer an. Das war ihm unangenehm, und er befürchtete, dass er errötete und zu schwitzen begann wie ein Mann, der ein schreckliches Geheimnis zu verbergen hatte.

Frank drehte sich um, schaute aus dem Fenster und hoffte, das Kind würde ihn nicht mehr anstarren, wenn er sich wieder umdrehte. Doch das Kind starrte ihn noch immer an. Jedes Mal, wenn sich Frank wieder umdrehte, starrte das Kind ihn an. Besonders fasziniert schien es von Franks langem weißen Haar zu sein. Als Frank durch den Bus zur vorderen Tür ging, um auszusteigen, sagte das Kind, das ihn die ganze Zeit angestarrt hatte: »Weihnachtsmann.«

Das war es also, was der Weihnachtsmann im Juni machte. Er rasierte sich den Bart ab und schlich sich in der Dunkelheit hinaus, um Spielzeug aus Säcken zu stehlen.

An der Rezeption des Greyflick House war niemand. Frank trug sich in das Besucherbuch ein und fuhr mit dem Aufzug in den ersten Stock. Als er an Smelly Johns Tür klopfte, bekam er keine Antwort. Er versuchte, die Tür zu öffnen, und sie war wie immer nicht verschlossen. Im Greyflick House schloss niemand seine Tür ab. Hier gab es keine Diebe. Frank tastete nach dem Dope in seiner Tasche.

Er öffnete die Tür und trat ein. Der leere Rollstuhl stand am Fenster, als wäre Smelly John ebenfalls in die Rolle von James Stewart geschlüpft. Auf jeden Fall wäre Johns Parodie von James Stewart besser als Franks, weil er Requisiten hatte. Frank konnte die Stimme nachahmen, aber Smelly John hatte einen Rollstuhl. Dafür hatte Frank die bessere Aussicht. John konnte durch das Fenster auf der Rückseite seines Apartments nur den Wipfel eines Baumes und eine Plastiktüte voller Hundescheiße beobachten.

Frank stand am Fenster und wartete, dass John aus dem Badezimmer kam. Er überlegte, ob er die Drogen zurücklegen sollte, ehe sein Freund ins Zimmer kam, aber er hatte Angst, erwischt zu werden. Daher beschloss er, auf einen günstigeren Zeitpunkt zu warten.

Nach etwa fünf Minuten rief Frank Johns Namen. Als er keine Antwort bekam, klopfte er an die Badezimmertür. Wieder keine Antwort. Langsam öffnete Frank die Tür. Der Deckel der Toilette mit den mit Schaumstoff gepolsterten Armlehnen auf beiden Seiten war aufgeklappt. Auf beiden Seiten des Raumes waren Haltegriffe und eine Schnur für den Notruf. Am liebsten hätte Frank sofort daran gezogen und dann behauptet, er hätte geglaubt, es wäre der Lichtschalter gewesen. Keine Spur von Smelly John.

Er fuhr mit dem Aufzug zurück ins Erdgeschoss. Als die Türen sich öffneten, kamen *Der mit dem Linksdrall geht, Die unsichtbare Dinge sieht* und *Der die Namen berühmter Leute durcheinanderwirft* gerade durch den Haupteingang. Sie waren gekleidet, als wollten sie zu einer Hochzeit oder zu einer Beerdigung gehen. Sogar *Der keine Körperhygiene mag* hatte sein Haar gekämmt und eine Krawatte umgebunden.

Frank nahm an, dass wieder ein Bewohner gestorben war. Drei Tote in einem Jahr. John würde seine Undercover-Dokumentation bekommen. Frank wollte gerade in den Aufenthaltsraum gehen, um John zu suchen, als Graham, der Heimleiter, hereinkam.

»Hallo«, sagte Frank. »Ich suche John.« Erst jetzt wurde ihm bewusst, dass er Johns Nachnamen nicht kannte. Er kannte seinen Punknamen, und ihm würden eine Reihe passender Sioux-Namen für ihn einfallen, aber er kannte seinen Nachnamen nicht.

»Sind Sie ein Angehöriger?«, fragte Graham.

Frank hatte genügend Filme gesehen, um zu wissen, was diese Frage bedeutete.

Smelly John war tot.

Frank brachte kein Wort heraus und schüttelte den Kopf.

»Ach, ich glaube, es spielt auch keine Rolle«, sagte Graham. »Es tut mir leid, aber John ist vor über einer Woche gestorben.«

Frank fand keine Worte.

»Er hatte MS«, fuhr Graham fort.

»Ich habe ihn doch gerade noch gesehen«, sagte Frank. »Ich hatte nicht den Eindruck, als wäre er todkrank.«

»Manchmal ist es nicht so sehr die Höhe des Sturzes, sondern die Art des Aufpralls.« Das hatte der Pfarrer auf der Beerdigung gesagt, und Graham gab diese weisen Worte weiter.

»Wie? Wie ist er gestorben?«

»Ich weiß es nicht genau. Er hat sich eine Infektion eingefangen. Ich glaube, er hatte Probleme beim Schlucken. Er hatte wohl eine Lungenentzündung, und dann haben die Organe versagt. Aber sie sterben häufig sogar noch jünger, fürchte ich.«

»*Sie?*«, sagte Frank. »Wen meinen Sie mit *sie?*« Er wollte John sagen, dass er recht hatte. Er wollte Kelly anrufen und es ihr auch sagen. Graham war doch ein Rassist.

»Menschen, die an MS leiden«, sagte Graham.

»Ach so.«

»Möchten Sie mitkommen? Im Aufenthaltsraum findet ein kleiner Umtrunk statt.«

Frank antwortete so, als würde er sich selbst in einem Film spielen. »Nein. Nein danke. Ich sollte gehen.« Obwohl er einen Drink gut hätte vertragen können. Und zwar keinen kleinen, sondern einen großen. Er hätte sich am liebsten ordentlich einen hinter die Binde gekippt.

»Er war ein echtes Original«, sagte Graham. »Wir werden ihn vermissen.« Die beiden Männer reichten sich die Hand. Graham bat Frank, sich im Besucherbuch auszutragen. Er verabschiedete sich und folgte den anderen Bewohnern in den Aufenthaltsraum.

Frank wusste nicht, was er tun und wohin er gehen sollte. Seine ganze Welt brach zusammen. *Jenga! KerPlunk! Buckaroo!* Scheiße! Er wollte noch nicht nach Hause gehen und schlug daher die entgegengesetzte Richtung ein. Vielleicht sollte er trotzdem in den Park gehen und im Gedenken an Smelly John ein paar überdimensional große Spiele spielen. Und dann aus voller Kehle die Namen der Spiele schreien.

Ohne dass Frank es beabsichtigt hatte, lief er durch die Wohnsiedlung und steuerte auf zwei Jungen zu, die heftig miteinander kämpften. Nur ihr Lachen wies darauf hin, dass es nicht ernst gemeint war. Wie hätten diese Jungen sich mitten in der Nacht auf einem Schiff verhalten, das torpediert wurde?, fragte Frank sich. Ob einige seiner engstirnigen Altersgenossen nicht doch recht hatten, wenn sie behaupteten, die jungen Leute von heute müssten erst einmal einen Krieg erleben?

Die beiden Jungen hörten auf, miteinander zu kämpfen, und wandten ihre Aufmerksamkeit Frank zu. Er schob eine Hand in die Tasche, in der sich seine imaginäre Waffe befand und sein Geld und heute auch Johns Dope. Die Jungen rochen es bestimmt.

Frank hätte die beiden Jungen am liebsten unter seine Arme geklemmt und sie so weit wie möglich von diesem scheußlichen Ort weggebracht. Bevor es zu spät für sie war. Er überlegte, ob er wenigstens stehen bleiben und mit ihnen reden sollte. Sicherlich könnte er ihnen etwas Nützliches oder Sinnvolles sagen. Es musste doch etwas geben, das ihn sein langes Leben gelehrt hatte und das es wert war, weitergegeben zu werden. Er könnte mit zwei Eis und ein paar Schokoriegeln wiederkommen. Der Eismann hielt hier bestimmt nie. Wahrscheinlich war das hier sogar für den Kinderfänger Sperrgebiet.

Würden die Jungen ihm überhaupt zuhören, wenn er mit ihnen sprach? Möglich, dass sie ebenso wie Kelly glaubten, er sei intelligent. Vielleicht waren sie gar nicht so wie alle anderen Kinder in ihrem Alter. Die meisten glaubten doch, alle alten Leute wären inkontinente Schwachköpfe, die man verspotten und auslachen, über die man lästern und die man bestehlen konnte, die einzige Gruppe, auf deren Kosten die Comedians im Fernsehen noch ihre Witze reißen konnten. Vielleicht hörten die Jungen auch auf, miteinander zu kämpfen, um dem weisen alten Mann zuzuhören. Am Ende würden sie ihm danken, dass sich ihr Leben durch ihn zum Besseren gewandt hatte. Er würde ihnen das Haar zerzausen, und sie würden ihm freundlich zuwinken, wenn er seinen Weg fortsetzte.

Wenn seine Fantasie vom weisen Alten allerdings scheiterte, würde Frank Smelly Johns Dope so weit wie möglich wegwerfen und abhauen, während die Jungen dem Dope nachjagten wie Hunde einem Stock. Als er zwischen den beiden Jungen hindurchging, spuckten sie auf die Erde und lachten ihn aus. Er hatte das Gefühl, sie hatten recht damit.

Am Rande der Wohnsiedlung sah Frank zwei Männer. Sie trugen beide Babys in Tragetüchern, die sie um den Hals geschlungen hatten. Es war ein unerwartet rührender Anblick, inmitten dieses Drecks, der Wut, der Spucke und des Hundekots diese knallharten Männer zu sehen, die hier mit ihrer weiblichen Seite in Berührung kamen. Sie kümmerten sich um ihre Kleinen, sodass die Mütter ihre wohlverdiente Ruhe genießen konnten. Als Frank an ihnen vorbeiging, sah er allerdings, dass die Männer in den Tüchern keine Babys, sondern kleine, aggressive Hunde trugen.

Er lief die High Street hinunter und watete durch Geflügelstücke und Salat, um das Pfandleihhaus zu betreten. Als er den Shopper die Treppe hinaufzog, fiel ihm ein, dass dieser bis auf das Buch aus der Bücherei und die CD von den Sex Pistols leer war und er nichts mehr hatte, was er verkaufen konnte.

»Möchten Sie einen Shopper kaufen?«, fragte er die Frau hinter der Theke.

»Nein.«

33

Franks neueste Pläne für den Ruhestand hätten sich ganz sicher in keiner Werbeanzeige und keinem Artikel in der Sonntagsbeilage gefunden – nicht zuletzt, weil er sein Zeitungsabo nicht bezahlt hatte. Der Zeitungszusteller schob nur noch handgeschriebene Zettel des Zeitungshändlers durch den Briefschlitz, um Frank daran zu erinnern, dass seine Rechnung überfällig war.

Er hatte den Telefonstecker aus der Wand gezogen, weil aus dem Hörer ein Signalton gedrungen war und eine Frauenstimme ständig wiederholte: »Bitte legen Sie auf.« Frank brauchte zwanzig Minuten, um herauszufinden, woher der Signalton kam. Er zog die Stecker verschiedener Geräte heraus und stieg auf die Hockerleiter, um den Rauchmelder auseinanderzunehmen. Es waren seit Tagen seine zehn ereignisreichsten Minuten gewesen.

Frank aß, wusch das Geschirr aber anschließend nicht ab. Er schüttete eine Dose Spaghetti in den Kochtopf, in dem noch die getrocknete Sauce der Spaghetti vom Vortag klebte. Von seinem Toastbrot musste er so viele schimmelige Stellen abschneiden, dass einige der winzigen Scheiben in dem Toaster verloren gingen. Sie würden verbrennen, wenn er den Toaster das nächste Mal benutzte. In einem anderen aktiven Augenblick drehte er den Toaster auf den Kopf, um ihn zu säubern, sodass die ganze Küche von Brotkrümeln übersät war. Zwei Tage später lagen die Krümel immer noch auf dem Küchenboden und in den Rillen des Abtropfbrettes, und sie hingen in Franks langem Haar.

Eine Woche, nachdem Frank von Smelly Johns Tod erfahren hatte, begann er damit, sich alle DVDs anzusehen, die er noch besaß. Bei der Szene mit den furzenden Cowboys am Lagerfeuer in *Wild Wild West* brach er in Tränen aus und weinte noch, als der Vorspann von *Die Girls von St. Trinian* begann.

Einige seiner DVDs schienen ihm etwas mitteilen zu wollen. So wie die Fernsehwerbung, als er ständig über Geld nachgedacht hatte. *Kevin – Allein zu Haus* zum Beispiel und *Der Untermieter. Begegnung* und *Der Tag, an dem die Erde stillstand*. Er bemerkte es nicht einmal.

Ihm entging auch Liza Minellis Hinweis in *Cabaret* auf die Unsinnigkeit, allein zu Hause herumzusitzen. Ebenso die simple, aber motivierende Botschaft in den Titeln seiner vier *Carry-on-Filme*. Aus Respekt vor Smelly John schaute Frank sich *Mai 1943 – Die Zerstörung der Talsperren* nur zur Hälfte an. Während er sich *Mein Freund Harvey* ansah, spielte er James Stewart, bekam aber diesmal die Stimme nicht richtig hin. Genauso erging es ihm mit Michael Caine in *The Italian Job*. Kurz nachdem Robert Shaw in *Der weiße Hai* gefressen worden war, beschloss Frank, schwimmen zu gehen.

Bis zum Strand war es ziemlich weit. Er hätte den Bus nehmen können, der vom großen Supermarkt aus in diese Richtung fuhr. Aber heute hatte er nicht die Kraft, die verrückten alten Weiber zu ertragen.

Frank lief den Weg hinunter, der zum Strand führte. Die hohen Steinmauern auf beiden Seiten des Weges verschluckten alle Geräusche der Außenwelt. Oder zumindest veränderten sie diese so stark, dass es sich anhörte, als hielte er sich eine Muschel oder eine Pappröhre ans Ohr. Wenn hier sein Leben zu Ende ginge, es würde ihn glücklich machen. Was für ein herrlicher Ort, um zu sterben. »Er starb friedlich in einer Gasse«, würden die Leute sagen. Auf halber Strecke stampfte Frank mit den Füßen auf und lauschte auf das kurze, dumpfe Echo.

Als der schmale Weg hinter ihm lag, ging er auf die niedrige Mauer zu und schaute aufs Meer. Die Flut überschwemmte den ganzen Strand. Man sah nur die Steine und dahinter das Wasser. Frank stieg die Stufen zu der Mauer hinauf und blieb oben auf der mit Steinen übersäten Böschung stehen. Er sah einen Hund, der immer wieder aufs Wasser zulief und sofort zurückwich, sobald eine Welle kam. Schließlich rief der Besitzer ihn und warf einen Tennisball, dem der Hund stattdessen hinterherjagen konnte.

Frank ging auf das Wasser zu. An der Buhne, die etwa fünf Meter vom Ufer entfernt war, blieb er stehen und zog sich aus. Seine Kleidung legte er in einem Haufen auf die Steine neben der verrosteten Limonadendose. Er nahm die Brille ab, legte sie oben auf den Kleiderhaufen und ging ins Wasser.

Der Seetang unter seinen Füßen ließ ihn vergessen, wie kalt das Wasser war. Frank hasste Seetang. Er wünschte, er hätte seine Schuhe anbehalten. Als er mit Kelly in dem großen Sainsbury's gewesen war, hatte sie ihm getrockneten Seetang gezeigt und behauptet, er würde lecker schmecken. Das konnte er aber nicht glauben. Der Seetang unter seinen Füßen war nicht trocken, sondern weich und glitschig. Er schien zu leben, und Frank hatte das Gefühl, er könnte ihn ins Wasser ziehen und ihn gefangen halten wie der Efeu es mit der Leiter in seinem Gartenschuppen gemacht hatte. Als ihm das Wasser bis zur Hüfte reichte, schwamm er los.

Auch wenn er sofort wieder aus dem Wasser steigen, sich anziehen und nach Hause gehen würde, würden seine Arme später wehtun. Er machte einen zweiten und dritten Zug und schwamm dann immer weiter. Als eine Welle kam, schwappte ihm Wasser in den Mund, und er wurde sechs Schwimmzüge zurück in Richtung Ufer getrieben. Frank begann zu husten und spuckte salziges Wasser aus.

Er fragte sich, wie weit er wohl schwimmen konnte. Bis zu der ersten orangefarbenen Plastikboje? Bis zu der Kirche, die das Wasser vor hundert Jahren verschluckt hatte, als das Meer das Festland überschwemmt und erobert hatte? Frank fragte sich, ob er so weit schwimmen könnte wie Sheila damals. Als ihr Gedächtnis nachließ, machte Frank sich Sorgen, Sheila könnte vergessen, wo sie losgeschwommen war, und denken, sie sei Französin. Er hatte Angst gehabt, dass sie sich immer weiter vom Ufer entfernen und schließlich von einem Fischerboot an Bord genommen werden würde, wo sie dann nicht mehr wusste, wer sie war – so wie Jason Bourne. Oder dass sie nicht nur vergaß, wer sie war, sondern auch, was sie war, und vielleicht dachte, sie wäre ein Stein oder ein Krebs oder ein Stück Seetang, sodass sie aufhören würde zu schwimmen und auf den Grund des Meeres sank.

Frank ließ sich einen Moment treiben, um wieder zu Atem zu kommen. Er drehte sich um und versuchte zu erkennen, wie weit ihn die Strömung abgetrieben hatte. Er sah die Dächer der bunten Strandhäuschen und das Wort CAFE, das in großen weißen Buchstaben auf das Dach des Cafés gemalt war, so, wie man es auch bei Streifenwagen machte. Frank konnte sich nicht erklären, warum und für wen das Wort in so großen Buchstaben auf das Dach gemalt worden war.

Er schwamm wieder weiter. In der Ferne sah er ein Schiff. Wenn er lange genug schwimmen würde, könnte die Strömung ihn so stark vom Kurs abbringen, dass er an die Stelle kam, wo der holländische Ozeandampfer torpediert worden war. Wenn er dann umkehrte und aufs Ufer zuschwamm, könnte er vielleicht anderswo ein neues Leben beginnen. In Irland oder Skandinavien. Er könnte auch gleich weiterschwimmen, bis er in Kanada ankam, wohin der holländische Ozeandampfer damals gefahren war, um zu sehen, wie anders sein Leben verlaufen wäre, wenn er als Kanadier aufgewachsen wäre.

Er schwamm immer weiter. Frank war wie ein Finger auf

einer Landkarte in der Bücherei oder eine E-Mail auf dem Weg zu Beth. Wie spät es jetzt wohl in L. A. war? War jemals jemand so weit geschwommen? Bedeutete der Zeitunterschied, dass er dort ankam, ehe er losgeschwommen war? Er könnte es machen wie Tom Hanks in *Forrest Gump*, nur dass er nicht lief, sondern immer weiter schwimmen würde, bis kein Wasser mehr da war.

Frank wurde müde. Er bezweifelte, dass seine Kraft ausreichte, um zurückzuschwimmen. Während seines DVD-Marathons vor ein paar Tagen hatte er gesehen, dass Ethan Hawke in *Gattaca* in einer ähnlichen Situation gewesen war. Gab es einen Grund zurückzuschwimmen? Würde jemand auf ihn warten, wenn er am Ende des schmalen Weges ankam, nachdem er die mit Steinen übersäte Böschung und die Stufen zu der Mauer hinaufgestiegen war? Er war Morgan Freeman am Ende von *Die Verurteilten* und James Stewart auf einer Brücke im Schnee in *Ist das Leben nicht schön?* und Phil Daniels, der in *Quadrophenia* mit seinem Motorroller an der Steilküste von Beachy Head entlangfährt. Frank war Harrison Ford, der als Indiana Jones voller Selbstvertrauen einen Riesensprung wagt oder der sich in *Auf der Flucht* einen Wasserfall hinunterstürzt. Er war Patrick Swayze, der zu Jennifer Grey zurückkehrte, um noch einen letzten »dirty dance« mit ihr zu tanzen. Er war Frank Derrick, der zurück nach Fullwind schwamm.

Obwohl er gar nicht so weit hinausgeschwommen war – Sheila hätte über eine so mickerige Strecke gelacht –, erschien ihm die Entfernung zurück zum Ufer sehr weit. Als er das Ufer erreichte, war er zu müde, um auf den glitschigen Seetang unter seinen Füßen zu achten. Frank hörte nicht, wie die Schwimmblasen im Seetang – Albert Flowers hätte ihm sagen können, dass diese spezielle Art Sargassum hieß – wie bei einer Luftpolsterfolie platzten, als er darauf trat. Als er die letzten Meter zurücklegte, klatschten die Wellen gegen seine Beine, und er musste höllisch aufpassen, dass er nicht hinfiel. Erschöpft brach er auf den Steinen zusammen und blieb dort zitternd sitzen. Frank keuchte so stark, dass ihm beinahe das Gebiss aus dem Mund fiel.

Nach fünf Minuten stand er auf und ging am Strand entlang bis zu der Stelle, wo seine Kleidung lag. Frank setzte die Brille auf und zog sich an. Er hätte versucht, sich wie Sheila hinter einem Handtuch anzuziehen, aber er hatte kein Handtuch mitgebracht. Und auch keine saubere Unterhose. Bei dem Gedanken würde Smelly John sich in seinem Grab umdrehen und vermutlich lachen. Frank musste lächeln, als er an Smelly Johns hemmungsloses Lachen dachte und wie er dabei mit den Händen auf die Lehnen des Rollstuhls schlug und alle anderen im Aufenthaltsraum des Greyflick House wahnsinnig machte.

Frank fragte sich, wie spät es wohl war. Plötzlich hatte er es sehr eilig, als hätte er eine Menge zu tun. Als müsste er noch hierhin und dorthin und sich mit verschiedenen Leuten treffen. Er hatte keine Ahnung, wer, wie oder was das sein könnte, aber er fühlte seine Entschlossenheit.

Zuerst zog er die Hose über die nasse Badehose, dann zog er den Rest an und stand auf. Er steckte die Hand in die Hosentasche und strich über die fünf Pence in kleinen Münzen, die Haarspangen und die gestohlene Brosche. Frank nahm alles heraus und ging näher ans Wasser heran. Er warf die Münzen aufs Wasser und hoffte, sie würden mehrmals über die Wasseroberfläche springen, aber sie gingen sofort unter. Er wartete, bis die nächste Welle verebbte, und warf die Brosche dann über das ruhige Wasser. Sie sprang sechs oder sieben Mal über die Wasseroberfläche wie die Rollbombe in *Mai 1943 – Die Zerstörung der Talsperren*.

Frank steckte die beiden Haarspangen in sein langes, nasses Haar und betrachtete Bills Namensschild. Er drehte es in der Hand, hielt es einen Moment neben die Narbe von Beths Drachenleine und steckte das Namensschild wieder in die Tasche.

Anschließend nahm er seine Socken und Schuhe in die Hand und stieg barfuß die mit Steinen übersäte Böschung hinauf, als läge dort ein Teppich oder als wären seine Füße Schuhe.

Der Bus zum großen Sainsbury's war um diese Zeit noch leer. Frank nahm sich vor, sich das für die Zukunft zu merken. Er fuhr bis zur Endstation. Der Fahrer öffnete die Tür, und Frank ging am Eingang des Supermarktes vorbei bis zum Tierheim dahinter.

Er fragte sich, ob er noch da war. Es war schon so lange her. Als die Frau durch die Schwingtür kam und die Plastikkiste auf die Theke stellte, fragte Frank sich, ob der einzige Freund, den er noch hatte, ihm vergeben und ob er ihn noch erkennen würde. Und woran würde Frank das feststellen können? Würde es ihm gelingen, auf diesem Gesicht, das einem Papiermasken-Pokerface ähnelte, etwas abzulesen?

Doch als die Frau die Klappe der Plastikkiste öffnete und Frank Bill anschaute, konnte er Bills Gesichtsausdruck zum zweiten Mal in seinem Leben tatsächlich verstehen:

Ich hab dich verdammt vermisst, du blöder alter Idiot.

EPILOG

Frank saß im Wohnzimmer am Fenster. Er hatte gerade einem Mann, der vorbeilief, den Namen *Der vorbeiläuft* verpasst. Im Wohnzimmer hing ein neuer Kalender mit neuen herrenlosen Hunden. Frank wusste nicht, welcher Rasse der Hund dieses Monats angehörte, aber er sah nicht aus wie irgendjemand aus dem Zweiten Weltkrieg, den er nachmachen konnte.

Auf dem Kaminsims standen inzwischen fünfundzwanzig Giraffen, vermutlich mehr, als es in der Wildnis noch gab, und mit Sicherheit genug, um von einer Sammlung zu sprechen, falls er es jemals schaffen sollte, sie im Internet anzubieten.

Frank hatte Kelly ein einziges Mal gesehen, nachdem sie ihn das letzte Mal besucht hatte.

Das war vor etwa drei Monaten gewesen. Er hatte im großen Sainsbury's eingekauft und sie mit Sean gesehen. Sie hielten Händchen und schauten sich Babykleidung und Spielzeug an. Sie sahen sehr glücklich aus. Nach allem, was Frank aus Sherlock-Holmes-Filmen gelernt hatte, war Kelly vermutlich schwanger.

»Mr. Derrick, Sie kaufen auch hier ein«, begrüßte Kelly ihn, korrigierte sich aber sofort und sagte: »Frank« und zu Sean: »Erinnerst du dich an Frank?« Sean reichte Frank die Hand.

»In Fullwind gibt es kein Couscous«, sagte Frank.

Kelly schaute auf das Paket Couscous in seinem Einkaufswagen und lächelte. Sie hatte bestimmt auch die sechs Dosen Spaghetti gesehen.

»Zwei zum Preis von einer«, fügte er hinzu.

Sie lächelte wieder. Den symmetrisch geschnittenen Pony trug sie nicht mehr, und sie sah jetzt wieder eher wie auf dem Foto bei *Lemons Care* aus. Sie unterhielten sich kurz. Kelly fragte Frank, ob er sein Kino gebaut hätte.

»Noch nicht. Aber ich habe im Internet ein altes Schild gefunden, auf dem EXIT steht. Dann wissen die Besucher wenigstens, wo der Ausgang ist.«

»Jetzt müssen Sie nur noch eins suchen, das den Besuchern sagt, wie sie reinkommen«, meinte Kelly.

Sie sprachen noch eine Minute, ehe sie sich verabschiedeten. Anschließend gingen sie auf getrennten Wegen durch den riesigen Supermarkt und trafen in dem Gang mit den Keksen und dem Kuchen und später an der Kasse noch einmal aufeinander.

»Wir müssen damit aufhören, uns heimlich zu treffen«, sagte Frank, als er seine Einkäufe bezahlte und sich verabschiedete.

Er fand nie heraus, ob Smelly John ein Schwarzer oder ein Weißer gewesen war oder nichts von beidem. Für Frank machte das keinen Unterschied. Obwohl er Beth so damit geärgert hatte, ihr zu prophezeien, wie ungehobelt er später einmal sein würde, war er genauso wenig ein Rassist wie Graham, der Heimleiter des Greyflick House.

Es klingelte. Frank hatte die Klingel kürzlich wieder angeschlossen, als er im Wohlfahrtsladen eine gebrauchte Klingel entdeckt hatte. Er ging zu seiner Stereoanlage, stellte die *Sex-Pistols*-CD leiser und stieg die Treppe hinunter. Er hob die Post vom Boden auf. Heute war noch mehr Werbepost gekommen als sonst. Offenbar wussten alle Firmen, die Treppenlifte verkauften, und jede Wohltätigkeitsorganisation, dass er heute Geburtstag hatte. Sie nutzten die Gelegenheit, ihren Bettelbriefen ein paar persönliche Worte hinzuzufügen.

Es war auch eine Karte von Beth dabei, in diesem Jahr ohne Broschüre. Sie schrieb, wie traurig sie sei, dass sie an seinem

Geburtstag nicht bei ihm sein könne und dass sie hoffe, zu Thanksgiving oder nach »den Feiertagen« kommen zu können. Wann immer das sein mochte.

Die neueste Ausgabe des Fullwind-on-Sea-Käseblatts warb schon wieder für die nächsten »Blühenden Dörfer«. Im letzten Jahr war Fullwind Fünfter geworden. Franks Aktion, die Poller vor seinem Haus wie die überteuerten Strandhäuschen in verschiedenen Farben zu streichen – in sattem Apfelgrün, marokkanischem Pink und Enteneiblau –, hatte vermutlich nicht dazu beigetragen einen besseren Platz zu erreichen. Er hob die Zeitung auf, las das Datum aber nicht laut vor. Heute hatte er Geburtstag, und er wusste genau, welcher Tag war.

Frank betrachtete die menschliche Silhouette durch die Glasscheibe der Haustür – vermutlich ein Dachdecker oder jemand, der mit ihm über Jesus sprechen oder seine Dachrinne reinigen wollte. Frank warf Bill einen Blick zu.

»Ich bin zweiundachtzig«, sagte er und entfernte die Kette, die er gestern Abend vorgelegt hatte. »Nur hereinspaziert, wenn Sie sich trauen.«

DANKSAGUNGEN

Ganz besonders herzlichen Dank an Nicola Barr von Greene and Heaton, an Natasha Harding und an alle bei Pan Macmillan, an Holly und Jakki, an meine Mutter und meine Schwester. Bei Neil Witherow und Marc Ollington möchte ich mich dafür bedanken, dass sie die ersten Fassungen gelesen und mir anschließend nicht geraten haben, wieder meinem alten Job nachzugehen (fernsehen). Dank an Jonathan und Justine von der Buchhandlung Bookseller Crow im Crystal Palace, an Tim Connery, Les Carter und Chris T-T.

INTERVIEW MIT DEM AUTOR

J. B. MORRISON

1. Kennen Sie jemanden, der von einem Milchwagen überfahren wurde?
Bisher nicht. Wenn ich einen Milchwagen sehe, halte ich aber mehr Abstand als früher. Jetzt weiß ich, welch gefährliche – und zugleich komische – Fahrzeuge sie sein können.

2. Warum haben Sie sich für einen einundachtzigjährigen Protagonisten entschieden?
Ich habe viel Zeit mit meiner Mutter verbracht, die zu dem Zeitpunkt einundachtzig war. Sie wohnte ebenso wie Frank alleine in einer Wohnung im ersten Stock in einem kleinen Dorf in Sussex. Ständig sagten ihr irgendwelche Leute, sie müsse ihr Dach reparieren lassen, obwohl nichts darauf hinwies, dass es kaputt sein könnte. Sie bekam auch sehr viel Werbepost und lästige Werbeanrufe. Auch darüber wollte ich gerne schreiben.

3. Diente für Franks Charakter jemand als Vorlage, den Sie kennen?
Nein, eigentlich nicht. Ich habe bestimmt unbewusst vieles von meiner Mutter und auch etwas von mir in die Geschichte einfließen lassen. Größtenteils ist Frank jedoch ein Produkt meiner Fantasie.

4. Können Sie sich vorstellen, so zu werden wie Frank, wenn Sie mal älter sind?
Das ist ziemlich gut möglich, vielleicht bin ich sogar schon wie er. Das war einer der Gründe, warum ich dieses Buch geschrieben habe. Mir wurde bewusst, dass es gar nicht mehr so lange

dauert, bis ich Rentner bin, und ich habe mich gefragt, was für ein Rentner ich sein werde. Werde ich dann immer noch laute Rockmusik spielen und mein Haar lang tragen?

5. Welche Musik, glauben Sie, werden Sie hören, wenn Sie einundachtzig sind?
Ich nehme an, größtenteils die Musik, die ich auch jetzt höre. Und das ist dieselbe Musik, die ich mir schon als Achtzehnjähriger angehört habe. Das war einer meiner ersten Gedanken, als ich das Buch schrieb. Warum sollte sich Franks Musikgeschmack ändern, nur weil er einundachtzig ist? Und warum sollte es nicht möglich oder ihm nicht erlaubt sein, neue Musik zu entdecken? In dem Haus für betreutes Wohnen aus dem Buch sind viele der Bewohner jung genug, um als Jugendliche Fans der Beatles oder der Rolling Stones gewesen zu sein. Einige der Bewohner sind sogar jünger als die Rolling Stones. Ein gutes Beispiel aus dem wahren Leben ist, dass die Lieblingssänger meiner Mutter Bob Marley und R. Kelly sind.

6. Welche Inspiration gab es für Kelly Christmas?
Sie ist eine fiktive Person, aber dass Kelly so alt ist wie meine Tochter, hat mir, so hoffe ich zumindest, geholfen, sie nicht ganz unglaubwürdig erscheinen zu lassen.

7. Um welche Themen geht es im Buch?
Freundschaft und Einsamkeit. Die Angst vor dem Tod. Ich finde nicht, dass es ein Buch über einen alten Mann ist, sondern ein Buch über einen Mann, der zufällig alt ist. Der vierzigjährige Frank Derrick hat sich sicherlich nicht großartig von dem einundachtzigjährigen Frank Derrick unterschieden.

8. Welches sind Ihre Lieblingsszenen im Buch?
Vielleicht als Frank am Ende der Geschichte schwimmen geht und der Ausflug mit Kelly an den Strand. Mir gefällt auch der

Epilog sehr gut. Mir haben Epiloge in Filmen immer gut gefallen. Letzte offene Fragen werden beantwortet, und der Zuschauer erfährt, was mit den Darstellern geschieht. »Jeff kehrte niemals an die Universität zurück, Jimmy starb im Vietnamkrieg, als er seinen besten Freund rettete« usw. Und dann natürlich alles, was mit Bill zu tun hat. Es hat mir besonders viel Spaß gemacht, die Szenen zu schreiben, in denen Bill mitspielt, obwohl er eigentlich gar nichts macht.

9. *Welche Reaktionen erwarten Sie von Ihren Lesern?*
Wenn der Roman sie gut unterhält, amüsiert und bewegt, wäre es schön. Vielleicht rufen sie auch ihre Eltern oder Großeltern an, um sie zu fragen, wie es ihnen geht.

10. *Haben Sie Lieblingsbücher oder Lieblingsautoren?*
Viele amerikanische und nordamerikanische Autoren. Chuck Palahniuk, Kurt Vonnegut, Dave Eggers, Douglas Coupland, Cormac McCarthy und Brady Udall.

11. *Wie kam es dazu, dass Sie mit dem Schreiben begonnen haben?*
Das war reiner Zufall. Ich war lange Zeit Pop-Musiker und habe ein autobiografisches Buch darüber geschrieben. Die Veröffentlichung war ein so tolles Erlebnis, dass ich mehr schreiben wollte. Ich habe wirklich Glück gehabt, dass ich die Möglichkeit hatte, nach einem Traumberuf einen zweiten Traumberuf zu ergreifen.

12. *Was gefällt Ihnen am Leben eines Autors am besten?*
Wenn die Ideen nur so sprudeln und ich das, was mir einfällt, nicht schnell genug zu Papier bringen kann. Bei meiner Art zu schreiben passiert das nicht oft. Normalerweise nur bei längeren Dialogen, wenn die Unterhaltung zwischen zwei Personen sich so entwickelt, dass sie einem authentischen Gespräch ähnelt, und ich einfach nur das aufschreibe, was sie sagen. Schön

ist es auch, wenn mir etwas einfällt, was der ganzen Geschichte plötzlich einen Sinn verleiht.

13. Beschreiben Sie bitte einen typischen Tag in Ihrem Leben.

Ich bin gar nicht gut darin, morgens um fünf Uhr aufzustehen, mit dem Hund spazieren zu gehen, die Kinder zur Schule zu bringen, meine Kaffeebohnen selbst zu mahlen und dann vor dem Mittagessen tausend Wörter zu schreiben. Ich habe keinen Hund, und meine Tochter ist siebenundzwanzig, das hilft mir also schon mal. Ich habe keine Disziplin und auch keine feste Tagesstruktur, außer dass ich aufstehe, wenn ich aufwache, mir auf BBC das Frühstücksfernsehen anschaue, mich noch einmal umdrehe und mich dann auf Twitter einlogge. Ich gebe Ihnen ein Beispiel. Während ich eigentlich das hier schreiben sollte, bin ich auf Twitter und gebe vor, bei den Q Awards zu sein. Jeden Dienstagvormittag gehe ich schwimmen. Im Wasser habe ich oft die besten Ideen für meine Bücher, was natürlich kein besonders günstiger Zeitpunkt ist.

»Die großen Momente des Lebens sind die Geburt des Menschen und sein Tod.«

Arto Paasilinna
HEISSES BLUT,
KALTE NERVEN
Roman
Aus dem Finnischen
von Regine Pirschel
224 Seiten
ISBN 978-3-431-03923-8

Im Januar 1918, kurz bevor ein Bürgerkrieg Finnland erschüttert, wird ein Junge namens Antti Kokkoluoto geboren. Ihm wird schon bei der Geburt das genaue Todesdatum prophezeit: Am 12. Juli 1990 wird er siebzigjährig sterben – keinen Tag früher, keinen Tag später. Und tatsächlich, Antti gerät im Laufe seines Lebens immer wieder in höchst lebensbedrohliche Situationen, überlebt aber Kanonenhagel und Krankheiten. Als sich sein Todestag schließlich nähert, hat Antti eine famose Idee. Er will es noch einmal so richtig krachen lassen und ein großes Fest ausrichten …
Eine faszinierende Reise durch die Geschichte Finnlands im 20. Jahrhundert

Bastei Lübbe